HAYMON taschenbuch 328

Gudrun Lerchbaum

Das giftige Glück

Roman

Gudrun Lerchbaum

Das giftige Glück

Für Rainer
RIP

(Sporenwelt.de)

Eine erstaunliche Entsprechung zwischen der Welt der Pilze und unserer eigenen Spezies findet sich im Streben nach Entgrenzung. So wie die Pilze Enzyme ausschicken, um ihre Nahrung außerhalb des Körpers zu verdauen und sich dann einzuverleiben, *so streckt sich auch der menschliche Geist nach den Dingen der Welt, schnellt über sich hinaus und hinüber zum anderen, zum Fremden, um es sich anzueignen*, wie Jean-Paul Sartre es formulierte.

Noch ein paar Zentimeter! Lautlos beschwor Olga ihre Hand, den Arm, der sich nicht weiter heben wollte. Fünf, nein drei, nur noch lächerliche drei Zentimeter. Doch die Erstarrung hielt dagegen, sturer als sie. Die Gabel kippte. Lasagne klatschte in ihren Schoß. Wortlos entwand Kiki ihr das Besteck, löste es aus den krampfenden Fingern und kratzte die Sauerei von der Hose.

Olga umfasste die versagende Hand mit der anderen, der es so viel besser auch nicht ging, in der vagen Hoffnung, die Spastik durch Eigenzärtlichkeit zu besänftigen. Der Schmerz zersplitterte ihre Gedanken.

Endlich brachte Kiki einen Joint, hielt ihn ihr an die Lippen.

Ruhig bleiben. Das war alles im Rahmen. Nicht kämpfen. Die feindlichen Truppen widerstandslos durchziehen lassen, um die unvermeidliche Verwüstung so gering wie möglich zu halten. Atmen. Ein. Und aus. Ein Atemzug, ein Zug am Joint. *Unheilbar*, hämmerte es in ihrem Kopf. *Unheilbar, unheilbar, unheilbar.*

„Wird es?“, fragte Kiki und legte ihr leicht die Hand auf die Schulter. So leicht, dass man meinen konnte, sie fürchte eine Zurechtweisung. Es schien, als wäre es Olga endlich gelungen, alle Welt von ihrem unbedingten Recht auf Selbstbestimmung zu überzeugen. Nun wagte es nicht einmal mehr ihre einzige Freundin, sie umstandslos in den Arm zu nehmen, wenn es nötig war, und zog sich stattdessen auf ihre professionelle Rolle als Assistentin zurück.

„Muss“, presste Olga hervor, nahm einen tiefen Zug und hinderte Kiki mit einem Ruck des Kopfes daran, ihr den Joint wieder abzunehmen, der sicher an ihrer Lippe klebte. Noch immer war kaum Erleichterung spürbar, obwohl sie das Ding schon zu Matsch geraucht hatte. „Muss ja."

Kikis „Ja, muss wohl" klang erbärmlich unentschlossen.

Die Glut kam ihren Lippen näher, zu nah. Doch anstatt Kiki zu signalisieren, dass sie ihr den Stummel abnehmen sollte, neigte Olga den Kopf und stieß ihn mit der Zunge seitlich weg. Er fiel auf den Boden. Selbst nach Jahren der Hilfsbedürftigkeit brachte sie es immer noch kaum fertig, um etwas zu bitten. Sie hatte einfach kein Talent zu chronischer Krankheit, war zu stolz für die Scheiß-MS. Mit Spucke kühlte sie die versengte Stelle auf ihrer Lippe, während Kiki sich bückte. Nicht schnell genug, um ein weiteres Brandmal auf dem Parkett zu verhindern. „Noch einen. Bitte."

„Magst du nicht lieber die Tropfen? Oder einen Brownie? Sind noch genug im Tiefkühler."

„Ich rauche lieber. Aber apropos Tropfen: Bring mir einen Whisky."

Kiki zuckte mit den Schultern. „Deine Lunge, deine Leber. Aber Dr. Schneider hat gesagt, du sollst nicht ..."

„Ich soll, was ich will."

Endlich ließen die Krämpfe nach. Ein Wunder, dass Kiki trotz aller Grobheiten bei ihr blieb, sie nicht längst im Stich gelassen hatte. Natürlich war Olga dankbar für die Fürsorglichkeit, mehr als dankbar, das war hoffentlich auch ohne rührselige Worte klar. Schließlich profitierten sie beide von diesem Arrangement. Kaum anzunehmen, dass Kiki ohne die feste Struktur der Arbeit und ohne ihr Vertrauen nach der Haftentlassung Halt gefunden hätte. War Olga nicht die Einzige gewesen, die den Charme und die Güte unter Kikis beachtlicher Verstörung gesehen hatte? Sie waren quitt.

Kiki hielt ihr das Whiskyglas mit dem Strohhalm unter die Nase und Olga trank, obwohl schon der erste Kontakt mit der Flüssigkeit brannte. Es ging schließlich nicht um Genuss, sondern um Entspannung oder wenigstens Betäubung. Sie zog an dem zweiten Joint, obwohl sie auch dazu keine Lust mehr hatte.

„Tu weg", sagte sie müde. „Ich hab so dermaßen die Schnauze voll. Von allem."

„Heute ist ein Scheißtag. Morgen denkst du anders. War noch jedes Mal so." Kiki beugte sich zu ihr und legte die Arme um ihre Schultern. „Ich rackere mich doch nicht umsonst für dich ab. Halt gefälligst durch!"

„Muss denn dauernd gehofft werden?" Olga spuckte ein Tabakfädchen aus. Lange würde das nicht mehr so gehen.

*

Als Jasse aus der Schule kam, war die Wohnung kalt wie eine Gruft. Ihr Vater ging nicht ans Telefon, und auf dem Thermostat herumzudrücken half ebenso wenig, wie die Gastherme über der Badewanne anzustarren. Sie ging in die Küche, trank ein Glas Wasser gegen die Enge in ihrer Kehle und öffnete die Kühlschranktür. Sie schob eine Schneise zwischen die Becher mit Kirschjoghurt und zog den Mayonnaisesalat heraus. An der Arbeitsplatte stehend schaufelte sie sich ein paar Gabeln voll in den Mund, bis ihr der saure Geschmack und die seifige Konsistenz auffielen. Nach einem Blick auf das Ablaufdatum würgte sie halbzerkaute Reste in die Abwasch, spülte sich den Mund aus und warf das Zeug in den Müll.

Die Schultasche hinter sich her schleifend, ging sie in ihr Zimmer. Trotz der Kälte roch es muffig. Sie kippte das Fenster, wickelte sich in ihre Bettdecke und setzte sich an den Schreibtisch, um die erste Aufgabe auf dem Mathearbeitsblatt zu lösen. Unter das Ergebnis zeichnete sie eine Reihe fetter Spinnen, lauschte dabei auf die Geräusche von draußen: Ein Auto. Noch eines. Dann der Bus in der Querstraße. Eine Plane knatterte im Wind. Taubenflügel raschelten beim Anflug auf das benachbarte Fensterbrett.

Auf dem Balkon gegenüber standen zwei Raucherinnen. Sie sahen zu ihr herüber, fragten sich möglicherweise, wer das Mädchen hinter dem Fenster war, überlegten, was sie dachte und ob sie umgekehrt auch von ihr bemerkt wurden. Jasse malte sich aus, wie die beiden hilflos zusehen mussten, wie die Stille in ihrem Rücken aufquoll, sie umschloss und ihr den Atem aus der Lunge presste. Sie wartete, bis die Frauen ihre Zigaretten ausdämpften und hinter der Balkontür verschwanden. Dann stand sie auf, ging ins Wohnzimmer, ließ sich auf die Couch fallen und griff nach der Fernbedienung.

Eine aufgedrehte Rothaarige eilte von Laden zu Laden, um sich entsprechend dem Motto *Mini-Fieber – bring dein Date zum Schmelzen* einzukleiden. In einem silbernen Paillettenkleid trat sie aus der Umkleidekabine und drehte sich vor dem Spiegel. Die Frau war mindestens so alt wie Jasses Mutter, die sich für kein Geld der Welt in so einem Teil erwischen lassen würde. Erwischen lassen hätte. Was wusste sie schon, worauf ihre Mutter jetzt stand, wo sie war. Ob sie überhaupt noch lebte.

Jasses Magen knurrte. Sie ließ die Bettdecke am Sofa liegen, suchte nach ihrer Jacke, fand sie an der

Garderobe im Flur, tastete, ob Schlüssel und Geld an den gewohnten Plätzen steckten, und verließ die Wohnung. Der Fernseher lief noch. Egal. Hinter der Tür von Nummer 9 hörte sie Loki bellen. Sie klingelte.

„Hallo Jasmin." Verglichen mit der Mitleidsmiene anderer Erwachsener fand sie Herrn Roths melancholisches Lächeln erträglich. Es war nicht für sie reserviert, er sah alle Leute so an. „Was kann ich für dich tun?"

Jasse bückte sich, um den Hund zu streicheln, seine struppigen Löckchen zwischen den Fingern zu spüren, den beweglichen Körper darunter, und bemerkte, dass der Nachbar nur einen Schuh trug. „Darf ich Loki ausführen? Ich geh mir was zu essen kaufen und wir könnten am Weg in den Park."

„Ich wollte auch gerade weg, Schlagobers holen, Auftrag der Chefin." Er deutete mit dem Kopf ins Innere der Wohnung. „Wenn du uns einen Becher mitbringst, leistet dir Loki gern Gesellschaft. Das Bio-Zeug, bitte."

Ob jetzt der richtige Moment war, um ihn wegen der anderen Sache zu fragen? Eigentlich hatte Jasse keine Lust, ihn hassen zu müssen, weil er die falsche Antwort gab. Er war in Ordnung. Ohne ihn wäre Loki nicht eingezogen.

Er sah sie erwartungsvoll an. Anscheinend hatte sie etwas verpasst.

„Tschuldigung, was?"

„Behalt den Rest!" Er drückte ihr einen Fünfer zusammen mit Lokis Leine in die Hand.

„Ach so, die Sahne." Sie knüllte den Schein in die Hosentasche, blieb unentschlossen stehen, den Blick auf die Knopfleiste seines Hemdes gerichtet.

„Ist noch was? Hast du was auf dem Herzen? Etwas, wobei ich helfen kann?“

Wenn sie noch ein Kind wäre, oder ein Hund, eine Katze, könnte sie einen Schritt näher treten und warten, bis er ihr über die Haare beziehungsweise das Fell strich, sie womöglich in die Arme nahm. Sie legte den Kopf in den Nacken, fixierte seine Nasenwurzel. „Ich wollte schon länger fragen – würden Sie mich mal mitnehmen?“

„Mitnehmen, wohin?“

„Zu einem Job.“

„Einem Job?“

„Na, auf den Friedhof. Wenn Sie eine Ihrer Ansprachen halten. Mein Dad hat gesagt, Sie sind Grabredner. So cool! Egal, für wen, ich will einfach mal hören, was da abgeht, wie Sie das machen.“

Er sah auf seine Füße, setzte sich auf die Garderobenbank, löste tatsächlich den Schnürsenkel, anstatt den Schuh einfach abzustreifen. „Komm doch einen Moment herein!“

„Nein, passt schon.“

Er seufzte, rieb sich mit der Hand über das Gesicht und den Bart und sah ihr in die Augen. „Du kannst nicht neben mir stehen oder so. Auch nicht dabei sein, wenn ich mit den Hinterbliebenen rede. Wir können gemeinsam hinfahren und ich erkläre dir am Weg, wie das abläuft. Dann mischst du dich möglichst unauffällig unter die Trauergäste und nachher gehen wir auf einen Kaffee oder du fährst heim, wie du magst. Wäre das in Ordnung?“

Für einen Moment war Jasse schwindelig vor Überraschung. Es konnte auch der Hunger sein. „Ja, voll!“

„Passt, dann machen wir uns nächste Woche was aus, ja?"

„Voll!" Sie beugte sich hinunter, wuschelte Loki durchs Fell. Sie durfte sich nicht freuen, über nichts. „Er könnte ein Cairn-Terrier sein. Bist du ein Cairn-Terrier, Loki?"

„Im Tierheim haben sie gesagt, er sei eine Promenadenmischung. Sind wir doch alle, oder? Wiener Melange." Er lächelte. „Schaffst du es wohl bis in einer Stunde? Bist auch zum Essen eingeladen." Er wandte den Kopf, rief: „Sonja-Schatz, du hast doch nichts dagegen, wenn Jasmin von nebenan mit uns isst?"

„Was gibt's denn?", fragte Jasse.

„Kräutercremesuppe."

Jasse verzog das Gesicht. „Sorry, keine Zeit."

*

Egal, wie ruppig Olga sie behandelte, über kurz oder lang sah Kiki ihr alles nach. Hätte sie ihr keinen Job angeboten, sie nicht bei sich aufgenommen damals, ein halbes Jahr nach der Entlassung aus dem Gefängnis, Kiki wäre heute im besten Fall tot. Im schlechtesten – nun, da gab es einige Möglichkeiten. Irgendwas zwischen Alkoholismus, Obdachlosigkeit und sexuellen Gefälligkeiten im Austausch für ein Dach über dem Kopf. Wahrscheinlich das ganze Paket, an dem sie haarscharf vorbeigeschrammt war.

Sie leerte den Aschenbecher, wusch ihn aus und stellte ihn auf das Tablett zum Orangensaft, den Olga jetzt hoffentlich ohne Protest trinken würde, bevor sie auch nur einen weiteren Tropfen Alkohol bekam.

Zehn Stunden die Woche arbeitete Kiki als Aushilfe in der Buchhandlung, die Olga mit ihrer Freundin Margit betrieben hatte, bis die Multiple Sklerose sie in die Frühpension gezwungen hatte. Offiziell dreißig Stunden – doch in Wahrheit die gesamte restliche Zeit – betreute sie Olga in der gemeinsamen Wohnung. Zwölf von der Stadt Wien finanzierte Euro bekam sie dafür pro Stunde, selbst zu versteuern.

Die regelmäßige Arbeit war das eine. Fast ebenso wichtig war die imaginäre Häutung, die sie an ihrem vierzigsten Geburtstag vollzogen hatte. Ein Rat ihres Therapeuten, der zu ihrer – und seiner – Überraschung tatsächlich funktioniert hatte. Die alte Hülle hatte sie nicht rituell entsorgt, wie es eigentlich der Plan gewesen war, sondern sie hinter dem deckenhohen Philodendron in der Zimmerecke an einen Haken gehängt. Immer noch imaginär, versteht sich. Sie war ja nicht bescheuert.

Kiki legte zwei Schokokekse auf einen Teller, steckte einen Trinkhalm in eines der Gläser und trug das Tablett zu Olga ins Wohnzimmer. Die wirkte immer noch wie ausgewrungen nach dem Anfall von vorhin. Kraftlos deutete sie mit dem Kinn auf die Fernbedienung.

„Mach mal die Nachrichten an. Vielleicht hilft's, wenn ich mich über was anderes ärgern kann."

*

Adrian Roth sah auf den weißen Hügel, der auf seiner Suppe schwamm wie ein Eisberg im arktischen Meer. Einem sehr trüben Meer. Er war kein Freund von Cremesuppen. Eine Tatsache, mit der sich Sonja auch nach vier Monaten des Zusammenlebens nicht abgefunden hatte. Schlierig schmolz der Schlagoberskleck in das matte Grün. *Sahne* hatte die Kleine von nebenan gesagt. Rein phonetisch war gegen Sahne nichts einzuwenden. Obersklecks, das gab nichts her.

Sonja kam mit dem Brotkorb von der Küchenzeile. Sie die Sahne, er die Suppe. Oder umgekehrt?

„Denkst du an Sex?"

„Gerade nicht. Wir sollten Jasmin demnächst wirklich einmal zum Essen einladen. Das Kind ist zu viel allein, isst sicher nur Junk."

„So schaut sie auch aus." Sonja blies die Wangen auf.

„Ist doch nur Babyspeck."

„Von mir aus, lad sie ein." Die Kennmelodie der Nachrichtensendung erklang. „Dreh doch den Fernseher ab und schenk den Wein ein!"

Adrian griff nach der Fernbedienung, schnitt der Moderatorin mit den vollen Lippen das Wort ab und füllte die Gläser. Klingend stießen sie an. „Mahlzeit!" Er tauchte den Löffel ein, rührte, bis die sämige Flüssigkeit eine gleichmäßig gallegrüne Farbe aufwies, bemühte sich, nicht an Erbrochenes zu denken, sondern an Cremespinat. Den er auch nicht mochte. „Neues Rezept?" Da war noch was anderes außer dem typischen Knoblauchgeschmack.

„Mehr Wein. Um es dir leichter zu machen. Gut?", fragte sie schwer atmend, ihr Blick geradezu verklärt.

Er nickte unentschlossen, in Gedanken schon in ihr. Wie sollte er Suppe essen, wenn sie ihn ansah, als vögelte er sie gerade in den siebten Himmel? Sie aß, als könnte sie es selbst kaum erwarten, geradezu gierig. Und auch er musste zugeben, dass die Suppe von Löffel zu Löffel an Geschmack gewann. Warm und, ja, leuchtend floss sie, anstatt in den Magen durch seine Adern bis in die kribbelnden Zehen und unter die Kopfhaut, die zu blubbern schien, seine Haare vibrieren ließ und ihm einen Schauer der Erregung über den Rücken sandte. Er lachte. Vielleicht kam er doch noch auf den Geschmack. Er tauchte den Löffel in die fast leere Schale, sah das Metall sich biegen, ins Grün zerfließen und wieder festwerden, hielt inne, weil die Haut auf seinem Handrücken durchsichtig geworden war und den Blick auf Knochen und verschlungene Adern freigab, ein Anblick von betörender Schönheit.

Er hob die Hand, um Sonja das Wunder zu zeigen, sah sie den Mund öffnen wie zu einem Lustschrei. Sein Blick verschmolz mit ihrem, der goldene Fäden nach ihm aussandte, die ihn prickelnd umschlangen, die immer da gewesen sein mussten, die er nur, bis zu diesem Moment, nie wahrgenommen hatte. Doch jetzt. Ein solches Glück ließ sich nicht anders als mit Pathos fangen. Lautlos lachten sie sich an, flossen ineinander. Dann fiel sie nach vorn. Der Tisch erzitterte, der Raum weitete sich, ließ alles, was draußen war, hineinströmen und alles tönte, ein Glitzern in der Luft und er wollte ihr sagen, was sie ihm war, und sah sie reglos liegen, aufgegangen im Glück. Er öffnete die Lippen, um ihr zuzurufen, sie solle warten auf ihn, doch in ihm war keine Luft, alles um ihn, nichts innen.

Er war ein Lichtpunkt im schwarzen Kern einer Kugel, die sich ausdehnte, rundum von den Farben des Lebens umflossen, die sich immer weiter entfernten. Weil er starb, um sich mit ihr zu vereinen. Die Kugel wurde zum All, in dem alles aufging. Fern verblasste das Bunt.

*

Das Schnarren der Küchenuhr riss Jasse aus dem Game. Sie legte das Handy auf den Sofatisch und entflocht ihre Beine. Ihr linker Fuß war eingeschlafen.

Sie stieß sich vom Sofa ab, humpelte in die Küche und öffnete das Backrohr. Mit dem Pfannenwender schubste sie Pommes und Hühnersticks auf zwei Teller. Das Ketchup unter den Arm geklemmt, trug sie alles ins Wohnzimmer und stellte es ab, ging zurück, um den griechischen Salat zu holen, den Loki ausgesucht hatte, indem er sich unter der Frischkosttheke versteckte.

Ihr Vater kam herein, die Haare noch nass von der Dusche. Mit ein paar Handgriffen hatte er die Heizung wieder zum Laufen gebracht.

„Mein Lieblingsessen! Da muss ich das Kirschjoghurt heute wohl zum Nachtisch essen." Er küsste sie auf die Stirn, bevor er ihre Bettdecke auf die Seite schob und sich neben sie setzte. „Morgen führe ich dich zum Essen aus. Ab jetzt lassen wir es uns richtig gut gehen!"

Als wäre sie ein kleines Kind, das er mit seiner übertriebenen Munterkeit täuschen konnte.

„Alles okay?", fragte er. „Wie war dein Tag?"

Jasse schnaubte. „So beschissen wie jeder andere. Was von Mama gehört?"

Er schüttelte den Kopf, ohne sie anzusehen, stand auf. „Ich hol mir ein Bier. Willst du auch was?"

„Cola-Rum."

Er kam mit den Getränken zurück, setzte sich, tat, als wollte er noch einmal aufspringen, und grinste schief. „Oje, den Rum habe ich vergessen."

Jasse kämpfte mit dem Drang, auf ihn einzuschlagen.

„Ach, komm, schau mich nicht so böse an!" Er legte einen Arm um sie. „Wir müssen es doch versuchen, Jasmin."

„Was?"

„Weiterzumachen“, krächzte er, räusperte sich. „Bringst du deine Bettdecke zurück in dein Zimmer, bevor wir essen?“

„Warum?“

„Weil wir uns nicht gehenlassen dürfen. Ich dachte, das wolltest du mir sagen mit dem Essen? Und du hast recht! Sonst kommen wir irgendwann nicht mehr aus dem Bett in der Früh. Außerdem könnte Mama jederzeit ... Lass uns alles bereitmachen, damit sie sich wohlfühlt, wenn sie wiederkommt.“

„So ein Scheiß! Sie fühlt sich wohl, dort, wo sie ist. Sonst wäre sie längst wieder da.“

„Du fehlst ihr sicherlich genauso wie sie dir.“

Jasse schnaubte. „Genau! Deshalb ist sie auch weg.“

Die Kennmelodie der Abendnachrichten erklang. Auf dem Bildschirm drehte sich ein Ausschnitt der Erdkugel. Und was war mit dem Rest der Welt, fragte sich Jasse, überhaupt mit all dem, was man nicht sah?

(Moderatorin) In einer kurzfristig anberaumten Pressekonferenz warnte der Gesundheitsminister vor Zubereitung und Verzehr von Gerichten, die frischen Bärlauch enthalten. Es handle sich um eine vorbeugende Maßnahme zum Schutz der Bevölkerung. Eine Gesundheitsgefährdung für all jene, die bereits von dem Kraut gegessen hätten und keine Beschwerden verspürten, bestehe nicht. Die österreichische Agentur für Gesundheit und Ernährungssicherheit AGES entnimmt derzeit Proben im gesamten Bundesgebiet. Anlass der Maßnahmen ist eine ungewöhnliche Häufung von Todesfällen, die in Wien und Umgebung seit einigen Tagen für Verstörung sorgt.

Der lichte Wald, der jetzt den Bildschirm ausfüllte, erinnerte Jasse an den Park mit dem Ziegengehege, in dem sie früher manchmal mit ihrer Mama gewesen war. Sie blinzelte eine Träne weg und starrte auf die zartgrünen Blätter, die den laubbedeckten Boden spickten. Lanzettenförmig nannte man das.

(Moderatorin) Aktuellen Erkenntnissen zufolge könnte es sich um Vergiftungen handeln, die in noch ungeklärtem Zusammenhang mit dem Genuss des allgegenwärtigen Frühlingsboten stehen. Seit dem Wärmeeinbruch am vergangenen Freitag wuchert das beliebte Kraut und lockt, wie in jedem Jahr, zahlreiche Sammlerinnen und Sammler in die Wälder.

(Der Co-Moderator schreitet auf die Kamera zu. Mit einer entschiedenen Handbewegung deutet er auf die Stelle, an der für die Zuschauer zwei Diagramme zu sehen sind.)

Der März ist hinter dem Jänner und knapp vor dem Dezember jener Monat, in dem laut langjähriger Statistik mit den meisten Todesfällen zu rechnen ist. In einem durchschnittlichen März sterben in Wien täglich rund zwanzig Personen infolge von Herzkreislauferkrankungen. Seit fünf Tagen steigt diese Zahl rapide an. Allein gestern ereilte der Herztod in Wien vermutlich vierundneunzig Menschen. Die pathologischen Institute sind angesichts der rasch steigenden Fallzahlen überfordert. Obwohl es bei sprunghaften Temperaturanstiegen wie jenem vor dem letzten Wochenende immer wieder zu statistischen Schwankungen kommt, sind diese bis dato noch nie so drastisch ausgefallen.

Kein Wunder, dass manche sich bereits an den Beginn der Corona-Pandemie erinnert fühlen, die weltweit Millionen Todesopfer forderte und deren Folgen uns bis heute beschäftigen. Der Gesundheitsminister beruhigt: Es handle sich erstens um ein lokales Phänomen und zweitens mit an Sicherheit grenzender Wahrscheinlichkeit nicht um ein Virus. Die eindeutige Klärung der Ursache der tragischen Todesfälle stehe unmittelbar vor dem Abschluss. Der Bundeskanzler ergänzt, dass durch die Plötzlichkeit der Todesfälle, die keine Zeit für notfallmedizinische Maßnahmen ließe, das Gesundheitssystem nicht in ähnlichem Maße herausgefordert sei wie während der Pandemie. Ein Lockdown sei daher ebenso wenig zu befürchten wie andere Maßnahmen zum Schaden der Wirtschaft.

(Moderatorin) Experten hatten bereits im Zuge der Corona-Krise davor gewarnt, dass die skrupellose Ausbeutung der Natur das Auftauchen neuer Krankheiten begünstige. Sehen wir uns die bisher bekannten Fakten an: Normalerweise sind in annähernd 90 Prozent der Fälle Menschen jenseits der sechzig vom Herztod betroffen. Demgegenüber starben seit letztem Sonntag allein siebenunddreißig Personen unter dreißig in Wien und Umgebung an Herzstillstand, darunter vier Kinder. Abgesehen von dieser statistischen Anomalie erregte die Tatsache Verdacht, dass die überwiegende Zahl der Opfer während oder unmittelbar nach einer Mahlzeit verstorben ist. Bei vier Betroffenen handelte es sich um Beschäftigte von Gastronomiebetrieben. Fast alle hatten vor ihrem Tod nachweislich Gerichte mit frischem Bärlauch gegessen oder zubereitet.

(Moderator) Immer wieder kommt es vor, dass Bärlauch von Unkundigen mit giftigen Doppelgängern verwechselt wird. An oberster Stelle stehen dabei die Blattstände von Maiglöckchen und Herbstzeitlosen. Beide Pflanzen verirren sich gelegentlich in Lagen, in denen auch der Bärlauch zu finden ist, führen jedoch – anders als in den vorliegenden Fällen – zumeist lediglich zu gravierenden Verdauungsbeschwerden, nur in seltenen Ausnahmen zum Tod.

„Voll spooky", sagte Jasse und versuchte, die Unterschiede zwischen den eingeblendeten Pflanzen auszumachen, während sie das letzte Hühnernugget in die süßsaure Glibbersauce tauchte. „Wenn man Kräuter sagt – gehört da Bärlauch auch dazu?" Sie hatte ein mulmiges Gefühl, dachte an Herrn Roth und seine Kräutersuppe mit Sahne. Zu der er sie eingeladen hatte!

„Vermutlich, aber mach dir keine Sorgen!", sagte ihr Dad mit vollem Mund. „Unsere Diät ist garantiert kräuterfrei. Sollen wir abdrehen, lieber noch eine Folge schauen? Die letzte ..."

Jasse schüttelte den Kopf und hob die Hand, um ihn zum Schweigen zu bringen, weil die Moderatorin sich in diesem Moment einem drahtigen Mann im grauen Dreiteiler zuwandte.

„Was ist denn los?"

„Ich will das hören, Papa!"

(Moderatorin) ... den Leiter des Klinischen Instituts für Pathologie der Med-Uni Wien. Guten Abend, Professor Calvini! Könnten Maiglöckchen oder Herbstzeitlose oder womöglich eine fatale Mutation derselben die Ursache der aktuellen Epidemie sein?
(Calvini) Zunächst einmal: guten Abend! Nun, streng genommen versteht man unter dem Begriff Epidemie eine extreme Häufung von Ansteckungen mit einer Infektionskrankheit. Nach derzeitigem Kenntnisstand gehen wir jedoch von einer Welle von Vergiftungen aus, deren Ursache eine bisher unbekannte Pflanzenseuche sein könnte, also eine Epidemie auf der Ebene des Auslösers, nicht jedoch der Opfer, wenn Sie so wollen.

(Moderatorin) Danke für diese Richtigstellung, Herr Professor. Kommt also Ihrer Ansicht nach eine der genannten Pflanzen als Ursache der Todesfälle infrage?
(Calvini) Die biologischen Institute der Uni und Med-Uni Wien sowie der Universität für Bodenkultur und der AGES, die uns bei der Probenentnahme in den Vegetationsgebieten unterstützen, haben keinerlei Hinweise auf eine Kontamination von Allium ursinum, wie der biologische Name des Bärlauchs lautet, durch Maiglöckchen, Herbstzeitlose oder andere potenziell giftige Pflanzen ergeben. Angesichts der Opferzahlen müsste man von einer flächendeckenden Durchsetzung des Bestandes ausgehen. Darauf haben wir bis dato keinerlei Hinweise gefunden.
(Moderatorin) Wo liegt dann die Quelle der Vergiftungen? Sie sprachen vor der Sendung von Indikatoren für einen neuen Ansatzpunkt.
(Calvini räuspert sich.) In der Tat, den scheint es zu geben. Mit unseren bisherigen Ergebnissen an die Öffentlichkeit zu treten, halte ich jedoch für verfrüht, zumal noch eine ganze Reihe von Untersuchungen erforderlich ist, um den Verdacht zu verifizieren. Sie können sich vorstellen, dass die Wirkung der betreffenden Substanz nicht in vivo getestet werden kann. Selbst Tierversuche bedürfen gewisser Vorlaufzeiten für die behördliche Genehmigung. Derzeit laufen Labortests und diverse mikrobiologische Verfahren, bis zu deren Abschluss ich um Geduld bitten muss. Vorerst kann ich mich nur den Warnungen anschließen und dringend davon abraten, Wildkräuter jeglicher Art zu sammeln.
(Moderatorin) Herr Professor, tausende Zuseherinnen und Zuseher, die in den letzten Tagen ihre erste Bärlauchsuppe genossen haben, fragen sich, welchem gesundheitlichen Risiko sie sich damit ausgesetzt haben.

Na eben, dachte Jasse, tausende! Selbst wenn ihr Nachbar einer von ihnen war, hieß das noch lange nichts. Außerdem hätte er wohl Bärlauch gesagt, wenn er Bärlauch gemeint hätte. Bei *Kräuter* dachte man doch an Basilikum oder höchstens noch Petersilie. Spätestens nächste Woche würde sie ohnehin drüben klingeln, wegen der Friedhofsgeschichte, und dann würde sie ja sehen.

„Wieder mal eines deiner Hirngespinste, Spätzchen", würde Mama jetzt sagen und ihr durch die Haare wuscheln. Wenn sie hier wäre. Jasse rückte ein paar Millimeter näher an ihren Dad heran. Er legte ihr den Arm um die Schultern und drückte sie.

*

„Bah, ist das ein schnöseliger Typ", fauchte Olga. „Herr Professor dies, Herr Professor das."

Kiki zuckte die Schultern. „Aber schlecht schaut er nicht aus, kantiges Gesicht, graumelierte Haare."

„Auf sowas stehst du? Wer, bitte, trägt heute noch einen Dreiteiler? Und diese nasale Stimme, wie Graf Bobby höchstpersönlich."

„Scht!"

(Calvini) Mit aller gebotenen Vorsicht und unter den genannten Vorbehalten kann ich Folgendes verraten: Bei bis zu 8 Prozent der heute im Großraum Wien extrahierten Bärlauch-Proben wurde eine Anomalie gefunden, die sich optisch relativ unauffällig als punktförmige bis streifige Verfärbung bemerkbar macht. Sie ist auf einen Pilzbefall der Blätter zurückzuführen. Es scheint sich um eine bisher unbekannte Art zu handeln, die ein Mykotoxin, ein Pilzgift, enthalten könnte. Wohlgemerkt: könnte!

(Moderatorin) Wir sprechen hier von einer Art Schimmelpilz?
(Calvini) Ich muss Sie bitten, dazu die Experten zu befragen, die mit der mykologischen Analyse befasst sind. Es steht jedoch außer Zweifel, dass Schimmelpilze in vergangenen Jahrhunderten nicht selten zu Massenvergiftungen geführt haben. Sicher ist Ihnen der Begriff *Mutterkorn* geläufig. Es bildet sich unter entsprechenden Umweltbedingungen auf Getreideähren und produziert Alkaloide, die zu …
(Moderatorin) Bevor wir nun zu tief in die Historie eintauchen – können Sie unseren Zusehern und Zuseherinnen bereits etwas über die Wirkungsweise des Giftes verraten, von dem wir heute sprechen? Ist es erforderlich, sich in medizinische Behandlung zu begeben, wenn man Bärlauch zu sich genommen hat?

„Na, endlich unterbricht sie sein Geschwafel!", freute sich Olga. „Bisher hat sie ihn ja angehimmelt wie Gottvater."

(Calvini) Sicher scheint, dass sich die Wirkung unmittelbar nach dem Genuss entfaltet. In einer Geschwindigkeit und Zuverlässigkeit, die uns bisher von keiner anderen Substanz bekannt ist, sei sie natürlichen oder künstlichen Ursprungs. Drastisch ausgedrückt, stellt es sich uns so dar: Wer eine halbe Stunde nach dem Essen noch lebt, ist nicht in Gefahr.
(Moderatorin) Medizinische Maßnahmen sind also nicht erforderlich, wenn keine Symptome vorliegen?
(Calvini) Korrekt! Auf der anderen Seite scheint es für sämtliche Maßnahmen zu spät, sobald Symptome vorliegen.
(Moderatorin) Der Bärlauch steht in diesem Jahr erst ganz am Beginn seiner Vegetationsperiode. Müssen wir mit einer weiteren Ausbreitung der Seuche rechnen?
(Calvini) Das ist zu befürchten.

(Moderatorin) Ist die Krankheit ansteckend? Könnte der Pilz mutieren und sich von Mensch zu Mensch verbreiten wie das Coronavirus?
(Calvini) Das kann ich mir nicht vorstellen. Doch ich bitte erneut um Verständnis, dass ich für diese Fragen nicht die richtige Ansprechperson bin. Unser Institut beschäftigt sich lediglich mit der Analyse der Todesursachen. Mit der genaueren Natur des Schädlings setzen sich die diversen mikrobiologischen Institute auseinander.
(Moderatorin) Zu welchen Vorsichtsmaßnahmen würden Sie nun raten?
(Calvini) Ich meine, es reicht zunächst einmal aus, keine Wildkräuter zu sammeln, keine zu essen, auch nicht in der Gastwirtschaft des Vertrauens. Zwar ist Pilzbefall bei Pflanzen oft eng an bestimmte Wirte gebunden, doch derzeit empfände ich es als fahrlässig, eine Übertragung auf andere Pflanzen auszuschließen. Wer sichergehen will, sollte sich in nächster Zeit an Tiefkühlgemüse und -kräuter halten, bis die Ergebnisse der Untersuchungen vorliegen.
(Moderatorin) Das klingt bedrohlicher, als die Behördenwarnung vor einer Stunde vermuten ließ.
(Calvini) Mag sein, dass meine Vorsicht übertrieben ist. Doch auch den Wagemutigsten muss ich raten: Finger weg vom Bärlauch!
(Moderatorin) Können Sie aufgrund Ihrer Untersuchungen den Hinterbliebenen etwas Tröstendes mit auf den Weg geben? Immerhin scheint es sich um einen schnellen Tod zu handeln.
(Calvini) Ich kann versichern, dass die Verstorbenen nicht gelitten haben! Es gibt keinerlei Anzeichen für schmerzhafte Vergiftungssymptome des Verdauungstraktes oder sonstige Beschwerden, mit denen wir für gewöhnlich in solchen Fällen zu tun haben. Sämtliche Opfer, bei denen wir einen Zusammenhang mit Bärlauch-Genuss herstellen

konnten, sind sehr schnell und, den Zeugenaussagen zufolge, glücklich gestorben.
(Moderatorin, schluckt irritiert) Dabei wollen wir nicht vergessen, dass Wiederbelebungsversuche in allen Fällen vergeblich geblieben sind.

„Ha!", rief Olga, suchte Kikis Blick. „Hörst du das? Und schau dir an, wie die dreinschaut."

„Ich wäre auch verwirrt an ihrer Stelle. Was für ein Idiot! Tröstliche Gedanken sind eines, aber gleich vom glücklichen Sterben zu reden – immerhin sind die Leute mitten aus dem Leben gerissen worden."

„Pst!" Olgas Blick war auf den Bildschirm geheftet, wo die Kamera von der Moderatorin wieder auf den Gast schwenkte, der nun richtig in Fahrt kam.

(Calvini) ... tatsächlich tröstlich! Den Zeugenaussagen zufolge lachten Betroffene unmittelbar vor ihrem Tod und hörten nach einer Geste des Aufmerkens, ja, Aufleuchtens, wie es eine Hinterbliebene nannte, zu atmen auf, während vermutlich gleichzeitig das Herz aussetzte. Die psychotrope Wirkung scheint alle eventuell vorhandenen körperlichen Missempfindungen zu überdecken. Ein guter Tod, der bestmögliche, wenn man so will.
(Moderatorin, mit finsterem Blick) Der dennoch den Wenigsten willkommen gewesen sein dürfte, schon gar nicht den Angehörigen der Opfer! Kommen wir nun zum Besuch des israelischen Außenministers ...

Kiki kämpfte mit den Tränen. Sie sah es in Olga arbeiten, sah sie zu Schlüssen kommen, zu denen in diesem Moment vermutlich Unzählige kamen, die wohl Angst vor dem Sterben, jedoch keine vor dem Tod hatten, weil er den einzig sicheren Ausweg aus ihrem Leiden bot. Sie rieb sich die Arme, bemühte sich um einen heiteren Ton.

„Ist dir auch so kalt? Ich dreh die Heizung ein Grad wärmer, was meinst du?“ Verdammt, warum hatten sie diesem selbstgefälligen Typen nicht das Mikro abgedreht? War das nicht Aufgabe der Regie? Das Mindeste, was man vom öffentlich-rechtlichen Fernsehen erwarten durfte, war doch wohl, dass es keine Werbung für todbringende Drogen brachte. „Wenn ich schon stehe, kann ich auch gleich das Käsegebäck mitbringen. Ein Glas Rotwein für dich? Wollen wir die Doku weiterschauen?“

„Garantiert glücklich sterben ohne Nebenwirkungen, das wär's doch!“, antwortete Olga. „Ein Geschenk der Natur, meinst du nicht?“

*

Aus den Augenwinkeln sah Jasse ihren Vater regungslos auf den Bildschirm starren, die Bierflasche auf dem rechten Oberschenkel balancierend. Schlaff lag sein Arm um ihre Schultern. Sie meinte zu wissen, was er dachte, und wollte es nicht wissen und auch selbst nicht denken müssen. Nichts denken müssen.

Sie beugte sich vor, nahm ihr Telefon vom Sofatisch, tippte *Mutterkorn* in die Suchmaske, wählte *Bilder*. Ein schwarz verfärbter Fuß, aus dem ein Knochen ragte. Alte Zeichnungen und Gemälde verstümmelter Menschen mit schmerzverzerrten Fratzen, vergiftet durch *Mutter*korn. Ein Schwarzweißfoto zeigte eine elend dreinblickende junge Frau mit schwarz verschrumpelter Nase. Jasse meinte, ihr Spiegelbild zu erkennen, innerlich und äußerlich verrottend durch die Schuld ihrer Mutter. Mutterschuld. Mutterkorn. Zwischendrin Abbildungen von Getreideähren, aus deren Seiten übergroße schwarze Körner wuchsen, die Jasse an den schrumpeligen Affenpenis erinnerten, den die Alte in der Reality-Show letztens kreischend in der Hand gehalten hatte.

Sie tippte den ersten Link in der Liste nach Wikipedia und den drei Gesundheitsseiten an und landete wieder auf der *Sporenwelt*-Seite, von der sie vorhin den größten Teil ihres Referats über die Mykorrhiza, die Symbiose zwischen Bäumen und Pilzen, kopiert hatte.

(Sporenwelt.de) Die Bezeichnung Mutterkorn geht vermutlich auf die volksmedizinische Anwendung als blutstillendes Mittel nach Geburten zurück, die seit dem 17. Jahrhundert belegt ist.
Besonders in ertragsarmen Jahren mit nassem Frühjahr und heißem Sommer nisten sich die mikroskopisch kleinen Sporen des Schlauchpilzes *Claviceps purpurea* auf Roggen und anderen Gräsern ein und bilden purpurfarbene bis schwarze Auswüchse, das Mutterkorn. Darin enthaltene Ergotalkaloide (stickstoffhaltige organische Verbindungen) rufen schwere Vergiftungen hervor, die im Mittelalter, vor allem in Deutschland und Frankreich, Familien und ganze Dorfgemeinschaften dahinrafften. Die Krankheit, heute Ergotismus genannt, war damals als Antoniusfeuer, Kriebelfeuer oder Heiliges Feuer bekannt und galt als Strafe Gottes und Krankheit der Armen.
Funfact: Der Adel von Gottes Gnaden blieb tatsächlich weitgehend verschont, da er es sich leisten konnte, Fleisch und Weizen höherer Qualität zu sich zu nehmen.
Als erste Symptome des Ergotismus stellen sich Kopfschmerz und Erbrechen ein, darauf folgen heftig brennende Schmerzen am ganzen Körper, hervorgerufen

durch eine extreme Verengung der Blutgefäße. Die Opfer leiden an unstillbarem Durst, Halluzinationen, Lähmungserscheinungen und Krampfanfällen. Schließlich setzt Muskelschwund ein. In vielen Fällen kommt es zur Bildung von Nekrosen, das Gewebe mumifiziert, wird schwarz wie das auslösende Korn, tödliche Blutvergiftungen tun das Übrige. Gelegentlich fallen Gliedmaßen auch ohne Blutverlust ab und es kommt zur Heilung. Das „glückliche" Opfer kann weiterleben, schwerstbehindert und zumeist für den Rest seiner Tage auf Almosen angewiesen, wovon zahlreiche mittelalterliche Abbildungen Zeugnis ablegen.
Heutzutage tritt Ergotismus zumeist als unerwünschte Wirkung von Medikamenten auf Basis von Mutterkornalkaloiden auf, die etwa zur Bekämpfung von Migräne eingesetzt werden. Überlegt also beim nächsten Mal gut, ob diese zweite Tablette wirklich notwendig ist …
Funfact 2: Mutterkornalkaloide sind auch die Basis der psychoaktiven Droge LSD. Wie so oft liegen Heil und Schrecken eng beieinander.

War natürlich blöd, wenn das mit dem Sterben so ablief, dachte Jasse. So schmerzhaft und unappetitlich und sozial voll ungerecht. Dagegen wirkte dieses neue Zeug ja richtig nice.

Ihr Dad hatte sich immer noch nicht bewegt, starrte auf den Bildschirm, als ob er sich brennend für den Nachwuchs der Koboldmakis im Schönbrunner Zoo interessieren würde. Sie überlegte, ob sie ihn jetzt fragen sollte. Immerhin hatte sie heute schon einmal unerwartetes Glück mit einer Frage gehabt. Ob er glaubte, dass Mama tot war, wollte sie ihn fragen. Vielleicht wusste er es ja sogar, hatte nur Angst, es ihr zu sagen. Immerhin wäre das ein Grund, warum sie sich nicht meldete. Jasse holte tief Luft. Die Möbelhauswerbung. Wenn sie nur wüsste, ob man nach dem Tod wirklich alle wiedertreffen konnte, die man mochte. Aber das würde sie lieber Herrn Roth fragen, wenn sie mit ihm zum Friedhof fuhr. Ihr Dad räusperte sich.

„Papa."

„Ja, mein Vögelchen?" Er war heiser, seine Augen gerötet.

Wenn Mama nun nicht tot war, wenn sie ihn durch ihre Frage erst auf diesen Gedanken brachte?

„Ach, nichts."

Die drei Frauen erreichten den Gipfel des Hügels und wandten sich talwärts. Nach dem steilen Aufstieg hörte Kiki sie schnaufen. Mit Ärmeln und Taschentüchern tupften sie sich den Schweiß von Stirn und Nacken, sahen den Hunden zu, die einander über die sonnenbeschienene Wiese jagten, und betrachteten die Aussicht über den westlichen Teil der Stadt, ohne ein Wort miteinander zu wechseln.

Von der Bank des Picknicktisches aus hatte Kiki ihren zielstrebigen Marsch beobachtet. Das waren keine Spaziergängerinnen, die hatten ein Ziel. Zusammengerollte Stoffbeutel in ihren Händen zerstreuten letzte Zweifel. Es musste sich um Sammlerinnen handeln. Kiki beschloss, ihnen zu folgen. Sie selbst war bis jetzt nicht fündig geworden, hatte einfach zu wenig Ahnung, was Kräuter, beziehungsweise Pflanzen im Allgemeinen, anging. Wie absichtslos schlenderte sie die letzten Meter hangaufwärts.

Die drei Frauen traten in den Schatten des Waldes. Hinter dem Stamm einer Buche verborgen, beobachtete Kiki, wie sie den mit Nestern von Veilchen und Himmelschlüsseln gesprenkelten Waldboden abschritten. Sie huschte ihnen nach, von Baum zu Baum, so lautlos sie konnte, bis ihr die Lächerlichkeit ihres Benehmens aufging. Schließlich tat sie nichts Verbotenes.

Die Frauen stießen auf ein kleines Feld hellgrün leuchtender Blattlanzetten, das Kiki bereits vor einer halben Stunde inspiziert hatte, ohne genau zu wissen, wonach sie Ausschau halten musste. Gebückt strichen sie mit den Händen durch das Grün, rissen hier und dort ein Blättchen aus, um es genauer zu prüfen und wieder fallenzulassen. Sie ignorierten Kiki, die sich von der Seite her näherte. Erst nachdem sie sich aufgerichtet und flüsternd beratschlagt hatten, erhaschte Kiki den Blick der Jüngsten. Eine sparsame Drehung des Kopfes, ein bedauerndes Zusammenpressen der Lippen und sie wusste Bescheid: Hier war keine Spur des Gesuchten zu entdecken.

„Kata!", kommandierte eine der älteren Frauen flüsternd.

Kata zwinkerte Kiki zu und folgte den anderen. Konspirativ und solidarisch, dachte Kiki.

„Du tust es für mich", hatte Olga ihr befohlen und damit ihre anfängliche Weigerung beiseitegewischt. „Ich brauche einen Backup-Plan, Ende der Diskussion!" Beihilfe zur Selbstbestimmung, Olgas Joker, der alle anderen Argumente schlug.

Im Abstand von einigen Metern folgte Kiki den dreien bis zu einem Weg, der entlang eines Maschendrahtzaunes steil bergab führte und den frei zugänglichen Wald am Schafberg vom Wald im Park trennte. Sie ließen einen Mountainbiker passieren, der sich schwer atmend den Hang heraufquälte, und marschierten auf eine Gittertür zu. Ohne sich umzusehen, versetzte die letzte der Frauen dem Türflügel im Hindurchgehen einen kräftigen Stoß, um ihn für Kiki offenzuhalten.

Ihr Blick schweifte über trockenes Laub, Leberblümchen und Primeln zu beiden Seiten des asphaltierten Weges, der tiefer in den Park hineinführte. Alle Vögel waren schon da. Jeder sang sein eigenes Lied. Eben war ihr das noch harmonisch erschienen, doch mit einem Mal kam es ihr vor wie willkürliches Geschrei, unheilverkündend sogar. Ein heftiger Windstoß ließ die Baumkronen zittern und Sonnenflecken über den Boden tanzen. Kiki konzentrierte sich auf das Aneinanderschlagen der Äste und das Rascheln der Zweige, um das Vogelgekreisch auszublenden. Erste Blattknospen hatten einen feinen Grünschleier über die Zweige der niedrigeren Bäume und Sträucher geworfen. Die hohen Buchen schienen noch kahl. Trotz des morbiden Zwecks der Expedition sprach nichts dagegen, sich über den Frühling zu freuen, ihn wenigstens wahrzunehmen, wenn sie schon mal rauskam. Die Vögel zwitscherten wieder wie sonst.

Der Weg mündete in einen breiteren und hier trafen sie auf andere. Ein hagerer Alter in einem extravaganten weinroten Mantel verließ am Arm seiner jüngeren Begleiterin den Weg und tastete sich mit vorsichtigen Schritten über den Waldboden bergauf. Ob die Frau in Trainingskleidung, die im Laufschritt ihr quietschendes Kleinkind im ebenfalls quietschenden Buggy vorbeischob, auch zu den Sammlerinnen gehörte? Der Gedanke verursachte Kiki eine Gänsehaut und sie ermahnte sich, nicht über andere zu urteilen. Die einen kamen, die anderen gingen.

Ein unterdrückter Ausruf. Wenige Meter hinter Kiki war der alte Mann im roten Mantel auf dem laubbedeckten Boden ausgeglitten. Ungeschickt zerrte ihn seine Begleiterin am Arm hoch, und sie kämpften sich weiter über den trügerischen Grund.

Die Hände in den Hosentaschen vergraben, kickte ein Mädchen einen Stein vor sich her. Ungeachtet der kühlen Temperaturen hatte sie ihren Parka an den Ärmeln um die Taille gebunden. Wie alt sie sein mochte? Vierzehn? Fünfzehn, höchstens. Sie bemerkte Kikis Blick, hob die Augenbrauen und spielte ihr den Stein genau zwischen die Füße. Zu fest schoss Kiki zurück und ins Aus, zuckte bedauernd mit den Schultern und blieb stehen.

Etwa zehn Meter trennten sie vom Waldrand, der in großzügigem Schwung eine abfallende Wiese umschloss, in deren Mitte ein Baum stand, die noch kahlen Äste mit Mistelkugeln geschmückt. Misteln sehen und Miraculix denken. Unter den Bäumen ging das Gras allmählich in eine Zone mit dichtem Bärlauchbewuchs über, der zum Weg hin wieder ausdünnte. Eine Sammlerin mit wilden, langen Haaren und Fransenjacke stand inmitten der Pflänzchen, einen voluminösen Kopfhörer über den Ohren, und summte unharmonisch vor sich hin, während sie büschelweise Blätter ausrupfte und in einen Korb warf. Sie steckte sich eines der Blättchen in den Mund und kaute. Wenige Meter entfernt prüften Kikis Führerinnen die Kräuter, um nach einer geflüsterten Diskussion den Weg zu überqueren und hangaufwärts quer durch den Wald zu stapfen.

Kiki verließ ebenfalls den Weg, eilte auf die Sammlerin zu und tippte ihr auf die Schulter. „Entschuldigen Sie!"

Die Frau fuhr zusammen und schob den Kopfhörer in den Nacken. Mit ihrer großen Brille und den Sommersprossen sah sie aus wie Janis Joplin.

„Wissen Sie nicht, dass der Bärlauch tödlich sein kann?"

Janis sah Kiki belustigt an und schob sich ein weiteres leuchtendgrünes Blättchen in den Mund. „Nur weil es in den Medien ist? Das sind doch Fake-News, weil die Konzerne nicht mitschneiden können, wenn wir unser Essen im Wald besorgen. Zuerst haben sie das Dumpstern verboten, jetzt das, und demnächst ist dann Obst aus dem Garten giftig, weil es nicht in deren Folientunneln gezogen wird. Ihr seid so ahnungslos!“

„Wir?“

„Deine Generation! Lasst euch doch nicht verarschen!“

Gerade noch selbstlose Retterin, fühlte Kiki sich altern und schrumpfen. Sie rief sich den Pathologen in den Abendnachrichten ins Gedächtnis. Dass er ausdrücklich Tiefkühlnahrung empfohlen hatte, passte in dieses Bild. Ein Bild von durch skrupellose Konzerne kontrollierten Medien, dem Olga vermutlich viel abgewinnen könnte.

„Ich sammle jetzt jedenfalls, soviel ich kann“, sagte Janis, „bevor sie die Wälder sperren und uns nur noch Fertignahrung erlauben.“ Sie setzte sich die Kopfhörer wieder auf und bückte sich nach den Kräutern.

Kiki spazierte zurück zum Weg. Wenn die Vermutung der Frau zutraf, war die Geschichte mit der tödlichen Wirkung erlogen. Einerseits nicht unmöglich angesichts der Tatsache, dass Janis noch lebte. Andererseits eine fehlgeschlagene Kampagne, wenn man bedachte, dass sich wohl selten so viele Menschen im Wald herumtrieben wie jetzt.

Einen Versuch wollte sie trotzdem noch unternehmen. Aufwärts also, den Führerinnen nach, die längst außer Sichtweite waren. Schwammig federte der Waldboden unter ihren Füßen, die oberste Laubschicht trocken, darunter zahlreiche feuchte Lagen unterschiedlicher Lebensformen und Verwesungsgrade.

Sie erreichte eine Kuppe, hinter der sich ein Bärlauchfeld hangaufwärts zog. Es schien bis zur Einfriedung des Parks zu reichen, die in der Entfernung hinter den Bäumen gerade noch zu erkennen war.

Zwanzig, fünfundzwanzig Leute hockten verteilt inmitten der Kräuter. Mit den Fingerspitzen fuhren sie über die Blätter, drehten sie prüfend ins Licht und verstauten ihre Auswahl in unterschiedlichen Behältnissen. Einige ältere Leute waren darunter. Auch der Mann im roten Mantel streckte gebückt die Finger nach dem Grün, eine Hand auf das leicht gebeugte Knie gestützt, richtete sich wieder auf und rieb sich das Kreuz.

Kiki sah die schwarzgekleidete Göre ankommen, die ihr vorhin den Stein zwischen die Füße gekickt hatte. Dass man einander hier ignorierte, kümmerte die nicht. Den Rücken an einen Baum gelehnt beobachtete sie unter finster gesenkten Brauen die Pflückenden, während sie mit der Spitze ihres Schnürstiefels den Bewuchs zu ihren Füßen zerhackte. Direkt neben ihr stand, an einen Pflock genagelt, ein Schild. Die Aufschrift war aus Kikis Position nicht zu erkennen.

Knoblauchgeruch waberte ihr in die Nebenhöhlen. Nur mit Mühe schien die Sonne die Dämpfe zu durchdringen, schoss plastisch wirkende Strahlen in Cadmiumgelb zwischen den kahlen Ästen hindurch. Die Szenerie glich einem altmeisterlichen Gemälde, das Kiki in einem Museum gesehen zu haben meinte.

Vorsichtig schob sie ihre Füße zwischen den vielversprechenden Blättchen hindurch, bis sie eine freie Stelle erreichte, die sich passend anfühlte. Sie ging in die Knie. Noch bevor ihre Finger die Pflanzen berührten, sah sie die Male. Punktierte bläuliche Linien zogen sich längs über einen Gutteil der Blätter wie verblasste Tattoos. Wo die Linien sich einander annäherten, formierten sich Haufen blasser Tupfen, wie Siedlungen an sich kreuzenden Straßen.

Kiki riss ein markant gezeichnetes Blatt aus und schnüffelte daran. Es roch wie die anderen. Sie berührte es mit der Zungenspitze. Falls das Gift an der Oberfläche saß, konnte es womöglich, durch den Speichel gelöst, die Schleimhaut durchdringen. Sie horchte in sich hinein, fühlte leichten Schwindel, einen Lachreiz tief aus dem Zwerchfell. Oder bildete sich beides nur ein.

Aus dem Rucksack fischte sie eine Plastikdose, zwängte ihre Hände in Einweghandschuhe und begann mit der Ernte, den Kopf gesenkt, um nicht über die anderen nachdenken zu müssen. Ihnen zu erläutern, wie es sich anfühlte, getötet zu haben, und dass man die Reue nie wieder loswurde, kam ebenso wenig in Frage, wie ein schnelles Foto von der malerischen Szenerie zu schießen. Diskretion war das Stichwort. Selbst für den unwahrscheinlichen Fall, dass alle hier nur vorsorgen wollten für den eigenen Abgang durch die Hintertür.

In der Hocke watschelte Kiki im Kreis, zwickte Blatt um Blatt ab, füllte die Dose, bis ihr eine fremde Hand in die Quere kam, blasse Haut und abgekaute, schwarz lackierte Nägel. Kiki sah auf. Das finstere Mädchen hatte ihren Baum verlassen.

„Glaubst du, die wirken noch, wenn man sie einfriert oder trocknet?“ Ihre Stimme war ungewöhnlich rauchig für ihr Alter.

„Woher soll ich das wissen?“ Kiki warf einen Blick in die Runde, doch niemand interessierte sich für ihr Zusammentreffen. „Bist du allein?“

„Darf ich nicht in den Park, oder was? Bin ich ein Baby?“

Mit einer Drehung von linkem Fuß und Oberkörper gab Kiki der Kleinen zu verstehen, dass sie sich für ihre Patzigkeiten eine andere Adresse suchen sollte, und griff nach einem der tätowierten Blätter. Das Mädchen war schneller. Sie rupfte es aus und stopfte es sich in den Mund.

Kiki packte ihr Handgelenk. „Was soll der Scheiß?"

Das Mädchen riss sich los und spuckte das Blatt aus. „Hast ein Problem?"

„Anscheinend hast du eines! Willst du dich umbringen?"

„Warum nicht?"

Wenn sie selbst es nicht wusste ... Kiki hatte gerade keinen Platz im Herzen für weitere Sorgen, Olgas aufkeimender Todeswunsch war mehr als genug. Sie wandte sich ab und fuhr mit der Ernte fort.

„Typisch, falsch ohne Ende, zweierlei Maß und alles!", zischte die Kleine in ihrem Rücken. „Du hast doch selber vorhin, ich hab's genau gesehen."

„Was hab ich?"

„Eins von den Blättern abgeleckt. Also was ist, willst du dich auch umbringen? Oder wen anderen?"

„Ich will niemanden ..."

„Schon klar!" Das Mädchen schnaubte. „Du stehst bloß auf Bärlauchsuppe. Als ob jemals irgendwer ... Ich mein, im Ernst – schmeckt das irgendwem? Bärlauchsuppe, Bärlauchspaghetti, Bärlauchknödel. Gibt's eigentlich schon Bärlauchschokolade und Bärlaucheis?"

„Ich mag's", übertrieb Kiki. „Sehr gesund."

„Typisch!"

„Hör mal ..."

„Was?!"

„Ich hab zu tun. Lass mich in Frieden. Ich steh nicht auf Kinder."

„Schlechte Karten für den Fortbestand der Menschheit, wenn das um sich greift. Aber dir ist wohl eh mehr nach Vernichtung, sonst wärst du ja nicht hier."

„Oh Lord, won't you buy me ...", summte Kiki. Einmal an Janis Joplin gedacht und schon das Lied im Ohr.

„Kenn ich", sagte das Mädchen. Beidhändig riss sie Blätterbüschel ab und stopfte sie in die Taschen ihrer Jacke. „Uralt. Hört mein Dad manchmal im Auto."

Kiki drückte den Deckel auf die Dose.

„Gehst du schon? Ist doch noch nicht voll. Hast du genug oder nur genug von mir? Haha."

„Beides. Man kann ja nur einmal sterben. Falls man davon stirbt."

„Soll ich für dich testen? Ich mach das."

„Sag, was nervst du eigentlich gerade mich? Kennen wir uns?"

Entgeistert sah die Kleine sie an. „Klar kennen wir uns! Hallo? Ich hab vor ein paar Wochen Loki abgeholt und du hast mir die Tür aufgemacht. In der Rankgasse. Du warst zu Besuch bei meinen Nachbarn."

„Adrian?"

„Wenn Adrian der Vorname vom Herrn Roth ist."

„Ach, der wird nicht geduzt?"

„Hey!" Ein Mann im Grobstrickpulli wedelte in einiger Entfernung mit den Armen. Hinter ihm zu beiden Seiten marschierten zwei weitere in Latzhosen, gefolgt von einem Schwarm von etwa zwanzig Frauen und Männern unterschiedlichen Alters in grünen Gummistiefeln mit schräg vor dem Bauch hängenden Beuteln. In Kampfformation stapften sie auf die Erntenden zu. „Weg da, sofort!"

Rundum raschelte und knackte es, als die Pflückenden aufsprangen, ihr Zeug zusammenrafften und davonhuschten wie Kellerasseln, wenn das Licht angeht. Alle bis auf Kiki und das Mädchen.

„Können Sie nicht lesen?"

Nur noch wenige Bäume trennten sie von den Männern. Kiki verstaute die Dose im Rucksack.

Der mit dem Norwegerpulli deutete auf das Schild. „Bärlauch pflücken verboten! Hauen Sie ab, sonst zeige ich Sie an!"

„Bin schon weg."

„Haha", lachte das Mädchen gekünstelt. „Sind Sie hier der Hagrid, oder was?" Schritt für Schritt ging sie rückwärts, fixierte provozierend den Parkaufseher, der sich ihr in drohender Haltung näherte. Ein Ast knackte unter ihrem Fuß, sie glitt aus und fiel auf den Hintern. „Scheiße, mein Steißbein! Ich zeig dich an, du Schwein!"

„Halt die Klappe!" Kiki packte ihren Arm, zog sie hoch und rückwärtsgehend mit sich fort.

„Ein Verbrechen ist das, ein Kind zu solchen ...", schimpfte der im Norwegerpulli.

„Wir haben das Schild nicht gesehen."

„Unverantwortlich!"

„Machen Sie Foto, Chef, schnell!", sagte einer der Arbeiter. „Für Polizei."

Und jetzt drehte Kiki sich doch um, zog sich die Kapuze ihres Hoodies über und rannte, das Mädchen am Handgelenk gepackt. Die Geländekuppe umrundend, stolperten sie bergab über Wurzeln und laubbedeckte Löcher, bis sie den Weg erreichten. Rannten weiter. Andere, die vor ihnen losgelaufen waren, hatten den Schritt längst gebremst. Kiki überholte, sprintete auf das Tor zu, nicht das von vorhin, ein anderes, größeres, egal, Hauptsache raus aus dem Park.

„Hey, stopp, ich sterbe!", japste das Mädchen und entwand sich ihrem Griff.

Kiki drehte sich um, ohne anzuhalten, sah die Kleine austraben, die Glieder schlenkernd, als zerfiele sie in ihre Einzelteile.

„Ich dachte, sterben war der Plan", keuchte sie, scannte das Gelände, ohne Verfolger zu entdecken. Sie hob die Hand zum Gruß, holte im Umdrehen noch einmal tief Luft und lief weiter. Erst als sie das Tor durchquert hatte, es klappernd hinter sich in den Rahmen fallen hörte, hielt sie an. Geschafft!

Sie streifte die Kapuze ab und stützte die Hände auf die Knie, atmete tief durch. Kühler Wind fuhr ihr in die Haare. Konzentriert auf ihren ruhiger werdenden Atem, das Heben und Senken des Brustkorbs, ging sie auf einen sonnenbeschienenen Baumstamm zu. Wie für sie persönlich hinterlassen lag er am Wegesrand, die Rinde eine silbrige Einladung. Kaum ließ man einen Zaun, eine Mauer hinter sich, glänzte alles doppelt schön. Sie setzte sich, legte den Kopf in den Nacken, drehte das Gesicht ins Licht. Heute hatte sie einiges geschafft, das sie abends in ihr Buch eintragen konnte, jeden Erfolg in eine eigene Zeile.

Kräuter für Olga gesammelt.

Den Wächtern und damit der Polizei entronnen.

Ein Kind gerettet.

Und dann noch Sport.

Ein ambitioniertes Tagesprogramm, abgehakt innerhalb einer Stunde. Würde sie noch rauchen, wäre das der Moment für eine Belohnungszigarette.

Der Versuchung zu rauchen widerstanden. Noch eine Zeile.

Das Tor klapperte.

„Hättest ruhig auf mich warten können!"

Das Mädchen ließ sich neben ihr auf den Baumstamm plumpsen, so nah, dass Kiki überlegte, ob sie wegrücken oder den Arm um sie legen sollte. Sie hielt still.

„Wozu die Hetzerei?"

„Ich kann mir nicht leisten, erwischt zu werden."

„Weil?"

„Das schon zu oft passiert ist."

„Du bist schon öfter von Parkwächtern geschnappt worden? Oder überhaupt? Von der Polizei?"

Kiki wandte sich ab, prüfte den Weg, der am Zaun entlang bergauf in den Wald führte, und beschloss, lieber die Straße zu nehmen, die an der anderen Parkseite entlang zu einer Straßenbahnendstation führte.

„Warst du schon mal im Gefängnis?"

Konnte die Kleine keine Ruhe geben? „Wie heißt du?", versuchte Kiki sie abzulenken.

„Jasse. Warum antwortest du nicht? Sag schon, warst du im Gefängnis?"

„Jasse? Was ist das für ein Name? Skandinavisch?"

Jasse schielte zum Himmel, saugte schmatzend an den Zähnen. „Mann! Das kommt von Jasmin. Aber ich bin kein Scheiß-Blütenstrauch!"

So wütend. Kiki betrachtete Jasse und versuchte, an Blüten zu denken, zart, weiß, duftend. Jasse hingegen roch nach Knoblauch und auch ein wenig nach Schweiß von der Rennerei.

„Alles klar", sagte Kiki schließlich und streckte ihr die Hand hin. „Ich bin Kiki. Christiane Maria eigentlich."

Jasse legte ihre schlaffe Hand in Kikis, die den Impuls, kräftig zuzudrücken, bezwang.

„Hast du Lust auf Pizza?"

Jasse zuckte mit den Schultern, zog die Stirn in Falten und kaute auf ihrer Unterlippe.

*

Jasse suchte in Kikis Gesicht nach Anzeichen perverser Neigungen, fand keine. Die sah ganz normal aus. Ein bisschen wie Kristen Stewart, nur älter und weniger hübsch.

„Ich bin nicht lesbisch!", verkündete sie sicherheitshalber.

„Aha." Kiki stand auf. „Wäre aber kein Problem für mich. Kommst du jetzt mit? Und räum vorher das Zeug aus deinen Taschen. Du stinkst wie ein Topf Tsatsiki."

„Du willst bloß nicht –"

„Auch das."

„Und wenn ich nicht will?"

„Dann nicht."

Jasse überlegte, worauf sich das bezog und mit welchen Konsequenzen zu rechnen war. Schließlich griff sie in ihre Jackentaschen und ließ die Blätter auf den Boden rieseln. Alle, bis auf ein paar. Die würden hoffentlich ausreichen, sonst musste sie nochmal los.

*

„Vor über dreißig Jahren trieb nach dem Reaktorunglück von Tschernobyl eine radioaktive Wolke über Europa und entlud sich in heftigen Regenfällen über Süddeutschland und Österreich. Radioaktiver Fallout kontaminierte die Böden", las Jasse von ihrem Handy ab. *„Es ist den Mykorrhizapilzen zu verdanken, dass unsere Wälder die Katastrophe relativ unbeschadet überstanden haben. Die Fähigkeit der Pilze, Schwermetalle aufzunehmen und zu speichern, bewahrte die Wirts-Bäume vor langfristigen Auswirkungen und band die toxischen Teilchen im Boden. Bis heute sind in den be-*

troffenen Regionen manche Speisepilze daher stark radioaktiv belastet. Wäre doch möglich, dass deswegen eine Mutation ..." Jasse sah auf, wollte Kikis Reaktion auf diesen irren Gedanken mitkriegen. Wenn sie nun die Erste wäre, die darauf kam? Wem erzählte man sowas? Ein Video auf Youtube am besten oder ein Podcast. Vielleicht wollte Kiki mit ihr – doch die schien gar nicht zugehört zu haben, starrte mit trübem Blick vor sich hin.

„Hallo!" Jasse ließ ihr Telefon auf den Tisch fallen. Es knallte auf das am Tellerrand balancierende Messer und katapultierte es vom Tisch. Scheppernd landete es auf dem Boden. Voller Erfolg, aufmerksamkeitstechnisch. Jasse verschränkte die Arme.

„Passiert mir auch manchmal", sagte Kiki.

„Also, was hältst du von meiner Idee mit der Mutation?", fragte Jasse.

„Hebst du es nicht auf?"

„Wozu? Bin fertig mit Essen. Kann doch der Kellner."

Kiki beugte sich hinunter, hob das Messer auf und legte es auf den Tisch.

„Mann, warum machst du das?"

Kiki schwieg.

„So Erziehungsdinger kannst du dir sparen, das wird nichts mehr bei mir."

„Ich habe es nicht wegen dir, sondern wegen des Kellners aufgehoben. Ich finde, dass man andere nur dann sich bücken lassen sollte, wenn man es selbst nicht kann."

Was war das denn für eine Antwort? So à la Heilige oder gute Fee, oder was? Oder Lehrerin. Na klar, der Genitiv! Wegen des Kellners. Eine frustrierte Lehrerin mit Depressionen, die einen neuen Lebensinhalt suchte. Nicht mit ihr! Ein Schluck noch, dann war sie weg. Die würde sie sonst glatt einen Aufsatz schreiben lassen.

Jasse holte Luft, um Kiki ihre Verachtung entgegenzuschleudern, als ein energisches Klatschen ertönte. Drei knallende Schläge von irgendwoher aus der Tiefe des Raumes. Applaus für die Zurechtweisung, unter Garantie. Wenn das keine Demütigung war. Dabei ging es doch genau darum beim Bücken, oder? Typisch Lehrerin: erst auf Kumpel tun, um ihre Lerninhalte anzubringen, dann öffentliche Erniedrigung, um dem Kind seinen Platz zu zeigen. Waren doch alle gleich. Wenn sie das Messer noch einmal runterwarf, würde die es wieder aufheben?

Ihr Blick kreuzte den der gewaltigen Frau in Schwarz, die hochaufgerichtet ein paar Meter hinter Kiki in Eingangsnähe stand und auffordernd in den Raum funkelte wie eine Flamencotänzerin. Die war es, die in die Hände geklatscht hatte und es jetzt wieder tat. Ein Kellner eilte herbei, nahm ihr den Mantel ab. Von dort aus konnte sie Kikis Bemerkung nicht gehört haben. Also wohl doch kein Applaus, sondern nur ein Signal, das dem Knecht galt, dem Kellner, der das Kleidungsstück gehorsam zur Garderobe trug.

Wie die dreinschaute. Von irgendwoher kannte Jasse diesen Blick. Die Frau fixierte Kikis Hinterkopf, ohne zu blinzeln, eine Katze knapp vor dem Beutesprung, Kiki das Opfer. Und dann sie. Vergeblich bemühte Jasse sich, ihren Zorn festzuhalten, kam sich unter dem Blick der Fremden stattdessen vor wie ein aus dem Nest gefallener Vogel. Sie schlug die Augen nieder, starrte auf die letzte Pizzaecke, die sie nicht mehr schaffen würde, griff trotzdem danach und biss ein Stück ab. Aus dem Augenwinkel sah sie, wie die

Kolosskatze sich erstaunlich geschmeidig in Bewegung setzte.

„Da, nimm meins.“ Kiki schob ihr Messer über den Tisch. „Wenn du deines nicht mehr verwenden magst.“

„Ach, so zimperlich auf einmal?“ Die Stimme passte zum Blick, kalt, mit einem schleppenden Unterton, der Jasse Schauer über den Rücken trieb. Pornokillermäßig, trotz des Lächelns. Noch gruseliger, dass Kikis Haare sich sträubten und sie die Schultern hochzog, noch bevor sie die Fremde überhaupt gesehen hatte.

„Was ist los, Kikkolina? Keine Umarmung?“ Das Lächeln war erloschen. Die Fremde schob sich einen Stuhl zurecht, schichtete mit zärtlichen Bewegungen ihre Körpermassen darauf. „Freust du dich nicht?“ Sie zog eine beleidigte Schnute.

Der Kellner kam, nahm in ehrfürchtiger Haltung ihre Bestellung auf. Die würde hier sitzen bleiben. Interessierte es die gar nicht, ob sie willkommen war? Gehört dir die Welt, oder was? Wobei. Bisher war Jasse nie der Gedanke gekommen, dass man dick und trotzdem schön sein konnte. Der herzförmige Mund, die helle Haut, die schulterlangen schwarzen Haare. Modell Schneewittchen für Übergrößen. Wenn die Augen nicht wären, die eher in Richtung boshafter Katzengottheit gingen.

„Ich freu mich jedenfalls riesig, dich zu sehen!“, sagte die Katzengöttin in drohendem Ton und schlang ihre Arme um Kiki, hielt sie umklammert, flüsterte ihr etwas zu und – Jasse hielt vor Ekel den Atem an – versenkte die Zungenspitze in ihrem Ohr. Kikis Unterlippe bebte.

„Willst du mir nicht deine Tochter vorstellen?“

„Sie ist nicht ...“ Kiki kämpfte sich aus den Armen der Killerkatze. „... ist nicht meine Tochter, nur eine

Zufallsbekanntschaft. Und sie wollte gerade gehen. Wollten wir beide, muss nur noch zahlen."

„Kommt gar nicht in Frage! Du leistest mir Gesellschaft! Und deine Nichttochter ..." Die Killerkatze wandte erst den Kopf, dann den Oberkörper in Jasses Richtung und befeuchtete ihre Lippen.

Jasse presste den Rücken an die Lehne und drehte den Kopf, um ihre Ohren in maximale Entfernung zur gegnerischen Zunge zu bringen. Die Katze stieß ein kehliges Lachen aus und kniff Jasse in die Wange, rüttelte an ihrem Fleisch, dass sie vor Schmerz fast aufgeschrien hätte. Die wollte sie zum Weinen bringen. Doch anstatt ihr die Gabel in den Unterarm zu rammen, wie Jasse es in jedem anderen Fall getan hätte, garantiert, hielt sie still. Beutetierstill. Weil die ihr sonst zur Strafe die Zunge ins Ohr oder das Pizzamesser ins Auge stoßen würde. Ein Wunder, dass sie keine schlitzförmigen Pupillen hatte.

„Man könnte was machen aus dir." Dazu wieder dieses Lächeln mit mindestens vierzig gebleichten Zähnen.

Wieder traute Jasse sich nicht zu antworten, was sie jeder anderen geantwortet hätte: Dass sie darauf schiss, etwas aus sich zu machen, weil sie kein Tonklumpen war oder ein Scheiß-Holzstück, weil sie außerdem schon etwas war. Oder besser: jemand. Auch wenn das scheinbar niemandem auffiel. Die hätte sie ausgelacht, ganz klar. Ein Twist noch an ihrer Wange, die jetzt garantiert knallrot war, dann strich die Frau ihr mit dem Zeigefinger über Mund und Kinn.

„Wenn du mal einen Rat brauchst, kannst du dich gerne melden." Als müsste man die kennen. „Sofia Gruber. Sofia für dich."

Was? Gruber? Cruella, Voldemort, Hitler, okay, aber *Gruber*? Und was für einen Rat sollte sie von der brauchen? Vielleicht war sie doch nicht Mafia, sondern Styling-Beraterin oder Body-Positivity-Bloggerin und eine alte Bekannte von Kiki, Ex-Best-Friend oder so. Das konnte manchmal auch übel ausgehen.

„Wie der Zufall so spielt, meine Liebe", schnurrte die Gruber nun wieder Kiki an, „könnte ich gerade deine Hilfe gebrauchen. Das wäre eine gute Gelegenheit, alte Schulden abzutragen, meinst du nicht?"

Kiki fuhr auf, stieß an den Tisch. „Schulden, welche Schulden?"

Das Lächeln von Frau Gruber ließ Kiki zurück auf ihren Sitz schrumpfen. Es gab also Schulden. Und jetzt war auch klar, warum die Gruber so fett war: Sie ernährte sich von den Freuden und Hoffnungen anderer Leute, eine Dementoren-Katze. Zahl der todgeweihten Vögel an diesem Tisch: zwei – und die Gruber war nicht darunter. Sofern nicht ein Wunder geschah. Jasse sah sich um, doch niemand schien zu bemerken, dass etwas nicht in Ordnung war. Im Gegenteil: Ein paar Leute himmelten die Bitch mit leuchtenden Augen regelrecht an. Jasse hingegen fühlte, dass etwas Schreckliches passieren würde, und die Tatsache, dass sie sich nicht vorstellen konnte, was genau dieses Schreckliche sein könnte, hier, mitten unter all den Leuten, half kein bisschen.

Dann das Wunder: Die Gruber stand auf.

„Vor dem Essen Händewaschen nicht vergessen! Du bist noch da, wenn ich zurückkomme, Liebes!" Keine Frage, ein Befehl an Kiki, dann zu Jasse: „Du kannst gehen. Deine Was-auch-immer-du-in-ihr-siehst und ich haben noch etwas Geschäftliches zu besprechen. Schön brav bleiben!"

„Was glaubt die, wer sie ist? Was will die von dir?“, flüsterte Jasse, noch bevor die Gruber die Tür zu den Toiletten erreicht hatte.

Kiki blies Luft aus, als hätte sie während der gesamten Begegnung den Atem angehalten. „Lange Geschichte. Los, verschwinde, bevor sie zurückkommt.“

„Ist sie gefährlich?“

Kiki zuckte mit den Schultern.

„Lass uns doch beide abhauen, komm!“

„Geht nicht. Sie hat mich, sozusagen, in der Hand.“

„So mafiamäßig oder wie?“

„Ja, klar, wir kennen uns aus dem Gefängnis, was denkst du denn?“ Kiki verdrehte die Augen. „Vergiss den Blödsinn!“ Sie griff sich ihren Rucksack, öffnete den Zipp, kramte, vielleicht nur, um Jasses Blick zu vermeiden. Ein Pochen. Sie war mit einem Fingernagel auf die Plastikdose getroffen. Hielt inne. Dachte sie daran ...? Sie zog ihr Portemonnaie heraus.

Jasse schlüpfte in die Ärmel ihrer Jacke, die über der Rückenlehne hing.

Der Kellner erschien, stellte ein Glas Rotwein und eine Pizza mit Prosciutto und Rucola auf Grubers Platz. „Darf es für Sie noch was sein?“

„Zahlen, bitte!“

Gott sei Dank, sie hatte es sich anders überlegt!

„Zusammen? Eine *Sofia Loren*, eine *Quattro Stagioni*, großes Soda-Zitron, Cola light.“ Er tippte auf sein Eingabegerät und zog den Bon heraus. „29,70, bitte! Karte?“

Während er ihr den Rücken zuwandte und Kiki den Kopf schüttelte, ganz oldschool Scheine und Münzen auf den Tisch zählte, „Stimmt so!“ sagte und er sich bedankte, fummelte Jasse die restlichen Bärlauchblätter aus ihrer Jackentasche und rupfte sie unter dem

Tisch in kleine Schnipsel, um sie im Aufstehen mit einer eleganten Bewegung auf den Rucolaberg schneien zu lassen, der die Pizza bedeckte. Ganz so elegant doch nicht, denn einige Fetzen klebten noch an ihrer Handfläche. Egal, Hauptsache, der tyrannischen Bitch wurde so richtig schlecht. Dafür würde es hoffentlich reichen. Und wenn nicht, war wenigstens klar, dass das Kraut nichts wert war.

Der Kellner ging, Jasse stand auf. „Kommst du?"

„Ich bleibe, hast du doch gehört."

Nicht gut. „Du lässt dich von der rumkommandieren?"

„Ja."

„Warum hast du dann gezahlt?"

„Damit ich gehen kann, wenn ich will. Oder sie fertig ist mit mir."

„Es wäre aber wirklich besser für dich ..."

Kiki klopfte mit der Handfläche auf den Tisch. „Danke für deine Sorge, aber ich muss meine Erfahrungen selber machen. Los, schleich dich!"

Jasse sah die Gruber geschickt zwischen den Tischen heranmanövrieren. Die schmiss kein Messer versehentlich vom Tisch.

„Sehen wir uns mal wieder?"

„Bestimmt!", sagte Kiki und wedelte sie mit der Hand fort.

„Oh, schon da, meine Hübsche", sagte die Gruber ein wenig außer Atem zur Pizza und leckte sich wieder die Lippen. Sie blickte kurz zu Jasse. „Tschüss, Mäuschen."

Ob die um ihre Katzenhaftigkeit wusste und sie absichtlich ausspielte? Jasse zögerte. Gab es noch eine Möglichkeit, den Anschlag abzubrechen? Nicht, dass es ihr um die Gruber leidtat, aber wenn die Kiki wirklich in der Hand hatte und krank wurde oder gar starb und man draufkam, woran, und der ganze Bärlauch in Kikis Rucksack ... Sie trudelte auf den Ausgang zu. Idiotisch, dass sie nicht einfach den Teller vom Tisch gefegt hatte, ein glaubwürdiges Missgeschick nach dem Messer-Debakel. Aber es würde schon gutgehen. Und wenn nicht? Zum Glück konnte Kiki jederzeit verschwinden und würde das garantiert auch tun, bevor Polizei oder Rettung auftauchten. Rennen konnte sie, das hatte sie im Park bewiesen. Cool bleiben also. Außerdem konnte man Menschen im echten Leben garantiert nicht einfach so killen.

Im Vorbeigehen stieß sie absichtlich an den Tisch eines einander anschmachtenden Pärchens, sackte unauffällig deren Zigaretten ein, während beide zu ihr aufsahen. Endlich hatte sie den Trick drauf.

Wenn sie Kikis Nummer hätte, könnte sie anrufen, sie warnen. Da! Der Feueralarmknopf neben der Tür, letzte Möglichkeit. Sie schlug mit der Hand gegen das Glas, doch es brach nicht. Und dann stand sie draußen.

Was jetzt? Die Pizzeria war ein Ecklokal mit jeder Menge Fenster. Trotzdem konnte sie sich nicht gut vor eine der Scheiben stellen und die beiden beobachten. Aber verschwinden ging auch nicht. Die Ungewissheit würde sie umbringen, und das wäre garantiert kein entspannter Tod.

„Darf ich mal das Feuerzeug?“, nuschelte sie, ohne die beiden Männer anzusehen, die rauchend am Stehtisch neben dem Eingang standen. Sie zog eine Zigarette aus dem geklauten Päckchen.

„Bist du nicht ein bisserl jung?“

„Ich bin fast vierzehn und besser rauchen als ficken, oder?“ Hätte cooler rauskommen sollen, nicht so als richtige Frage.

Der andere streckte ihr sein Bic hin. „Behalt's", sagte er. Und zu seinem Kumpel: „Ich hab damals auch nichts ausgelassen."

„Aber doch nicht schon in dem Alter?"

„Bin eben frühreif", sagte Jasse. Sie schlenderte auf das Eck zu, als sie den Motorroller entdeckte. Der stand am Straßenrand geparkt, in idealer Position, um vom Sitz aus durch das nächste Fenster Kikis Profil und den Hinterkopf der Gruber zu erspähen. Den Ellbogen auf den Tisch gestützt hielt Kiki ihre Stirn, rieb sich übers Gesicht und presste dann die Handfläche auf den Mund. Schien nicht gut für sie zu laufen. Jasse stieg auf den Motorroller und zündete die Zigarette an.

„Hey", rief der nervige Typ vom Eingang, „das ist doch nie im Leben deiner!", beließ es aber zum Glück unter theatralischem Kopfschütteln dabei.

Der Gruber hatte anscheinend niemand beigebracht, dass man mit vollem Mund nicht sprach. Sie säbelte und stopfte drauflos, während Kiki ihr offenbar aufmerksam lauschte. Bei dem Tempo musste die bald fertig sein. Die Story mit dem Giftbärlauch war also doch Fake-News gewesen. Jasse sah Kiki den Kopf schütteln, und obwohl sie ihren Gesichtsausdruck aus der Ferne nicht genau lesen konnte, kam sie ihr verzweifelt vor. Jetzt legte sie der Gruber eine Hand auf den Oberarm, redete auf sie ein, bis die den Kopf zurückwarf, anscheinend lachte. Und weiterspachtelte. Kiki lehnte sich zurück, den Blick auf ihre Hände im Schoß gerichtet, um plötzlich wie von einem Stromschlag getroffen aufzuschrecken und die Gruber anzustarren.

Die hatte den Rücken gestrafft, ihre Hände wie zur Predigt erhoben, den Kopf leicht in den Nacken gelegt, als sähe sie etwas hochgradig Überraschendes auf der kupfernen Hängelampe, turnende Gnome oder was. Auch andere Gäste waren inzwischen aufmerksam geworden. Das Besteck fiel ihr aus den Händen, die Arme krachten auf den Tisch, sie sackte zusammen. Als ihr Schädel sich langsam auf die linke Schulter neigte, eine minimale Verschiebung der Balance, geriet ihr Körper ins Rutschen. Mitsamt dem Sessel stürzte sie zu Boden, weg von Kiki, die auf sie zu sprang, die Arme ausgestreckt. Zu spät.

Jasse reckte sich, doch die Gruber war von herbeigeeilten Gästen umringt, die sich hinabbeugten, wahrscheinlich den Puls fühlten, sie in stabile Seitenlage brachten oder was man halt tat in so einem Fall. Einige telefonierten, ein paar Perverse knipsten wild drauflos. Kiki stand versteinert daneben, die Arme immer noch ausgestreckt.

Die Gruber lag am Boden, starb vielleicht oder war schon tot.

Wegen ihr.

„Au!" Jasse ließ den Zigarettenstummel fallen, steckte die Zunge zwischen Zeige- und Mittelfinger, um die Brandstelle mit Spucke zu kühlen, und verzog das Gesicht wegen des bitteren Geschmacks. Als sie den Blick wieder dem Chaos im Lokal zuwandte, konnte sie Kiki nicht mehr entdecken. Gäste stritten offenbar mit dem Kellner und einem Mann im dunklen Anzug.

Die Tür ging auf und ein ganzer Schwung Leute drängte heraus, darunter Kiki. Drei blieben vor dem Lokal stehen, unterhielten sich aufgeregt, rauchten. Die anderen verzogen sich in unterschiedliche Richtungen, nutzten anscheinend die Gelegenheit zur Zechprellerei.

Jasse stieg vom Motorroller.

„Klar war die das! ... Vergiftung ... auch eine mit Rucola gegessen ... Herzinfarkt, fett, wie die war ... Zeugenaussage ... Fernsehen ... zu gierig ... Bärlauch“, hörte sie im Vorbeigehen.

Sie durfte Kiki nicht aus den Augen verlieren. Die eilte unter den Alleebäumen davon, in Richtung Donaukanal, hatte die nächste Querstraße schon hinter sich gelassen. Ein Martinshorn heulte. Der Polizeiwagen raste die Straße entlang auf sie zu. Jasse war sicher: Jetzt würde Kiki losrennen. Doch stattdessen bremste die ihren Schritt, zog ihr Phone aus der Tasche und hielt es in Brusthöhe vor sich, als suche sie den Weg, während sie weiterging und bei der nächsten Möglichkeit links abbog. Weg von der rotweißen Rossauer Kaserne auf der anderen Straßenseite, kapierte Jasse. Dort waren nicht nur das Verteidigungsministerium, sondern auch alle möglichen Spezialeinheiten der Polizei untergebracht. Darüber hatten sie in der Schule gesprochen, weil die Pichler diese Verflechtung von Militär und Polizei bedenklich fand aus irgendwelchen Gründen, die Jasse nicht kapierte.

Sie hatte nun selbst die Querstraße erreicht. Bevor sie Kiki folgte, warf sie einen Blick zurück. Der Polizeiwagen hatte vor der Pizzeria gehalten. Und erst in diesem Moment kickte die Erkenntnis voll rein, dass sie es war, die hier gesucht wurde, auch wenn es außer ihr selbst noch niemand wusste. Sie war eine Mörderin. Sie musste sich stellen, Verantwortung übernehmen, auf Verständnis hoffen. Durfte man Kinder überhaupt einsperren? Was würde ihr Dad sagen? Und was, wenn Mama genau heute wiederkam?

Rasch drückte sie sich um die Ecke. Die Polizei würde wissen wollen, mit wem die Gruber am Tisch gesessen war, und auch, wenn niemand ihren Namen kannte – sie musste verschwinden. Genau wie Kiki. Sie fädelte sich zwischen den Schrägparkern auf ihrer Straßenseite hindurch, rannte auf der Fahrbahn das kurze Stück bis zur nächsten Ecke, sah Kiki rechts auf den Donaukanal zueilen.

Es war dumm, ihr nachzurennen. Garantiert bereute Kiki längst, dass sie sich mit ihr abgegeben hatte. Ohne Jasse wäre sie jetzt nicht in Schwierigkeiten. Die sie sich nicht leisten konnte. Das hatte die nicht nur so gesagt. Jasse wandte sich in die entgegengesetzte Richtung. Wenn sie immer geradeaus und dann links ging, musste sie bei der U-Bahnstation Schottentor landen.

Aber Kiki konnte nicht wissen, dass sie den Bärlauch auf die Pizza gestreut hatte. Jasse blieb stehen. Wenn die Polizei nach einer Frau und einem Mädchen suchte, waren sie zu zweit in größerer Gefahr als allein. Sie ging weiter. Warum war Kiki weggerannt? Schließlich hatte sie nichts zu tun mit dem plötzlichen Tod von der Gruber. Falls die tot war. Jasse hielt wieder an. Wenn Kiki mit einer Dose voll von dem Giftzeug erwischt wurde, sah es schlecht für sie aus. Wenn sie sich umdrehte und Kiki noch sah, würde sie ihr folgen und sie warnen, andernfalls nach Hause fahren und den ganzen Scheiß schnell vergessen. Gottesurteil, sozusagen.

Sie wirbelte herum. War das Kiki, die dort hinter dem Fahrradschuppen um die Hausecke verschwand? Jasse rannte los, voll im Training von der Hetzerei im Park.

„Wer jagt dich denn?"

Sie stolperte, fing sich gerade noch, weil sie den Blick gehoben hatte zu dem Typen, der mit anderen auf den Stufen vor einem Eingang saß, Unigebäude laut Aufschrift, und rauchte.

„Leck mich“, fauchte sie, rannte weiter, an den abgestellten Rädern vorbei und schräg zwischen zwei Gebäuden durch. Vor ihr lag die Donaulände in der Sonne, dahinter der Kanal. Noch bevor die Fußgängerampel auf Grün schaltete, trabte Kiki unter dem Gehupe vorbeizischender Autos über die dreispurige Straße, nicht auf dem Fußgängerübergang, sondern auf der Radspur. Jasse hätte kotzen können über ihren Spießergedanken. Radspur oder Fußweg, als ob das nicht scheißegal wäre. Es wurde grün. Hinter einem Pfeiler mit der gesprayten Aufschrift ACAB und der Statue irgendeines Heiligen war Kiki gerade auf der anderen Seite über die Stiege hinunter zum Kanal verschwunden. Mit brennender Lunge jagte Jasse über den gepflasterten Platz auf die Kreuzung zu. Genau in dem Moment, als sie hechelnd ankam, schaltete die Ampel wieder auf Rot. Knapp vor einem anrollenden Auto trat sie auf die Straße, wollte es Kiki nachmachen, doch da war kein Durchkommen. Der Hupton blies ihr fast das Hirn aus dem Schädel. Sie sprang zurück auf den Gehsteig.

Die Rotphase dauerte länger als ewig. Als Jasse endlich selbst bei den Stufen ankam, war unten, bis auf einen Mann mit Hund, niemand zu sehen.

*

Um keinen Parkschein ausfüllen zu müssen, setzte die Tochter ihn nach dem Ausflug nur schnell vor der Haustür ab. *Ausflug* hatte sie es genannt und er hatte ihr nicht widersprochen, obwohl ihm der Begriff unpassend schien für eine Expedition, die der Beschaffung tödlicher Kräuter diente. Beim nächsten Mal käme sie wieder mit hinauf, sagte sie mit starr nach vorn gerichtetem Blick, während er ausstieg. Heute hätte sie es eilig, müsse noch einkaufen und kochen und ... Im Grunde war er froh über ihre Ausflüchte, weil sie ihm eigene ersparten. Ob sie ahnte, dass seine Absichten über den besprochenen Notfallplan hinausgingen? Wäre sie mit ihm in den Wald gefahren, wenn er ihr die ganze Wahrheit anvertraut hätte?

Sie ließ die Scheibe hinunter, rief ihm nach: „Gib Mama ein Bussi von mir!“

Er nickte. Ungeachtet der Umstände hatte er jede Minute dieser letzten gemeinsamen Stunden genossen. Oder gerade deswegen. Dennoch war er nun erleichtert, sie davonfahren zu sehen. Erleichtert auch – wie jedes Mal –, dass er die Fahrt unbeschadet überstanden hatte. Kaum zu glauben, dass sie bis jetzt unfallfrei geblieben war. Ihm schien, als hätte ihre Fahrkunst keinerlei Fortschritte gemacht seit den Übungsfahrten damals, in ihrem letzten Schuljahr. Zwanzig Jahre war das womöglich schon her. Dreißig. Neununddreißig, wenn er genau nachrechnete.

Er schloss die Haustür auf, öffnete den Postkasten, nahm Prospekte heraus und einen Brief von der Pensionsversicherung. Dann stieg er die vierzehn Stufen ins Hochparterre hinauf. Dabei ließ er sich Zeit. Einerseits weil er das seit dem Sturz im vorigen Sommer immer so hielt, penibel Stufe für Stufe mit beiden Füßen erklomm, die Hand um den Messinghandlauf geschlossen. Andererseits hatte er – auch das wie immer in den letzten Monaten – Angst vor dem, was er vorfinden würde, wenn er die Wohnung betrat.

Vor der Tür hielt er inne, um zu Atem zu kommen und das Ohr an den Spalt zwischen den beiden Türflügeln zu legen. Es war nichts zu hören. Auch nichts zu riechen. Kein Brandgeruch, kein Rauch im Stiegenhaus – nicht wie an jenem Tag, als sie die Fotos all der Leute, die sie nicht zu kennen meinte, aus dem alten Album gerissen hatte, um sie über einer Kerze zu verbrennen und dabei den Spieltisch abzufackeln. Mit etwas Glück hatte sie diesmal seine Abwesenheit verschlafen.

Aber was, wenn sie inzwischen gestorben war? Sein Herzschlag, gerade erst gezügelt, fiel zurück in den Galopp, aus Selbstekel in erster Linie. Weil er *Rettung in letzter Minute* gedacht hatte.

Er schloss die Tür auf.

„Hallo!“, rief er, verhalten, um sie im Fall, dass sie schlief, nicht zu wecken. „Ich bin wieder da.“

Es kam ihm vor, als hörte er den Fernseher, ob im Schlafzimmer oder im Wohnzimmer, würde er gleich feststellen. Irgendetwas stimmte nicht mit seinem Hörgerät, wieder einmal. Er legte die Post auf die Kommode und stellte die Stofftasche daneben, fummelte am Schalter herum, zog das Ding heraus und steckte es wieder zurück, bis der Ton etwas klarer wurde. Die Fernsehgeräusche konnte er immer noch nicht lokalisieren. Seufzend griff er nach der Post und warf, nach kurzem Zögern, den ungeöffneten Brief zusammen mit den Prospekten in den Schuhkarton, in dem sie ihr Altpapier sammelten.

Er zog den Mantel aus, schob den lederbezogenen Kleiderbügel hinein und hängte ihn an den zweiten Haken von rechts, der für diesen Mantel reserviert war, den sie ihm ausgesucht hatte. Rot, zu lang, mit goldenen Knöpfen und albernen Schulterklappen, damit sie ihn von weitem erkannte. In zwei Läden hatten sie befremdete Blicke geerntet mit ihrer Frage nach einem extravaganten Mantel, bevor sie fündig geworden waren.

Auf der Garderobenbank sitzend, öffnete er die Zippverschlüsse und streifte die Winterstiefel ab, die nun bald bis zum Herbst von den Budapestern abgelöst würden, wäre dies ein normaler Jahreslauf. Er schlüpfte in die Pantoffeln. In der Küche räumte er die Tasche aus, packte das Grünzeug in eine Plastikdose und schob diese in den Kühlschrank.

Er warf einen Blick ins Schlafzimmer. Im Bett war sie nicht. Elf Schritte trugen ihn von der Schlafzimmertür durch den Flur bis zur Wohnzimmertür. Noch nie hatte er die Schritte gezählt. Er griff nach der alten Messingklinke – der neue Türgriff an der Badezimmertür lag viel besser in der Hand – und öffnete.

Sie saß auf dem Sofa, zerschnitt mit der Küchenschere die Programmzeitschrift, die vor ihr auf dem Tisch lag. Im Fernsehen waren Luftaufnahmen eines Vulkans zu sehen, untermalt von einer sonoren Männerstimme, die über mythologische Interpretationen der feuerspeienden Berge referierte, die Drachen, deren Heim man einst in ihrem Inneren gewähnt hatte.

Sie sah auf. „Du warst tot."

Trotz allem erschrak er. „Tot? Nein, nein, ich war nur kurz weg."

„Kann mir mal bitte jemand sagen ..." Sie hielt einen nahezu quadratischen Schnipsel, auf dem ein Teil eines Porträtbildes zu sehen war, in die Höhe und betrachtete mit schiefgelegtem Kopf dessen textbedruckte Rückseite, bevor sie ihn auf den Tisch segeln ließ. „Ordnung ist das halbe Leben." Sie zeigte mit der Schere auf den Fernseher, dann auf ihre Papierarbeit.

„Macht er wieder Probleme? Spielt nicht, was du sehen magst?"

„Fink funk nicht ... Bitte, schalt ...“

An ihrer Mimik sah er, wie sie den Faden verlor, wie er sich ihrem Zugriff entzog, wie sie ihn mit dem Blick verfolgte, als peitschte das lose Ende durch den Raum, der Anblick ihrer Verwirrung kaum zu ertragen.

Er setzte sich neben sie, nahm ihr sanft die ziellos umherfahrende Schere ab und streichelte ihre Hand. „Du wolltest doch die Papierschere nehmen statt der Küchenschere. Die ist so spitz, du könntest dich verletzen.“ Was redete er denn? Als wäre sie ein Kind, dessen kostbarste Lebenszeit noch vor ihm lag. „Deinen Krimi spielt es erst am Abend. Aber du magst doch auch Naturfilme. Um Vulkane geht es, feuerspeiende Berge, Lava.“

„Chinesischer Drache“, sagte sie und sah ihn kokett an, als sei das eine Chiffre in ihrem Bettgeflüster. Nur, dass er sich an nichts dergleichen erinnerte. Es ging bergab, augenscheinlich auch mit seinem Gedächtnis.

Eine Explosion jagte die Spitze eines Berges in die Luft. Glühendes Magma ergoss sich aus seinem Inneren.

„Die Fahne hoch, die Reihen fest geschlossen!“, sang sie.

„Nicht das, das singt man heute nicht mehr.“

„Zum letzten Mal wird Sturmappell geblasen“, flüsterte sie und lächelte schelmisch. „Die Knechtschaft dauert nur noch kurze Zeit. Puff!“

„Ja“, sagte er, „zum letzten Mal.“ Er fühlte sich schwach. So schwach, als wolle sein Herz jeden Moment aufhören zu schlagen. „Ich war mit Barbara im Wald. Wir haben das gepflückt, was du dir gewünscht hast, den Bärlauch, aus den Nachrichten. Erinnerst du dich?“

„Barbara“, sagte sie und entzog ihm ihre Hand.

„Unsere Tochter.“

„Natürlich! Glaubst du, ich bin blöd?“ Sie nahm die Schere, hielt die Spitze an ihr linkes Handgelenk, drückte sie leicht hinein. „Ich wollte. Aber ich bin zu firn, fum, eins, zwei, drei.“

Wieder nahm er ihr die Schere aus der Hand, legte sie außerhalb ihrer Reichweite auf den Tisch.

„Kein Himmel!“, sagte sie scharf. „Hum. Ham. Heim! Die will mich ins Heim.“

„Wer will dich ins Heim bringen?“

„Na, die. Die andere. Baba. Raba.“

„Nein, nicht ins Heim.“ Er nahm sie in den Arm, legte seinen Kopf an ihren, strich die fedrigen Haare nicht zur Seite, die ihn an der Wange kitzelten. „Unser Heim ist hier.“ Er küsste ihre Stirn. „Wir haben es gut miteinander gehabt.“

Sie schmiegte sich an ihn. „Gut! Ich weiß nicht, ob es heute, gestern oder morgen war.“

*

Kiki rannte am Ufer des Donaukanals entlang wie gehetzt, rannte schon wieder. Hinter den graffitibedeckten Arkaden zu ihrer Linken donnerte die U4 in Richtung Heiligenstadt vorbei, drängte sie unwillkürlich zum Beschleunigen, ein Wettlauf, der nicht zu gewinnen war und jäh von einem freilaufenden Pitbull gestoppt wurde, der ihren Weg kreuzte. Im ungünstigsten Moment, denn sie passierte gerade das zwischen Weg und Ufer liegende Gebäude eines Terrassenlokals, noch winterlich verrammelt. In die Enge getrieben bemühte sie sich, ihren keuchenden Atem zu beruhigen. Ihr Herzschlag raste. Sie hatte sich schon immer vor Hunden gefürchtet, wusste einfach nicht mit ihnen umzugehen. Angeblich konnten sie Angst riechen. Das Viech stand vor ihr, die Pratzen in den Boden gestemmt, den Kopf schiefgelegt, als überlegte es, ob es sie ins Bein beißen oder gleich die Kehle anspringen sollte.

„Sie will nur spielen“, behauptete ein muskelbepackter Mann, der ohne Eile näher kam.

„Ich will aber nicht mit ihm spielen.“ Ihre Stimme zitterte. Sie presste sich an die Wand in ihrem Rücken, wollte eins werden mit dem sägerauen Holz unter ihren Handflächen. „Rufen Sie ihn zurück, bitte!“

Der Mann hob die Hand, pfiff, und das Tier folgte. „Alles gut!“ Er tätschelte den Hund und zog eine Leine aus der Tasche.

„Kann ich jetzt weiter, ohne dass er mich zerfleischt?“

Der Hundehalter lachte auf, vielleicht sogar gutmütig, und gab mit einer höfischen Geste den Weg frei. „Sie. Ihr Name ist Buffy.“

Waren weibliche Kampfhunde friedfertiger? An Laufen war nicht mehr zu denken, bis sich ihr Puls beruhigt hatte. Sie warf einen Blick in die Richtung, aus der sie gekommen war und in die sich Hund und Herr zum Glück entfernten. Langsam ging sie an der leeren Terrasse des Sommerlokals entlang. Vom Weg durch ein paar hölzerne Stufen zu erreichen, ragte sie über die Böschung bis zu den Bäumen, die ihre Wurzeln in den Wasserlauf streckten. An der Seite der Plattform führte ein Trampelpfad den Hang hinab zum Kanal und unter die Konstruktion der Terrasse. Kiki duckte den Kopf unter einem Stahlträger hindurch. Ein perfekter Rückzugsort für Aktivitäten, die besser im Verborgenen blieben, wie gebrauchte Kondome, Reste abgebrannter Joints und angekokelte Alufolie bezeugten. Ihre Profilsohlen schmatzten auf dem matschigen Ufergrund. Zeit, durchzuatmen.

Sie wusste nicht mit Sicherheit, woran Sofia gestorben war oder was sie in ihren letzten Momenten so glücklich hatte lächeln lassen. Doch die Symptome entsprachen exakt jenen, die in allen Medien beschrieben wurden. Sie kramte die Dose mit dem Bärlauch aus dem Rucksack. Bärlauch und Rucola, da war in der Küche wohl etwas durcheinandergeraten. Sie hob den Deckel ab. Knapp ein Meter lag zwischen ihr und dem Kanal.

War ihre Vorsicht übertrieben? Wer sollte sie schon mit der Sache in Verbindung bringen? Seit Jahren hatte sie keinen Kontakt mehr zu Sofia gehabt, und die Angelegenheit sah sowieso weniger nach Mord als nach Küchenunfall aus. Doch angesichts der Prominenz des Opfers bestand die Chance, dass trotzdem ermittelt wurde. Sollte man herausfinden, dass die Person, mit der Sofia gegessen hatte, neben der Gelegenheit auch Motiv und Mittel zum Mord gehabt hatte, würde man sie einsperren. Dass sie nichts damit zu tun hatte, interessierte im Licht ihrer Vergangenheit bestimmt niemanden. Die einfachste Theorie war allen anderen vorzuziehen. Den Scheiß lernten Polizisten und hielten sich schon aus Faulheit daran. Falls die Pizzeria oder die Straße davor von Kameras mit Personenerkennung überwacht wurden, war sie so gut wie geliefert. Ganz so einfach durfte sie es denen nicht machen.

Darauf bedacht, nicht im Matsch auszurutschen, trat sie einen Schritt auf den Wasserlauf zu, suchte Halt an einem Baumstamm und stieg auf den flachsten erreichbaren Steinbrocken, der vor ihr im Wasser lag.

Mit einer schwungvollen Bewegung entleerte sie das Gefäß. Die Blätter segelten auf die Wasseroberfläche, wo sie sich wie Schiffchen flussabwärts ausrichteten und davonschwammen, mutig dem Schwarzen Meer entgegen.

„Scruffy was a huffy chuffy tugboat“, sang sie leise. Das Lied war ihr schon ewig nicht mehr in den Sinn gekommen. Ihr Onkel hatte es ihr vorgesungen, als sie ein Kind gewesen war. Der Hundemann hatte sie an ihn erinnert.

„Erwischt!“

Kiki fuhr herum, ließ die Dose mitten im Schwung los, sah sie klatschend im Wasser aufsetzen, glitt auf dem moosbewachsenen Stein aus, stolperte vorwärts und landete auf Händen und Knien im Dreck.

Vorsichtig richtete sie sich auf, massierte sich das schmerzende Handgelenk. „Was ist los mit dir? Willst du, dass ich einen Herzinfarkt kriege? Ich hätte ins Wasser fallen können.“

„Bist du aber nicht.“

Jasses Haare streiften die Unterseite des Stahlträgers, als sie unter die Terrasse trat. Dass sie es fertigbrachte, den Kopf in so einer Situation nicht zu ducken, befremdete Kiki, lenkte sie für einen Moment von der Frage ab, die eigentlich zu stellen war: „Was machst du hier?“

„Ich wollte dir nur sagen ... Aber hast du ja anscheinend selber bemerkt.“

„Was? Was habe ich bemerkt?“ Kiki drückte sich die Finger auf die Ohren, in denen sich ein aufdringliches Sirren eingenistet hatte.

„Na, das mit dem Bärlauch. Dass du ihn loswerden musst. Weil sie doch anscheinend was davon erwischt hat, deine komische Freundin. Ist sie tot?“

Die eben noch schützende Plattform schien sich auf ihre Köpfe zu senken. „Was weißt du davon?“ Kiki ballte die Fäuste, um die Kleine nicht bei den Schultern zu packen, es aus ihr herauszuschütteln. „Hab ich nicht gesagt, du sollst abhauen?“

„Und wenn ich mir Sorgen gemacht hab? Die war doch voll Mafia oder sowas. Hast selbst gesagt, dass sie dich in der Hand hat.“

„Du hast uns beobachtet?“

Jasse nickte. „Fenster.“

„Und wie kommst du auf die Idee mit der Vergiftung? Könnte auch ein Herzinfarkt gewesen sein. Du hast doch nicht ...“ Es war idiotisch, das Kind zu verdächtigen. Es gab nicht den geringsten Grund, und sie selbst hatte Jasse gezwungen, ihre Taschen auszuräumen. Doch warum hatte sie vor dem Lokal gewartet, sie sogar beobachtet?

„Es hat genauso ausgesehen, wie es der Typ in den Nachrichten beschrieben hat, von Weitem jedenfalls. Und bei dem ganzen Grünzeug auf ihrer Pizza ... Mann!“ Jasse knetete ihren kleinen Finger mit der anderen Hand. „Bist du von der Inquisition, oder was? Ich hetz mich ab, um dich zu warnen, und du beschuldigst mich! Glaubst echt, ich ...“ Jasse schnappte nach Luft.

Kiki sah, wie sich die Augen des Mädchens mit Tränen füllten, und senkte den Blick. Irgendetwas stimmte nicht. Doch vielleicht hatte das gar nichts mit Jasse zu tun, sondern nur mit ihren eigenen Abgründen. Als Sofia tot vom Sessel gekippt war, hatte sie einen kurzen Anflug wilder Schadenfreude gespürt.

Um etwas Zeit zu gewinnen, beugte sie sich hinunter, klopfte und kratzte an dem feuchten Dreck auf ihren Hosenbeinen herum, obwohl sie wusste, dass der Versuch zum Scheitern verurteilt war. Sie gab auf, wischte die schmutzigen Handflächen an den Oberschenkeln ab.

Jasse hatte sich nicht gerührt. Ihre Finger umklammerten jetzt die Ärmelbündchen ihrer Jacke. Dass ein Gesicht so wachsblass und trotzdem so finster wirken konnte. Wie abgetrennt schwebte es über der schwarzen Kleidung. Kiki blinzelte. Das Bild vor ihren Augen verzog sich, verschwamm. Womöglich der Kreislauf wegen der ganzen Hetzerei heute oder weil sie sich zu schnell aufgerichtet hatte. Sie griff nach der Schulter der Kleinen, halb um Halt zu suchen, halb um ihr Halt zu geben.

„Alles okay?“

„Alles super“, krächzte Jasse und räusperte sich. „Was war das für ein Lied, das du vorhin gesungen hast? Hat sich angehört wie ein Kinderlied. Ich dachte, du kannst Kinder nicht leiden.“

Kiki lachte auf. „*Scruffy* von den *Bad Manners*. Eine Ska-Band aus den Siebzigern oder Achtzigern. Ihr einziges Lied in der Art, soweit ich weiß.“ Einfach weiterquatschen, um die Wolke ihres Unbehagens aufzulösen und eine Verbindung herzustellen. „Mein böser Onkel hat mir das vorgesungen, als ich klein war, der Bruder meiner Mutter. Ein Skinhead, übler Schläger und Autodieb, aber ich mochte ihn. Für mich war er ein tätowierter Kuschelbär. Ist ab und zu unerwartet zum Mittagessen vor der Tür gestanden, um meine Mutter um Geld anzuschnorren, wenn mein Vater nicht da war. Das Heimliche an seinen Besuchen hat mir gefallen, zumal ich mindestens genauso viel Angst vor meinem Vater hatte wie er. Irgendwann ist er nicht mehr aufgetaucht.“

Jasses Gesicht hatte sich aufgehellt. „Er wäre sicher stolz auf dich."

„Stolz? Warum?" Kiki hätte ihr eine reinhauen können.

„Na, du bist doch auch ... also, warst im Gefängnis? Hast du selbst gesagt, oder? Hast du doch?"

Kiki konnte sich nicht erinnern, das gesagt zu haben. Obwohl es stimmte. Da hatte sie sich geschworen, sich nicht mehr über ihre Vergangenheit zu definieren, und das kam dabei heraus. Selbst ein wildfremdes Kind erkannte auf den ersten Blick, dass sie Abschaum war. Wahrscheinlich kam sie tatsächlich nach Onkel Rob und alle Bemühungen waren vergeblich.

Jasse redete noch immer. „... mit so Leuten wie der Mafiatante. Stört mich auch echt nicht, wenn du kriminell bist oder so, besser als immer nur langweilig und angepasst, nie was erleben und am Ende ist man tot."

Dieser verunsicherte Welpenblick. Von einem Hund so angesehen zu werden, war eine Sache. Ein Mensch sollte so nicht schauen müssen. So bedürftig. Wie ein Blick in einen alten Spiegel. Apropos Hund: „Hast du vorhin den Hund gesehen, den Pitbull?"

„Ich hab ihn gestreichelt. Und gefragt, ob er dich gesehen hat. Wie hätte ich dich sonst hier finden sollen?"

„Du hast den Hund gefragt. Was hat er gesagt?"

„Haha."

Die Hand immer noch an ihrer Schulter, dirigierte Kiki das Mädchen unter der Terrasse heraus und hinauf zum Weg. Mit einer Armlänge Abstand trotteten sie nebeneinanderher. Kiki dachte an ihr Hochgefühl nach der Flucht aus dem Park. „Es hätte ein guter Tag werden können."

Jasse schwieg.

„Ich muss heim. Schattenberg beichten. Kommst du mit zur U4?“

Jasse nickte. „Wer ist Schattenberg?“

„Meine Freundin Olga Schattenberg. Wir wohnen zusammen.“

„Und was musst du ihr beichten?“ Jasse wirkte alarmiert.

„Dass ich keinen Bärlauch habe. Sie hat MS, sitzt im Rollstuhl, kann sich kaum noch bewegen. Sie hat mich geschickt, das Zeug für sie zu sammeln. Für alle Fälle.“

Jasse schwieg.

„Und du?“, fragte Kiki.

Jasse zuckte mit den Schultern.

„Was wolltest du mit dem Zeug anstellen?“

„Meine Mama ist weg“, flüsterte Jasse kaum hörbar. „Seit fünf Monaten.“

„Wie, weg? Wo?“

„Keine Ahnung, weg halt. Mit irgendeinem Typen. Wir hatten einen Autounfall und danach hat sie *ihr Leben neu bewertet*. Job und alles hingeschmissen. Ist einfach abgehauen. Vielleicht ist sie längst tot. Wir haben seit Wochen nichts mehr gehört.“

Kiki hörte sich Laute ausstoßen, die nicht zu Worten werden wollten, weil ihr nichts anderes als Floskeln einfiel. Wahrscheinlich war es das Beste, die Kleine in den Arm zu nehmen. Doch Jasse entkam der zaghaft nach ihr ausgestreckten Hand durch zwei Seitwärtsschritte.

„Aber sie wird doch zurückkommen? Manchmal braucht man nach einer schweren Erfahrung Zeit für sich, auch wenn das bedeutet, dass man andere verletzt. Bestimmt kommt sie bald zurück.“

Jasse stöhnte genervt. „Glaubst du an Märchen? Das sagt ihr doch alle nur, weil ihr euch nicht damit beschäftigen wollt.“ Sie blickte zu Boden. „Aber ich muss. Ich hasse sie!“

„Warte mal. Der Bärlauch. Du wolltest sie doch nicht – wenn sie zurückkommt?“

Jasse drehte sich um. Ihr Mund klappte auf. „Spinnst du?“

Kiki öffnete die Arme, wollte es wiedergutmachen, sich entschuldigen. Doch Jasse schlug ihre Hand zur Seite und ging heulend auf sie los, trommelte dermaßen wild auf sie ein, dass einige Hiebe tatsächlich trafen, bevor Kiki ihre Handgelenke zu fassen bekam und ihr einen Arm auf den Rücken drehte.

„Au, du geisteskranke Schlampe, aua! Nicht sie, verdammt, nicht sie! Nicht meine Mama, du dreckige Scheißhurenfotze! Lass mich los!“ Schluchzend sank Jasse auf die Knie.

*

„Was hätte ich denn machen sollen? Ich konnte die Kleine schlecht neben dem Donaukanal liegen lassen.“ Kiki wandte sich von Olga und dem unbekannten Mann an ihrer Seite ab, öffnete ein Fenster. Auf der Suche nach Gelassenheit zeichnete sie mit dem Zeigefinger die geschwungenen Linien des schmiedeeisernen Balkongeländers am Haus gegenüber auf das Fensterbrett.

„Ich mach dir ja keinen Vorwurf“, behauptete Olga in ihrem Rücken in vorwurfsvollem Ton. Vielleicht war er auch nur überdrüssig. Der Verkehrslärm verwischte die Nuancen. Viel hätte Kiki darum gegeben, sich einfach auszuklinken und ohne ein weiteres Wort in ihrem Zimmer zu verschwinden. Der Tag platzte aus allen Nähten. Stattdessen zwang sie sich zur Konzentration. Etwas spät, denn Olga hatte weitergesprochen.

„... damit gerechnet, dass der Zeitpunkt kommen würde, wo du nicht mehr exklusiv für mich da sein willst. Eh ein Wunder, dass du es zwei Jahre lang ausgehalten hast."

„Drei."

„Wirklich? Eine tolle Leistung!"

Der leutselige Ton dieses Kerls ließ Kikis Kehle zuschwellen. Wer war das? Was hatte er sich einzumischen? Sie stützte die Hände auf das Fensterbrett, zählte die Autos, die unten vorbeifuhren. Eins. Verdammt, wo blieb der Verkehr, wenn man ihn brauchte?

„Sie sollten nicht allzu hart mit sich ins Gericht gehen."

Kiki versuchte, seine Worte mit den Fahrgeräuschen des zweiten Autos verschmelzen zu lassen. Es gelang nicht.

„... keine Schande, dass Sie Ihr Leben souverän gestalten wollen. Nicht jedem ist es gegeben ..."

Warum war es dann so viele Worte wert, wenn es keine Schande war? Kotzen hätte sie können, knallte stattdessen das Fenster zu.

„Untertänigsten Dank für die freundliche Beurteilung", sagte sie, hoffentlich kühl. „Sind Sie ein Priester oder was, dass Sie hier so rumsalbadern?"

„Kiki, reiß dich zusammen, verflucht nochmal! Der Bogdan ist von der Caritas und er hat mich gerettet, nachdem du einfach nicht aufgetaucht bist."

„Es waren bloß ein paar Stunden. Ein paar Stunden, um einem suizidgefährdeten Kind zu helfen! Das ist doch kein Grund, jemand Fremden zu holen. Das hättest du doch ein einziges Mal durchhalten können!“

„Fünf Stunden!“, fuhr Olga sie an. „Fünf Stunden länger als vereinbart! Acht Stunden also, in denen du nicht ans Telefon gegangen bist, in denen ich zu schwach war, mich selbst aufs Klo zu hieven. Zwei Stunden bin ich in meiner Pisse gesessen, bevor ich den Caritas-Notdienst angerufen habe, weil bei der Volkshilfe niemand ans Telefon gegangen ist. Hätte schließlich sein können, dass du überhaupt nicht mehr auftauchst. Ein Unfall, was weiß ich.“

„Warum hast du nicht Adrian angerufen?“

„Das habe ich. Der geht den ganzen Tag schon nicht dran.“

„Tut mir leid!“, behauptete Kiki, obwohl es ihr momentan scheißegal war. Vor ein paar Stunden hatte sie eine alte Freundin sterben sehen. Ein verstörtes Kind hatte darüber nachgedacht, sein Leben zu beenden – jedenfalls so auffällig nach Mitteln dazu gesucht, dass man diesen Hilfeschrei nicht ignorieren konnte. Was wog dagegen ein bisschen Pisse und Peinlichkeit? „Ich musste mich halt entscheiden, was wichtiger ist: das Leben einer Vierzehnjährigen oder dein Unbehagen, in die Flasche zu pinkeln.“

„Bitte, meine Damen!“ Caritas-Typ, der sich besitzergreifend neben Olga postiert hatte wie ein Leibwächter, legte die Hände fromm aneinander. „Ich bin sicher, alle tun hier ihr Bestes. Wollen Sie sich nicht setzen, liebe Kiki, damit wir die Angelegenheit in Ruhe besprechen können?“

„Liebe Kiki, ich kotz gleich.“

„Verzeihen Sie! Kiki, ohne Liebe.“ Caritas konnte also auch schnippisch. Er setzte sich neben Olga auf das Sofa, legte seine Hand auf ihre – und sie ließ das geschehen.

„Wie konntest du ausgerechnet jemanden von einer kirchlichen Organisation holen, wo du die doch so verachtest?“, fragte Kiki. Widerstrebend ließ sie sich in den gelben Sessel fallen, zu erschöpft, um noch eine Sekunde länger zu stehen.

„Wir machen keinen Unterschied zwischen denen, die Gott schon gefunden haben, und jenen, die noch auf der Suche sind, wenn sie unserer Hilfe bedürfen“, sagte Caritas würdevoll. Er sah nicht einmal schlecht aus, bis auf das zu lange schüttere Haar, das er in einem kümmerlichen Pferdeschwanz trug. „Also“, verkündete er, die Ellbogen auf die Knie gestützt, die Hände gefaltet, Kiki so eifrig zugewandt, dass sie um ein Haar gelächelt hätte. „Natürlich wird es eine Umstellung sein, aber Sie müssen sich auch die Vorteile bewusst machen. Sie können Ihre Freundin im Heim besuchen, sooft Sie möchten, und hätten keine Verpflichtungen mehr.“

Heim. Was für ein Heim?

„Sie sollten jetzt besser gehen“, sagte Olga.

„Ich?“, fragte Caritas entgeistert. „Warum?“

„Weil Sie keine Ahnung haben“, fauchte Kiki. „Wenn Olga in ein Heim übersiedelt, werde ich nicht nur traurig sein. Ich bin dann auch arbeitslos und obdachlos. Sie wird keine Assistentin mehr brauchen. Von den paar Stunden Arbeit in der Buchhandlung kann ich nicht leben. Und die Wohnung werde ich mir allein auf keinen Fall leisten können, Mister Bogdan Caritas. Dann haben Sie gleich noch einen Sozialfall am Hals.“

„Ich bin ja nicht von heute auf morgen weg“, sagte Olga. „Wir finden eine Lösung.“

„Sie könnten eine Wohngemeinschaft gründen, gute Gegend hier, schön zentral. Angesichts der steigenden Mieten machen das immer mehr Menschen, auch im fortgeschrittenen Alter“, sagte Caritas. „Und mit Ihrer Erfahrung finden Sie sicher bald eine neue Arbeitgeberin.“

„Klar, das wird ein Spaziergang. Vielleicht fange ich auch bei der Caritas an. Die nehmen da ja anscheinend jeden.“ Sie weidete sich an seinem erstarrenden Lächeln, ein alberner Triumph. „Hast du dir schon überlegt, Olga, wer dir im Heim die Joints bauen soll? Glaubst du, die lassen dich dort einfach so weiterkiffen?“

Olga und Caritas-Typ wechselten Blicke wie Eltern, die dem Kind eine bittere Wahrheit beibringen müssen und nicht wissen, wie. Viel einsamer als angesichts des stummen Einverständnisses der beiden konnte Kiki nicht mehr werden. „Warum hast du mich überhaupt um den Bärlauch losgeschickt?“

Die Frage, dazu gedacht, einen Keil caritativer Empörung zwischen die beiden zu treiben, verpuffte unter dem milden Blick des Mannes. Hatte Olga ihm ihre Suizidvorsorgepläne etwa auch anvertraut?

„Es hätte ein letzter Ausweg sein sollen“, gab sie zu. „Aber ich will doch noch nicht sterben. Schon gar nicht jetzt, wo es alle anderen machen.“ Dass sie ihr verwegenes Grinsen wiedergefunden hatte, musste man wohl als gutes Zeichen werten.

„Alle anderen?“, fragte Kiki.

„Gut informierten Kreisen zufolge.“ Olga nickte in Caritas’ Richtung.

„Es gibt einfach zu viele Menschen, die keinen Ausweg sehen, aus welchen Gründen auch immer“, übernahm er so selbstverständlich, als blickten die beiden auf eine erfolgreiche Geschichte gemeinsamer Doppel-Conférencen zurück. „Seit dieser Depp vorgestern in der ZIB von der angeblich so freudvollen Todeserfahrung geschwärmt hat, stürmen die Leute die Wälder. Es ist halt doch was anderes, wenn die Natur das Mittel so freigiebig bereitstellt, als wenn man sich illegal Drogen besorgen muss. So traurig es ist – ich fürchte, wir werden es mit einer Welle von Suiziden zu tun bekommen. Die Flut von Todesfällen ist für die Ärzte und Behörden schon jetzt praktisch nicht mehr zu bewältigen."

„Und das wissen Sie, weil ..."

„... die katholische Kirche bekanntlich sowohl Spitäler betreibt als auch in der Pflege und der Seelsorge tätig ist. Bei einem Großteil der Bevölkerung und den Behörden genießen wir glücklicherweise und völlig zu Recht einen wesentlich besseren Ruf als bei Ihnen."

Ob bei so einem Massensterben in einzelnen Fällen noch ermittelt werden konnte? Nein, sie musste bei der Sache bleiben. Zeile für Zeile, eins nach dem anderen.

„Und?", fragte sie. „Hast du schon ein geeignetes Heim mit gemütlicher Kiffer-Ecke ausgesucht, während ich so ewig lang verschollen war?"

„Ganz so neu ist die Überlegung nicht", nuschelte Olga. „Adrian hat mir in den letzten Wochen bei der Recherche geholfen."

„Du hast mit Adrian hinter meinem Rücken ...?"

„Ich brauch was zu trinken", sagte Olga.

„Dann hol dir was! Ich rühr keinen Finger mehr, bevor ich nicht erfahre, was ihr euch ausgemauschelt habt."

„Kann ich mich nützlich machen?", fragte Caritas. „Einen Tee vielleicht, oder lieber Kaffee?"

„Rotwein“, antwortete Olga. „In der Küche auf der Arbeitsfläche steht eine angebrochene Flasche. Du nimmst doch auch ein Glas?“

Es war unfassbar! Drei Jahre kannten sie sich, und Olga war noch immer nicht aufgefallen, dass sie keinen Alkohol trank. Offenbar war sie ihr wirklich nicht mehr als eine Assistentin, der ganze Freundinnenkram reine Einbildung. „Ich geh ins Bett.“

„Warte! Ich muss dir noch was sagen. Adrian hat vor ein paar Wochen das ideale Heim für mich gefunden. Ich konnte mich bisher nur nicht dazu entschließen. Wegen dir.“

Immer und überall eine Last sein, allen Bemühungen zum Trotz.

„Nicht nur, dass man dort kiffen kann ...“ Kiki reagierte nicht auf Olgas komplizenhaftes Grinsen. „... und überhaupt leben, wie man will, man wird auch rundum versorgt zu einem leistbaren Preis und kann den ganzen Tag aufs Meer schauen. Ich war schon in der Gegend, vor fast dreißig Jahren. Es ist traumhaft schön. Du musst dir die Website anschauen! Es ist wie in diesem Film *Best Exotic Marigold Hotel*.“

Aufs Meer. Kiki stemmte sich aus dem Sessel, so ausgelaugt, dass sie befürchtete, es nicht mehr bis in ihr Zimmer zu schaffen. Auf das Ufer zugehen, bis kühle Wellen um die Füße spielten, und immer tiefer hinein, bis es über ihr zusammenschlug, dieses Meer. Das es nicht gab. Nicht hier.

„Es ist in Goa“, sagte Olga, „an der indischen Westküste.“

Getroffen. Versenkt.

Tag 4

(Facebook.com) Bärlauch-LÜGE – die Erwachten. Mitglieder: 216. Gruppe beitreten.
Über diese Gruppe: Hier möchten wir über Lügen aufklären, die von den Mainstream-Medien und der Regierung über den Gift-Bärlauch (biologischer Kampfstoff) verbreitet werden. Es ist nicht unser Ziel, Panik zu erzeugen, sondern die Lage aus einer unabhängigen Perspektive zu zeigen. Gern könnt ihr Infos beitragen! Cui bono? Denkt selber! Folgendes haben namhafte Wissenschaftler, die nicht auf der Pay-roll des Kartells stehen, bereits herausgefunden: Nachdem der Corona-Wahnsinn den ganzen Globus infiziert hat, macht sich das weltweite Kartell von Mainstream-Medien und „Regierungen" unter der Führung von Ihr-wisst-schon-wem (Vorsicht: Spyware!) bereit, die nächste Stufe zu erklimmen, die nächste Hysterie zu schüren! Die erneut beabsichtigte Schließung aller Firmen, Schulen, Hotels und Geschäfte unter dem Vorwand, die Bevölkerung zu schützen, hat nur ein wahres Ziel: uns durch die Vernichtung unserer Existenzen in vollkommene Abhängigkeit zu treiben!
Wir haben zuverlässige Informationen, dass die österreichische „Bundesregierung" Wien als Versuchslabor zur Verfügung gestellt hat, um nach Corona einen weiteren biologischen Kampfstoff zu testen. Wir wehren uns!

*

Normal war das nicht, fand Jasse, dass jemand mitten am Tag Alkohol trank, besonders wenn diejenige im Rollstuhl saß. Sollte die nicht lieber auf den kümmerlichen Rest ihrer Gesundheit achten? Was auch nicht normal war: Die gab sich null Mühe, sich zu unterhalten, schwieg jetzt schon eine Ewigkeit. Jasse zermarterte sich das Hirn nach einem unverfänglichen Gesprächseinstieg. Vielleicht war die geistig auch nicht auf der Höhe. Du oder Sie, Vor- oder Nachname, da fing es schon an. Auf unbefangenes Kind machen und direkt fragen, warum die im Rollstuhl saß, oder tun, als machte es keinen Unterschied?

Dass Kiki nicht da war und in einer halben Stunde zurückkommen wollte, hatte die ihr gleich bei der Tür erklärt und dann gewartet, dass Jasse wieder ging. Hätte sie auch gemacht, wenn nicht in dem Moment ein Cockerspaniel aus dem Lift gewuselt wäre, der gestreichelt werden wollte, musste. Garantiert nur, um die Unterhaltung mit der Nachbarin zu beenden, die zum Hund gehörte und lauter neugierige Fragen stellte, hatte die Rollstuhlfrau sie dann doch noch hineingebeten oder besser: hineinkommandiert.

Wenn sie was trinken wolle, könne sie sich das in der Küche holen und ihr bei der Gelegenheit gleich Wein nachschenken. Was Jasse getan hatte. Seither kein Wort mehr. Nicht einmal nach ihrem Namen hatte die gefragt. Nuckelte Wein durch einen Strohhalm und beobachtete sie wie ein Versuchstier.

Jasse saß auf dem Sofa, so weit wie möglich von der Frau im Rollstuhl entfernt. Nicht, dass sie prinzipiell etwas gegen Kranke und Gebrechliche hatte. Schließlich hatte sie Mama oft genug bei der Arbeit im Spital besucht. Bloß hatten die Kranken sie dort entweder ignoriert oder scheinheilig so getan, als ginge die Sonne auf, wenn Jasse hereinwehte. Hoffentlich kam Kiki bald.

Stickig war es im Zimmer und viel zu warm. Jasse streifte die Jacke ab, wartete auf eine Aufforderung, sie an die Garderobe zu hängen. Nichts. Sie schlug die

Beine übereinander und verschränkte die Hände um das angezogene Knie, was sich verkrampft und uncool anfühlte. Trotzdem hielt sie die Position ein paar Minuten lang, um nicht nervös zu wirken, bevor sie die Füße wieder nebeneinanderstellte, hüftbreit hieß das beim Turnen. Sie kratzte sich an der Nase und bohrte mit dem kleinen Finger im linken Nasenloch, nicht, weil da was drin war, sondern nur, damit die endlich was sagte. Sie nahm den Finger aus der Nase und lutschte ihn gründlich ab. Keine Reaktion. Sie legte den Kopf in den Nacken und sah zu dem fetten Engel auf, der an der Wand hing. Sollte sie fragen, ob der aus echtem Gold war? Aber dann dachte die womöglich, Jasse hätte es auf ihre Schätze abgesehen.

Das Schweigen wurde immer dichter. Jasse knallte die Füße in den Schnürstiefeln auf den Sofatisch.

Immer noch keine Reaktion.

Jasse nahm einen Schluck Wasser und rülpste, so laut sie konnte.

Endlich machte Kikis Wohnungsgenossin den Mund auf. „Du könntest mir eine Zigarette anzünden!"

„Okay. Kriege ich auch eine?"

Die Frau hob die rechte Augenbraue. „Ich teile meine Tschick nur mit Leuten, deren Namen ich kenne."

„Echt? Und wenn dich jemand auf der Straße anschnorrt, der dir sympathisch ist?"

Jetzt lachte die Frau in einer Lautstärke, dass Jasse fast die Ohren abfielen. „Dann frage ich nach dem Namen!", schrie sie. „Stell dich verdammt nochmal endlich vor!"

Jasse nahm eine Zigarette aus der Schachtel am Tisch und zündete sie mit dem neongelben Plastikfeuerzeug an. Sie hielt der Frau die Zigarette hin.

„Steck sie mir in den Mund, rechts, ein bisschen außerhalb der Mitte."

„Rechts von mir aus oder von dir?"

„Von mir."

„Jasse heiße ich."

„Olga", nuschelte die Frau hinter einer Rauchwolke.

Jasse steckte sich auch eine an.

„Du bist das Mädel, das Kiki im Wald getroffen hat."

Jasse nickte. Kiki hatte Olga also von dem gemeinsamen Nachmittag erzählt. Fragte sich bloß: wie viel?

Olga legte den Kopf schief. „Und?"

„Was und?"

„Kommst du klar?"

Oh Mann! Jasse paffte ein paar Züge. „Muss ich wohl", presste sie zwischen geschlossenen Zahnreihen hervor. „Und du?"

Olga antwortete mit einem kurzen Zucken der rechten Braue. Sie rauchten. Von Zeit zu Zeit fiel ein Segment der Aschewurst von Olgas Zigarette auf ihr Kleid oder auf den Boden, falls sie es rechtzeitig schaffte, den Kopf zu drehen. Dafür war es erstaunlich sauber in der Wohnung.

„Aschenbecher", verlangte Olga schließlich.

„Wie heißt das Zauberwort?"

„Tu, was ich dir sage, oder hau ab!"

Jasse stand auf, hielt Olga den Aschenbecher hin, doch die hob nur wieder die Augenbraue. Mit spitzen Fingern klaubte Jasse ihr also den Stummel von der Lippe und dämpfte ihn aus. Verstohlen wischte sie sich die Speichelfeuchte an der Hose ab und bemühte sich, nicht allzu angeekelt dreinzuschauen. Krankenschwester wollte sie schon mal nicht werden.

Sie setzte sich wieder auf ihren Platz. Wartete. Starrte durch die schmutzigen Fensterscheiben in die einsetzende Dämmerung hinaus. Mann, war das alles zum Kotzen.

„Ein komisches Gefühl war das schon, die Frau sterben zu sehen, so ganz real“, brach es aus ihr heraus.

Und ausgerechnet da zeigte Olga eine Reaktion. „Wer ist gestorben? Doch nicht deine Mutter?“, fragte sie, offenbar überrascht.

Von der hatte Kiki ihr erzählt und von der Gruber nicht? War es für Erwachsene so normal, dass dauernd jemand starb, dass man einfach vergessen konnte, davon zu erzählen?

„Bist du krank? Würde ich dann sagen: *die Frau*?“

„Erstens: Ja. Zweitens: Ich kenne deine familiären Verhältnisse nicht.“

Blöde Schlampe! „Die andere meine ich natürlich, diese Gruber, die wir in der Pizzeria getroffen haben. Alte ...“, sie malte Anführungszeichen in die Luft, „*Freundin* von Kiki. Davon hat sie dir nichts erzählt? Echt jetzt?“

„Erzähl's mir einfach nochmal. Ich merk mir doch nicht jeden Scheiß.“ Olga streckte die Zunge heraus und schielte, machte auf debil.

„Jeden Scheiß? Die ist tot! Aber wenn Kiki dir nichts gesagt hat, halt ich besser auch den Schnabel.“

Darauf kam wieder keine Antwort. Fieberhaft dachte Jasse über einen Themenwechsel nach. Das Einzige, was sie gemeinsam hatten, war Kiki. Vielleicht kannte sie den Herrn Roth auch, aber die Fettnäpfchengefahr war zu groß, falls da was Heimliches gelaufen war zwischen Kiki und ihm. „Warum war Kiki im Gefängnis?“

„Ach, das hat sie dir nicht erzählt? Dann sag ich besser auch nichts.“

Die brachte es fertig, jedes Gespräch zu ersticken. Deshalb musste aber niemand heulen. Nicht wegen einer pampigen Antwort, nicht wegen des Missmuts von einer, die sowieso am Ende war, jedenfalls bald. Jasse nahm das Feuerzeug, hielt die Flamme an ihren Zeigefinger, bis sie den Schmerz nicht mehr aushielt. Das half, die Tränen zurück in ihren Kopf zu treiben. Wie konnte Kiki es mit der aushalten? Sie überlegte, ob sie Olga noch etwas Gemeines an den Kopf werfen sollte – muss schlimm sein, zu wissen, dass Kiki dich so ohne weiteres vergiften will – oder sofort abhauen, sich mit dem kleinen Triumph zufriedengeben, dass sie recht gehabt hatte: Kiki war im Gefängnis gewesen.

„Hast du schon mal einen Joint gebaut?", fragte Olga.

Jasse schniefte laut und wischte sich mit dem Handrücken über die Nase. „Nein, warum?"

„Weil ich bald einen brauchen werde, und so abgebrüht, wie du tust, dachte ich: Könnte ja sein."

„Bist du SA, oder was?"

„SA?"

„Mann, Substance Abuserin."

„Gendert man das, obwohl es englisch ist?"

„Scheißegal! Bist du?"

„Ich brauche das gegen meine Schmerzen."

„Gelähmt sein tut weh? Ich dachte, da spürt man nichts."

„Ich bin nicht gelähmt, ich hab MS. Wenn du wissen willst, was das ist, dann kannst du es googeln."

Jasse hatte keine Lust mehr. „Du bist echt mies, weißt du das? Eine bösartige alte Kuh. Was hab ich dir getan?" Der klagende Ton war gefährlich, brachte wieder Tränen mit sich. Andererseits sollte die ruhig merken, was sie anrichtete mit ihrer rücksichtslosen Art. Noch nie war eine Erwachsene so mit ihr umgesprungen, schon gar nicht, seit Mama weg war. Aber wenn sie einmal mit dem Heulen anfing ... Die würde sie sicher nicht trösten.

„Hm. Gute Frage“, sagte Olga. „Wahrscheinlich bin ich einfach schlecht drauf, weil ich ein alter Krüppel bin und gerade alles den Bach runtergeht. Da sind meine Ressourcen, mich mit den Problemchen anderer Leute zu befassen, limitiert.“

Jasse zog Rotz auf, hob den Kopf, Hals lang, Schultern runter, würdevoll. Krönchen richten, sagte Mama immer. Hatte sie gesagt. Eben wollte sie in die Jackenärmel schlüpfen, als sie einen Schlüssel in der Wohnungstür hörte und dann das schleifende Geräusch des Türflügels und erneutes Schlüsselgeklapper. Kein Hallo.

„Kommt sie nicht rein?“, fragte Jasse flüsternd.

Olga senkte die Brauen, presste die Lippen zusammen.

„Hallo“, rief Jasse zaghaft. „Kiki, bist du das?“

Kiki blieb im Türrahmen stehen. Die Trauermiene und die bläulichen Schatten unter den Augen ließen sie zehn Jahre älter aussehen als gestern. „Was machst du denn hier?“ Sie klang besiegt.

„Du hast gesagt, du freust dich, wenn ich dich mal besuche.“

„Das war erst gestern Abend.“

„Ich wollte dir was erzählen, was Wichtiges. Aber wenn es nicht passt, dann ...“ Es war ein Fehler gewesen, eine saudumme Idee. Sie hätte nicht herkommen dürfen. Jasse biss die Zähne zusammen, stand auf. Sie versenkte die Hände in den Hosentaschen und trat mit dem rechten Schuh auf den Sohlenrand des linken, ohne Kiki anzusehen. Wartete, ob die noch was Freundliches nachlegte. Nein. Dann eben nicht.

„Wie war es bei der Therapie, meine Liebe?“, fragte Olga unerwartet heiter.

„Ganz toll“, antwortete Kiki.

„Habt ihr auch über deine tote Freundin gesprochen?“

Kiki zuckte zusammen und Jasse meinte, unter ihrem alarmierten Blick zu schrumpfen.

„Muss ja entsetzlich sein“, fuhr Olga fort, „wenn man miterlebt, wie eine alte Bekannte einem vor den Augen wegstirbt. Noch schlimmer, wenn man dann niemanden hat, mit dem darüber reden kann. Nicht mal die angeblich beste Freundin.“ Sie lächelte böse.

Jasse bemühte sich, lautlos zu atmen, abzutauchen aus der Wahrnehmung der beiden Frauen, um unauffällig zu verschwinden, sobald Kiki den Durchgang freigab. Sie griff nach ihrer Jacke. Kiki hatte jetzt den Rücken an eine Seite der Türöffnung gelegt und war abwärtsgerutscht, sodass die Diagonale ihrer gestreckten Beine den Weg noch wirksamer versperrte als zuvor.

„Wenn dieser Caritasmensch nicht da gewesen wäre, hätte ich es dir erzählt“, sagte sie mit müder Stimme.

„Und als er weg war?“, bohrte Olga.

Kiki richtete sich auf. „Konnte ich nicht mehr. Weil du mir nach einem beschissenen Tag den Rest gegeben hast, indem du mich praktisch auf die Straße gesetzt hast.“ Sie spreizte die Beine, die Hände in den Hosentaschen versenkt. „Geht dich doch außerdem überhaupt nichts mehr an. Warum bin ich dir mehr Rechenschaft schuldig als du mir?“

„Wer war das jetzt also?“, fragte Olga. „Die da gestorben ist?“

„Eine Schulfreundin.“

„Und woran ist sie gestorben?“

„Sie ist plötzlich vom Sessel gekippt in der Pizzeria, in der wir sie zufällig getroffen haben.“

„Und was hat das mit dir zu tun?“

„Es hat so ausgesehen, als könnte es eine von diesen Vergiftungen sein, und ich hatte eine halbvolle Dose mit Bärlauch im Rucksack.“

Olga zog eine Augenbraue hoch und legte den Kopf schief. „Hattet ihr Streit?“

Dachte die ernsthaft, dass Kiki die Gruber gekillt hatte? Nicht gerade das Vertrauen, das man von einer Freundin erwartete. Andererseits kannten die sich seit Jahren, und ohne Grund würde Kiki sich ein solches Verhör wohl nicht gefallen lassen. Hätte sie nicht ausgerechnet dieses Lokal ausgesucht, hätte sie Jasse nicht genötigt, mit ihr zu kommen, hätte sie der Gruber nicht erlaubt, sich an den Tisch zu setzen ... Das Treffen war womöglich verabredet oder wenigstens geplant gewesen, Jasse nur eine Art Alibi, die Dose mit dem Grünzeug genau dafür gedacht, die Gruber zu vergiften. Möglicherweise.

Kiki hielt den Kopf gesenkt.

„Und der Bärlauch, wo ist der jetzt?“, fragte Olga. „Bei uns im Kühlschrank?“

„Für wie blöd hältst du mich? Ich bin das Zeug so schnell wie möglich losgeworden. Donaukanal. Inzwischen hoffentlich mindestens in Ungarn und auf dem Weg ins Schwarze Meer. Du weißt genau, dass ich es mir nicht leisten kann ...“ Mit einem Seitenblick auf Jasse brach sie ab.

„Im Häfen zu landen?“, ergänzte Olga. „Warum so g’schamig? Der Kleinen hast du deine unrühmliche Vergangenheit doch anscheinend bei eurer ersten Begegnung auf die Nase gebunden.“

Kiki zog die Hände aus den Taschen, stemmte sie in die Hüften. „Quatsch!“

„Das mit dem Gefängnis habe ich erraten“, flüsterte Jasse.

Olga nickte ihr anerkennend zu. „Nicht schlecht, du kleine Kröte.“ Es klang sanfter als alles bisher. Sie wandte sich an Kiki. „Wie auch immer ...“

Während die letzten Wörter durch das Zimmer schwebten, kam es Jasse vor, als tropfe verborgene Bedeutung von ihnen herab. *Ich denke, du hast sie getötet. Das ist wieder mal typisch. Aber egal, was du getan hast, für mich macht es keinen Unterschied.*

„Sofern dich niemand mit der Toten in Verbindung bringt, werden sie bei der derzeitigen Überlastung wohl kaum ausgerechnet diesen Todesfall genauer untersuchen“, beschied Olga. „Und wenn doch, ist eher das Restaurant dran.“ Sie wirkte, als wüsste sie, wovon sie sprach, hatte sich von einer verbitterten Alten in eine Autoritätsfigur verwandelt in null Komma sieben Sekunden.

Kiki schien nicht überzeugt, stand immer noch im Türrahmen, den Blick auf die eigenen Füße gerichtet. „Ich denke doch, dass sie es untersuchen werden.“

„Weil?“

„Es war Sofia Gruber.“

Olga verzog das Gesicht. „*Die* Sofia Gruber?“

Kiki nickte.

„Woher kennst *du* so eine?“

„Sie war in meiner Klasse.“ Kiki ging zum Fenster, öffnete es und sah hinaus.

„Wer ist *die* Sofia Gruber?“, fragte Jasse und schob sich unauffällig zurück zum Sofa.

„Du hast sie nicht erkannt?“ Kiki warf einen Blick über die Schulter. „Du hast so beeindruckt gewirkt.“

„Ich dachte, die ist Mafia, italienisches Restaurant und so, weiß man doch.“ Jasse ließ sich auf der Sofalehne nieder. „Dachte, du kennst sie wirklich aus dem Gefängnis. Weil du gesagt hast, sie hätte was gegen dich in der Hand. Also, wer ist die und was wollte sie von dir?“

Kiki drehte sich um. „Bin ich im Kreuzverhör?“

Aus dem Augenwinkel bemerkte Jasse Unruhe und sah zu Olga, die sich vergeblich bemühte, den Strohhalm mit den Lippen zu fassen. Wenige Zentimeter vor ihrem Gesicht ragte er vibrierend aus dem Becher, den ihre heftig zitternde Hand nicht zu kontrollieren vermochte. Es kam Jasse vor, als kämpfte Olga gegen einen bösen Geist, der von dem Becher oder auch von ihrem Arm Besitz ergriffen hatte. In einem Film wäre das lustig gewesen. Sie rutschte von der instabilen Lehne zurück auf die Sitzfläche.

Kiki folgte ihrem Blick, stand nach ein paar raschen Schritten bei Olga, umschloss die zitternde Hand, lenkte den Strohhalm in ihren Mund und nahm ihr dann das Glas ab. „Ich roll dir eine.“

Olga nickte.

„Marihuana oder was ist das? Darf ich auch mal probieren?“

„Es ist eine krampflösende THC-haltige Kräuterzubereitung, die medizinischen Zwecken dient“, sagte Kiki, „und: nein.“

Olga gab ein Husten von sich, ein Kichern in Wahrheit, nach ihrem Gesichtsausdruck zu urteilen, und mit einem Mal konnte Jasse die Liebe zwischen den beiden spüren. Sie dachte an ihre Mama und diesmal gelang es ihr nicht, den Gedanken schnell genug zu unterdrücken. Eine Träne rann ihr aus dem Augenwinkel, eine zweite. Sie spannte die Oberlippe an, versuchte den eigenen Haaransatz ins Visier zu nehmen, vergeblich. Jetzt war sie es, die gegen ihren Willen in Besitz genommen wurde, und zwar von einem Schluchzen, das sie mindestens ebenso durchschüttelte, wie gerade Olgas Hand durchgeschüttelt worden war.

Niemand kam an ihre Seite gerannt und versuchte, sie zu beruhigen. Niemand log ihr vor, dass alles wieder gut würde, nur damit sie aufhörte zu weinen. Niemand starrte sie aus sicherer Entfernung mitleidig an. Hinter ihren Tränen verschwammen Olga, die zitternd auf ihre Medizin wartete, und Kiki, die sie vorbereitete, in sanften Farben.

Kiki klebte Olga den glosenden Joint in den Mundwinkel, setzte sich dann neben Jasse und strich ihr übers Haar.

Jasse schüttelte ihre Hand ab. „Nicht, du drückst sie ganz platt!" Mit allen zehn Fingern rieb sie sich über die Kopfhaut, um ihren verwuschelten Look wiederherzustellen.

„Wahnsinn!" Olga schielte zur Zimmerdecke.

„Wer ist die jetzt also?", schniefte Jasse. „*Die* Sofia Gruber?"

„Ah, das Verhör." Kiki klang entspannter als vorhin. „Sie moderiert eine tägliche Nachmittags-Talkshow. Ich hätte nicht gedacht, dass man an ihr vorbeikommt. Werbe-Testimonial für Kaffee ist sie außerdem."

„Ach, die war das! Aber das ist doch Alte-Leute-Kram. Was kann so eine gegen dich in der Hand haben?"

„Das ist jetzt egal, oder?"

„Aber interessant."

„Aber interessant", pflichtete Olga bei.

„Wenn ich auch mal was fragen darf: Warum bist du hergekommen? Was wolltest du mir erzählen?"

„Also", Jasse holte tief Luft, „dein Adrian, der Herr Roth, mein Nachbar, der ist gestorben. Und seine Freundin auch. Bärlauchsuppe. Wie im Krieg, oder? Da ist es auch normal, wenn alle rundherum sterben."

Sie zündete sich eine von Olgas Zigaretten an, in der Absicht, die Wirkung ihrer Worte zu genießen. Doch so geschockt, wie die beiden dreinschauten, das war fast ein bisschen viel, damit hatte sie nicht gerechnet. Sie war so dumm! Tot, dachte sie, wollte fühlen, was das bedeutete. Richtig tot. Wieder flossen die Tränen. „Es tut mir so leid!"

*

In der SF-Serie *Star Trek Discovery* durchwirkt ein unendliches Netzwerk von Myzelien das Universum und verbindet Raum und Zeit über alle uns limitierenden Schranken hinweg. Wer weiß, ob es in der Leere des Alls nicht tatsächlich vor winzigen Sporen wimmelt? Sie könnten sogar leuchten, wie im Film, denn manche Pilzarten entwickeln sogenannte Biolumineszenz. Mehr dazu findet ihr hier: *Sporenwelt.de/Leuchtholz*

Myko hielt inne und nahm einen Schluck von seinem siebten oder achten Kaffee an diesem Tag. Irgendwann würde er diese Maßlosigkeit in den Griff kriegen müssen. *Gier* nannte es seine Mutter. Doch vielleicht war dieses ausufernde Verlangen ja genau das, was ihn mit seinen Forschungsobjekten verband. Die Schrankenlosigkeit.

Er heizte sich einen Spliff an, las den eben geschriebenen Absatz durch und tippte weiter:

Der Hallimasch ist einer jener Pilze, die über diese Science-Fiction-taugliche Superkraft verfügen. Doch nicht nur das: Er ist auch Größenrekordhalter und damit noch wahrscheinlicher reales Vorbild der Pilzstruktur, mit deren Hilfe im Film Raumschiffe ohne Zeitverlust in entfernteste Galaxien reisen. Das größte Wesen, das auf unserem Planeten lebt, ist ein 2400 Jahre alter Hallimasch im US-Bundesstaat Oregon. Sein Myzelgeflecht erstreckt sich unterirdisch über mehr als neun Quadratkilometer, was etwa 1200 Fußballfeldern entspricht.
Doch Vertreter des Pilzreiches stellen nicht nur die größte, sondern auch eine der ältesten und ziemlich sicher die robusteste Lebensform unseres Planeten. Sie sind tolerant gegen Radioaktivität, kosmische Strahlung, Hitze, Trockenheit und eisige Kälte. Diese unscheinbaren Urwesen fühlen sich nicht nur hypothetisch im Weltraum, sondern ganz real auf Steinen inmitten der Antarktis pudel-, sorry, pilzwohl. Ein Siedlungsraum übrigens, der ihnen einen lebenserhaltenden Vorteil bietet, der sonst schwer zu haben ist: Dort kommen ihnen die Menschen nicht ins Gehege.

Nun noch ein urheberrechtsfreies Bild, um den Artikel zu illustrieren. Kaum wahrscheinlich, dass sich da etwas Eindrucksvolles fand. Also lieber gleich die Bücher durchforsten, ein Bild abfotografieren und in Photoshop bearbeiten, um keinen Ärger zu kriegen. *Unendlichkeit* wollte er den Artikel nennen, also war eventuell auch eines dieser eingefärbten Bilder von einem kosmischen Nebel akzeptabel. Mit einem Bleistift kratzte er sich die Kopfhaut unter den „Filzzöpfen“, wie Mutter seine Dreads beharrlich nannte, während er im Netz nach Bildern suchte. Dann stand er doch auf, ging zum Bücherregal und blätterte, bis er auf eine bezaubernde Struktur stieß.

Als er sich mit dem Buch wieder an den Tisch setzte, lag Zacke auf der Tastatur und sah ihn vorwurfsvoll an. Er hob sie auf seinen Schoß, streichelte ihr buntes Fell, murmelte Liebkosungen, während sie wohlig seinen Oberschenkel mit ihren Tatzen bearbeitete.

Was hielt er sich mit diesem Kinderkram auf, da doch klar war, wo er eigentlich sein sollte, wo das Mykoversum gerade so richtig abging: Wien! Und er versauerte hier in der deutschen Provinz. Warum nicht einfach losfahren?

„Was meinst du, Zacke? Ist doch egal, ob die Diss ein paar Tage oder Wochen früher oder später steht, oder?"

Die Katze schnurrte zustimmend.

Myko öffnete ein neues Fenster, überlegte kurz, tippte *Vienneseweed/1* in die Titelleiste und lachte laut auf. Wie ihm das wieder eingefallen war: Viennese Weed, genial! Er steckte sich zwei Stück Schokolade in den Mund, lutschte genüsslich, während er den letzten Zug von seinem Joint nahm. Heute würden ausnahmsweise zwei Artikel erscheinen.

Bis jetzt hat sich die *Sporenwelt* darauf beschränkt, auf allgemein verständliche Weise bereits gesicherte Fakten über das Universum der Pilzorganismen darzustellen. Ausgerechnet an diesen Fakten mangelt es jedoch noch in der Ausnahmesituation, die sich dieser Tage rund um Wien/Österreich abspielt. Eine biologische Lebensgemeinschaft, in der ein bisher unbekannter Pilz ein harmloses Wildkraut zur tödlichen Bedrohung – manche sagen: ersehnten Todesdroge – transformiert, sorgt für Aufruhr! Was steckt dahinter? Wir haben uns entschlossen, nicht abzuwarten, sondern selbst auf Faktensuche zu gehen. Ab morgen findet die *Sporenwelt* für euch heraus, was es mit dieser geheimnisvollen Symbiose – nennen wir sie *Viennese Weed* – auf sich hat. Klicke auf Folgen, wenn du das nicht verpassen willst.

Imani war die Nummer 19, die Vorletzte in der Reihe. Schritt um Schritt rückten sie vor, gebückt, die Hände mit groben Handschuhen geschützt. Ihre Aufgabe war es nun schon den dritten Tag, das hellgrüne Kraut möglichst mit der Wurzel aus dem Waldboden zu ziehen und in umgehängte Beutel mit der Aufschrift *MA 42 – Wiener Stadtgärten* zu stopfen. Leider rissen die meisten Blätter ab, wenn sie daran zog. Es waren zarte Blätter, sehr viele davon, die dicht an dicht standen. Mit mehr Sorgfalt würden sie niemals fertig mit dieser Arbeit. Über die Handschuhe war sie froh, nicht nur, weil die Blätter angeblich giftig waren. Sie rochen auch nach Knoblauch. Der ganze Wald stank durchdringend nach Knoblauch.

Handschuhe – Schuhe für die Hände, das muss man sich vorstellen, dachte Imani. Hand*strümpfe*, Hand*hüllen*, alles besser als Hand*schuhe*, wenn ihnen schon kein eigenes Wort dafür einfiel. So umständlich, diese Sprache. So umständlich wie die, die sie sprachen. Ich arbeite, du arbeitest, er, sie, es arbeitet. Wenn *es* arbeitete, war es dann ein Kind, obwohl Kinderarbeit verboten war in diesem Land? Oder doch eine Maschine? Doch die war zwar ein Ding, aber dennoch weiblich.

Für gemeinnützige Arbeit solle sie sich bewerben, hatten die Leute in der Beratungsstelle gesagt. 3,50 die Stunde und ein Zeichen für ihren Integrationswillen. Den müsse sie zeigen, um Asyl zu bekommen. Vielleicht hatte sie es auch falsch verstanden, denn Asyl sollte sie doch bekommen, weil sie in ihrer Heimat nicht frei leben konnte, wegen ihrer Religion. Sie war Christin. Dass sie als Frau auch mit jeder anderen Religion nicht frei leben könnte, zählte nicht, hatte die Beraterin gesagt, das brauche sie nicht mehr zu erwähnen, es sei unerheblich. *Unerheblich* war eines dieser Wörter, die ihr zu entwischen schienen, wenn sie versuchte, sie zu greifen, zu begreifen.

Es war nicht so, dass Imani nicht arbeiten wollte. Sie war nur nicht den weiten Weg gekommen, um hier wieder Feldarbeit zu verrichten. Oder besser: Waldarbeit. Sie wollte Nurse werden, Krankenschwester. „Gibt es in diesem Land keine Kranken?“, hatte sie ihre Betreuerin gefragt.

„Du hast keine Ausbildung“, hatte die geantwortet, „und ohne Asyl kannst du keine bekommen. Aber vielleicht, vielleicht ...“ Sie hatte in ihren Unterlagen gekramt.

Und jetzt würde Imani schon ab nächster Woche in einem Pflegeheim arbeiten dürfen. Nur im Garten vorerst, doch wenn sie einmal dort war ...

Sie richtete sich auf, schüttelte Arme und Beine aus, dehnte Schultern und Rücken und schob das Kopftuch aus der Stirn. Der Mann auf ihrer linken Seite, die Nummer 18, machte ein bedauerndes Geräusch. Als sie ihn ansah, streckte er seinen Hintern heraus und wackelte grinsend mit den Hüften. Sie wandte sich ab, sah sich nach den beiden Aufsehern in ihren grünen Latzhosen um. Doch die standen weiter vorne am anderen Ende der Reihe und rauchten. Nummer 18 sagte noch etwas, immer noch grinsend. Sie verstand seine Sprache nicht, aber es klang, als hätte ihr Bruder ihn dafür verprügelt, auch ohne ihn zu verstehen. Allerdings hatte der sich aus dem Heim geschlichen, um zum Onkel nach Liverpool weiterzureisen. Seit fast zwei Wochen hatte sie nichts mehr von ihm gehört.

Die Nummer 20, ein Friseur aus Syrien, war zurückgefallen. Sie kannte ihn aus dem Heim. Er wohnte im selben Stockwerk wie Yohance. Der hatte ihr erzählt, dass die Frau des Syrers und sein Sohn im Mittelmeer ertrunken waren. Jetzt setzte er sich auf den Boden.

Sie fragte ihn, ob er Hilfe brauche, erst auf Deutsch, und als er nicht antwortete, noch einmal auf Englisch. Er wedelte mit der Hand, um sie zu verscheuchen. Er war alt und keine Feldarbeit gewöhnt. Sie sah sich um, erhaschte den Blick des Chefs, winkte und deutete auf den Mann am Boden.

Inzwischen stopfte sich der Syrer ein grünes Blatt nach dem anderen in den Mund und schluckte, fast ohne zu kauen. Andere in der Reihe wurden aufmerksam, blieben stehen. *Andere Gefangene,* dachte Imani und kicherte, weil es auf den ersten Blick wirklich so aussah: die fast lautlose Arbeit in Reih und Glied, kein Gesang wie daheim am Feld. Nicht, dass es verboten war zu singen, sie hatten nur keine gemeinsame Sprache für ihre Lieder.

Ein weiterer Mann, die Nummer 8 oder 9, ließ sich auf den Boden fallen, stopfte sich Blätter in den Mund. Dann eine Frau, deren Nachbar sich auf sie stürzte, ihre Arme umklammerte. Schreiend rannten die Aufseher von einem zum anderen. Der Syrer lag auf dem Rücken und lachte. So glücklich hatte Imani schon lange niemanden mehr gesehen.

*

Im Lotussitz saß Kiki auf ihrem Bett, konzentrierte sich hinter geschlossenen Lidern auf das innere Rauschen. Nicht nur sie selbst, der ganze Raum kam ihr vor wie in Kunstharz gegossen. Sie öffnete die Augen.

Adrian war tot. Adrian, der sie so lange kannte wie niemand sonst, der ihr vom Lover zum Bruder geworden war. Sie hatte keine andere Wahl gehabt, als sich das einzureden. Der Einzige, der sie all die Jahre in der Haft besucht hatte. TOT. Nichts anderes ließ sich seit gestern denken. Von nun an würde er ihr fehlen, jeden Tag ein bisschen mehr, weil sie ihn einen Tag länger nicht gesehen hätte.

Ihr Herz pumpte weiter, ihr Atem floss ein und aus und ein und aus. Ein. Aus. Sie konzentrierte sich auf die Taubheit, die vielleicht gar keine Folge seines Todes, sondern ein Stadium auf dem Weg zu jenem hellwachen Gewahrsein darstellte, das sie anstrebte, das es ihr ermöglichen würde, sein Ende liebevoll zu akzeptieren. Hellwaches Gewahrsein und Loslassen, das musste doch zum Teufel nochmal machbar sein! Stattdessen schliefen ihr Hände und Füße ein, sogar das Gesicht, alles taub. Käme ein Arzt auf die Idee, zur Probe eine Nadel in ihre Nase zu stechen und von dort aus womöglich gleich weiter ins Gehirn – nichts würde sie fühlen, einfach nichts.

Sie entknotete die Beine, fiel auf den Rücken, bewegte die Zehen, ballte die Fäuste und ließ wieder locker, immer wieder, bis das schmerzhafte Kribbeln in den Gliedern nachließ. Sie rollte sich auf die Seite, sammelte die Zeitungen vom Vortag ein, die noch immer verstreut auf dem Boden lagen, und setzte sich auf, den Rücken an die Wand gelehnt.

Die Schlagzeilen waren sich einig: Todeskraut fordert erstes prominentes Opfer, Sofia Gruber – Die Pizza bringt den Tod, Das letzte Abendmahl der Star-Moderatorin, War es Mord? Österreich trauert um Sofia Gruber,

Tod essen – wie Augenzeugen die letzten Minuten des TV-Lieblings erlebten.

Vom Titelbild des obersten Blattes auf ihrem Schoß strahlte Sofia in Großaufnahme. *Ich bekomme immer, was ich will,* sagten ihre Augen, ihre Zähne. So, wie sie es damals in der Schule gesagt hatte, als sie Kiki im Musikzimmer hinter dem Flügel an die Wand gedrängt und ihr vorn und hinten die Hände in die Hose gesteckt hatte, einen Finger in jedes ihrer Löcher, die Kiki damals mit ihren zwölf Jahren noch nicht einmal selbst erkundet hatte. Ein Experiment hatte Sofia das genannt und ihr befohlen stillzuhalten, sie gefragt, wie es sich anfühle, ob es nur ekelig oder auch ein bisschen schön sei. Kiki hatte die Augen geschlossen und wimmernd gewartet, bis Sofia mit ihr fertig war.

Sie habe die Probe bestanden, sei jetzt ein *Catgirl.* Einmal *Catgirl,* immer *Catgirl.* Bis in den Tod. Sie hatte Kiki umarmt und ihr ins Ohr gezüngelt, und Kiki hatte gewusst, dass es gelaufen war, hatte sich unter Schauern von Lust und Ekel aufgegeben. Hingegeben. So schön zu wissen, wohin man gehört. Wem man gehört.

Von diesem Zeitpunkt an hatte sich alles verändert. Sofia war die Königin gewesen und Kiki ihre Zofe. Sie wurde bemerkt. Sofia und ihre Kiki hieß es. Ab dem Zeitpunkt, als Sofia die Musiklehrerin genau der Sache beschuldigte, die sie selbst mit Kiki angestellt hatte, behandelte die Lehrerschaft sie mit ängstlichem Zartgefühl. Zwar war sie immer eine gute Schülerin gewesen, doch nun konnte sie nichts mehr falsch machen. Ihre Unantastbarkeit färbte auf Kiki und die anderen *Catgirls* ab. Bis heute fragte Kiki sich, ob Sofia tatsächlich selbst Opfer eines Übergriffs geworden war oder diesen auf Basis ihres „Experiments“ erfunden hatte. Hatte sie Kikis Wimmern und Winden für ihren dramatischen Bericht gestohlen, oder hatte sie sich stellvertretend an ihr gerächt?

Jetzt eben das. Noch einmal las Kiki die entscheidenden Passagen des Artikels.

Mehrere Zeugen berichten übereinstimmend, dass die unangefochtene Diva des Nachmittagsfernsehens in Gesellschaft einer unbekannten Frau und einer Jugendlichen speiste. Das Mädchen dürfte den Tisch noch vor Beendigung der Mahlzeit verlassen haben. Daran erinnert sich ein Paar, dessen Tisch von der Jugendlichen angerempelt wurde, offenbar in der Absicht, vom Diebstahl der Zigaretten abzulenken, die danach verschwunden waren.

So ein Biest. Noch eine, mit der sie sich nie hätte einlassen sollen.

Bereits zuvor und auch nach dem Verlassen des Lokals zog die Jugendliche durch unangemessenes Verhalten die Aufmerksamkeit auf sich. Das Mädchen ist zwischen dreizehn und fünfzehn Jahre alt, etwa 1,65 Meter groß und leicht übergewichtig, besitzt kinnlange, ungepflegt wirkende und vermutlich gefärbte schwarze Haare sowie einen blassen Teint. Sie war schwarz gekleidet. Abgekaute Fingernägel mit schwarzen Lackresten sowie eine für ihr Alter ungewöhnlich tiefe Stimme fielen zwei Männern vor dem Lokal auf, die von dem Mädchen um Feuer für die gestohlenen Zigaretten gebeten wurden.

Ob Jasse das gelesen hatte und darauf achten würde, sich in nächster Zeit bedeckt zu halten?

Vage bleibt hingegen das Bild der Frau, die bis zu Sofia Grubers Ende mit ihr am Tisch saß und im darauffolgenden

Tumult zugleich mit einigen anderen Gästen das Lokal verließ. Sie soll Mitte Dreißig bis Mitte Vierzig und von mittlerer Statur und Größe sein. Der Kellner, der sie bediente, erinnert sich an schulterlange Haare in Braun oder Dunkelblond, ein unauffälliges Gesicht, zurückhaltendes Auftreten und schlichte Kleidung: Jeans, grauer oder blauer Kapuzenpullover, schlichte Lederjacke. Die Frau habe gemeinsam mit dem Mädchen gegessen, als die Moderatorin das Lokal betrat und sich zu den beiden an den Tisch setzte. Sie habe ihre Rechnung bar beglichen, sei dann jedoch noch geblieben, um der TV-Größe, mit der sie offenbar gut bekannt war, bei deren Mahlzeit Gesellschaft zu leisten. Erst im Lauf des Todeskampfes von Sofia Gruber dürfte sie, zugleich mit einigen anderen Gästen, ihr Heil in der Flucht gesucht haben.

Der Schutzschild der Unscheinbarkeit, den Kiki in der Haft und danach um sich errichtet hatte, war intakt geblieben, Sofias Strahlkraft zum Trotz. Ein kleiner Sieg.

Sowohl die Frau als auch das Mädchen werden derzeit als Zeuginnen gesucht und dringend gebeten, sich im LKA Wien, bei der nächsten Polizeidienststelle oder bei der Redakteurin dieses Artikels zu melden.

Wenn man sie fand, würde man sie verantwortlich machen für Sofias Tod, daran bestand kein Zweifel. Sie würden in ihrer Vergangenheit und in ihrem Innersten wühlen und es würde sich anfühlen, als lege Sofia selbst Hand an. Bis aller Dreck offen ausgebreitet dalag. Sie würden berichten, bis jeder Mensch, der sie je gekannt hatte, davon hörte, inklusive ihrer Familie.

Damit hätte Sofia, quasi aus dem Grab, die Drohung wahrgemacht, mit der sie in der Pizzeria Kikis Auftritt bei einer Show erpressen wollte: ihren Eltern zu erzählen, dass sie noch am Leben war. Stattdessen hätte sie die beiden in der Sendung *Kannst du mir verzeihen*? überraschen sollen, in der straffällige Kinder und ehemalige Ausreißer ihre Eltern um Verzeihung anflehten und diese sie unter Tränen in die Arme schlossen. Doch Kiki hatte nicht die geringste Lust, den Zustand des Füreinander-gestorben-Seins zu beenden.

Ein Mordmotiv, ohne Zweifel. Eines, das Kiki um ein Haar zur Tat getrieben hätte. Wozu sich etwas vormachen. Wäre Jasse nicht am Tisch gesessen, hätte sie die Dose geöffnet, als ihre Finger im Rucksack darauf getroffen waren? Hätte sie ein paar Blättchen auf die Pizza gestreut und das Lokal verlassen, bevor Sofia vom Klo zurückgekommen wäre? Vielleicht.

Kiki schnippte ihren Mittelfinger zwei Mal in das rechte Auge des Porträtfotos. „Geschieht dir ganz recht, meine Liebe!" Sie schnippte noch einmal, links, rechts in Sofias Augen und eins auf die Nase. „Du hättest nicht alle gleich mit Haut und Haaren fressen müssen!"

Aus dem Nebenzimmer rief Olga nach ihr. Kiki stand auf, öffnete die Tür, hörte drüben etwas Schweres zu Boden knallen, dazu verbissenes Stöhnen, kaum zu hören über der Stimme des News-Moderators. Seit dieser Bärlauch-Sache lief der Fernseher fast permanent.

Olga saß auf dem Sofa. An der Seite ihres schiefgelegten Nackens zeichnete sich ein zitternder Muskelstrang ab. Die rechte Hand lag klauenhaft verkrampft in ihrem Schoß und auf dem Tisch zitterten Lichtreflexe auf einem See verschütteten Milchkaffees. Die

Tasse war auf den Boden gefallen. Während Kiki sich Olga näherte, entspannten sich deren Muskeln.

„Das war", Olga blies den Atem aus. „... anstrengend. Hol mir eine von diesen krampflösenden THC-haltigen Kräuterzigaretten!"

Kiki ging zum Schreibtisch, öffnete die Lade mit den Utensilien. „Wir brauchen Nachschub. Soll ich Ludwig anrufen?"

„Mach ich lieber selber. Wenn du demnächst die Kieberei am Hals hast und die dein Telefon überprüfen, bin ich sonst neben der Assistentin auch gleich meinen Dealer los." Sie zwinkerte, lächelte schief.

„Witzig!" Ärgerlich wollte Kiki die Schreibtischlade zuknallen, aus der sie das Dope geholt hatte, doch das verzogene Holz spießte sich. Sie rüttelte die Lade zurück an ihren Platz und schmiss Olga die Blechdose in den Schoß. „Mach dir deinen Scheiß doch alleine!"

„Geh, Kiki, du weißt doch, dass ich das nicht so gemeint habe. Du kennst mich doch!"

Im Stehen drehte Kiki den Joint, zündete ihn an und rammte ihn Olga so grob zwischen die Lippen, dass es ihr sofort leidtat. Sie riss ein paar Tücher von der Küchenrolle, tupfte mit einem die Flüssigkeit in Olgas Schoß auf, ließ die anderen auf den Kaffeefleck am Tisch segeln. „Ich hab jetzt Pause."

Zurück in ihrem Zimmer streckte sie sich auf dem Bett aus und starrte so lange an die Decke, bis die Tränen in den Augen verdunstet waren. Dann zog sie das Handy aus der Hosentasche und rief die Dating-App auf. Sie wischte sich durch ein paar Fotos. Würde sich die Gleichgültigkeit legen, die sie diesen Männern gegenüber empfand, wenn sie sich gegenübersäßen? Die Arme hinter dem Kopf verschränkt, blickte sie hinaus in den Himmel, in die grauen Wolken, die über den gegenüberliegenden Dachfirst zu quellen drohten, und versuchte, sich Adrians Gesicht in Erinnerung zu rufen.

Glücklich. Man starb glücklich. Darin waren sich alle einig. Wer wohl die Trauerrede für den Trauerredner halten würde?

Wieder rief Olga von nebenan, wollte sich vermutlich versöhnen. Warum aus Trotz dem Sog widerstehen, da sie sich doch selbst nichts anderes wünschte? Sie war eine Dienerin, hier ebenso, wie sie es bei Sofia oder im Gefängnis gewesen war. Wann immer sie dagegen aufbegehrte, geriet sie in Schwierigkeiten. Mit den Entscheidungen anderer und durch sie zu leben, diese dadurch zu rechtfertigen, war vielleicht ihre Bestimmung. Sie war das Volk, Olga die Queen. Wie Sofia. Dass sie nicht früher auf diesen ebenso erregenden wie entlastenden Gedanken gekommen war. Die Welt war nichts ohne solche wie sie.

*

Myko steckte die Zimmerkarte in den Schlitz, streifte die Sneakers ab und zippte den Koffer auf. Er kramte nach seinem Kulturbeutel. Jetzt war erstmal Zähneputzen angesagt, nach dem ganzen Zeug, das er sich im Pub in die Kehle geschüttet hatte, zu Recherchezwecken natürlich. Oder doch erst die Chips aus der Minibar?

Nach dem Einchecken hatte er nur schnell den Koffer auf die Ablage geknallt, eine Runde gepinkelt und sich ein frisches Shirt angezogen, war dann direkt wieder abgezogen, um eine erste Peilung vorzunehmen.

Er klappte mit der Rechten den Laptop auf, während er sich mit der Linken Chips in den Mund schaufelte. Man unterschätzte leicht, wie wichtig Elektrolyte waren, wenn man soff. Wobei er sich nicht wirklich betrunken fühlte, eher inspiriert. Er wischte seine fettigen Finger an der Hose ab und tippte.

Vienneseweed/2

Obwohl das sonst angeblich so gemütliche Wien wegen des pilzbefallenen Bärlauchs in Aufruhr ist und kaum über etwas anderes als *Viennese Weed* gesprochen wird, sind zuverlässige Informationen Mangelware. Seit den ersten Berichten über die ebenso tödliche wie euphorisierende Wirkung sind kaum neue Erkenntnisse über den Pilz an die Öffentlichkeit gedrungen. Fest steht nur: Es ist was dran an dem Ruf der Wiener:innen, die ja angeblich einen besonderen Hang zur Morbidität haben. Anscheinend will hier jeder das Zeug für den Notfall einlagern.

„Welcher Notfall?", werdet ihr euch fragen. Die *Sporenwelt* hat die Frage für euch gestellt und von einer illuminierten Lady folgende Antwort erhalten: Es geht natürlich um den guten Tod!

Was hat es damit auf sich? Der Begriff vom *guten Tod* stammt jedenfalls nicht aus dem morbiden Wien, auch wenn er hier offenbar auf fruchtbaren Boden fällt. Der antik-römische Philosoph Seneca, der sich vor rund 2000 Jahren intensiv mit dem Sterben auseinandersetzte, hat ihn geprägt. Man solle sich freuen, dass es den Tod gibt, weil er Erlösung vom Leid bringen kann, meinte er, und, dass es zwar nur einen Eingang, aber viele Ausgänge aus dem Leben gäbe, über die wir selbst entscheiden sollten. Zitat: *Für das Leben muss jeder auch Rücksicht nehmen auf die Billigung anderer, den Tod bestimme er ganz nach eigener Wahl; je mehr nach unserer Neigung, desto besser.*

Seither ist der *gute Tod* Synonym für den selbstbestimmten Tod, obwohl der nicht unbedingt so sanft daherkommt, wie das klingt. Seneca selbst, der sich auf Geheiß seines Arbeitgebers Nero – ja der, Kaiser Nero, bekannt aus Film und Fernsehen – das Leben nahm, brauchte dafür angeblich drei qualvolle Anläufe. Zweifellos wäre er heilfroh gewesen, hätte er *Viennese Weed* zur Verfügung gehabt.
Solltet ihr euch mit dem Thema bisher ebenso wenig auseinandergesetzt haben wie eure *Sporenwelt,* wundert es euch vermutlich ebenfalls, dass die Natur ausgerechnet für diesen Zweck bisher keine zufriedenstellende Lösung bereithält bzw. bereithielt. Auch der in der Antike sprichwörtlich gewordene Schierlingsbecher führte nur über den Umweg schmerzhafter Krämpfe und keineswegs sofort zur Atemlähmung. Wobei Atemlähmung nichts anderes bedeutet, als dass man, wie Seneca, qualvoll erstickt.
Deshalb also der Run auf *Viennese Weed.* Einige der unter dem zungenlösenden Einfluss etlicher Bierchen Befragten gaben an, bereits Vorräte angelegt zu haben. Ob die getrockneten oder gefrorenen Kräuter ihre Wirkung behalten? Die eine oder der andere wird das über kurz oder lang testen, nicht unbedingt am eigenen Leib. Was kommt da noch auf uns zu?

Myko leerte sich die restlichen Chips aus der Tüte in den Mund. Er begab sich hier auf dünnes Eis, auf ein Feld fernab seiner Expertise, und das auch noch unter Alkoholeinfluss. Aber Grenzen waren für Feiglinge bestimmt. Enter.

Jasse lief die gelbe Kunststoffrutsche hinauf und kletterte von der Plattform des Spielhauses auf den Querholm des Schaukelgerüsts. Sie zündete sich eine Zigarette an, ließ die Beine baumeln und spähte diagonal über die Kreuzung zur Pizzeria.

Auf dem breiten Gehsteig vor dem Lokal montierten drei Arbeiter Tafeln aus Holzbrettern auf ein stufenhohes Metallgerüst. Einer von ihnen verschwand gerade im Inneren des Lokals. Gäste hatte sie bisher weder hineingehen noch herauskommen sehen. Ob drinnen jemand saß, war nicht zu erkennen, da sich die Sonne in den Fenstern spiegelte.

Sie hatte rot-weiß-gestreiftes Absperrband erwartet, jedenfalls aber ein geschlossenes Lokal, entweder durch die Polizei oder einfach, weil es sich so gehörte. Es war doch alles erst ein paar Tage her. Krepierte hoffentlich nicht jeden Tag jemand an einer Pizza. Auf zukunftsorientierte Aktivitäten wie den Aufbau eines Gastgartens war sie nicht gefasst gewesen. Ob auf dem Sessel von der Gruber schon wieder Leute saßen und sich die Pizza schmecken ließen?

Die Zigarette in den Mundwinkel geklebt wie Olga, die Augen zu Schlitzen verengt wegen dem aufsteigenden Rauch, hielt sie sich mit einer Hand an der Brüstung des Spielhauses fest, um mit der anderen ihr Handy aus der Hosentasche zu graben. Ein bisschen wackelig war es schon hier oben. Sie rief die Website des Lokals auf. Öffnungszeiten: Montag bis Freitag 11.30 bis 14.30 und täglich 17.30 bis 23.00. Von Schließung stand da nichts. Konnte es sein, dass alles weiterlief wie bisher?

Sie überlegte, die Arbeiter anzuquatschen. Fast zwei Stunden zu warten, bis vielleicht Gäste kamen – oder auch nicht –, war die Alternative. Aber das würde knapp werden. Ihr Dad hatte versprochen, um sechs daheim zu sein, um gemeinsam in ihren Geburtstag hineinzufeiern, Videomarathon und Essensbestellung beim Japaner inklusive. Die Freude würde sie faken müssen.

Sie sah hinüber zum Lokal, zog an ihrer Zigarette, blies den Rauch gleich wieder aus. Es schmeckte ihr heute nicht.

Ob der Tod eines Promis das Geschäft belebte oder Gäste die Orte eher mieden, an denen man Gefahr lief, beim Essen tot vom Sessel zu kippen? Wenn sie wartete, bis das Restaurant voll war, könnte sie hineingehen, tun, als käme sie vom Klo oder wäre auf dem Weg dorthin, spüren, ob sich etwas geändert hatte, irgendeine Energie oder sowas. Im einen Moment geredet mit einer, sogar richtig Angst gehabt vor ihr, und dann war die tot. Weg. Für immer.

Auf WhatsApp schrieb Martin: *epic mathefail. ich geh in wald. kräuter suchen fürn tee*. Ein Herz von Kathi. Kommentar von Kira: *Für dich oder die Huber?* Jasse tippte: *Bring mir was mit!*, löschte es wieder. Andererseits. *Bring mir ...*

Die Gittertür der Spielplatzumzäunung klapperte. Zwei Kinder rannten auf die Schaukel zu, gefolgt von einer Frau, wahrscheinlich die Oma, so angeranzt, wie die aussah. Auffordernd sah sie Jasse an und wedelte mit der Hand, während sie gleichzeitig die Kinder im Auge behielt. Nicht, dass die sich die Augen verdrehte. Jasse schnippte ihre Zigarette ins Gebüsch. Die Drehbewegung brachte sie um ein Haar aus dem Gleichgewicht. Mit beiden Händen an die Brüstung des Spielhauses geklammert, stand sie vorsichtig auf, während die Kinder unten gemeinsam die Schaukel und mit ihr das ganze Gerüst in Schwingung versetzten, das kleine zwischen den Füßen des großen sitzend, das stehend Schwung holte. Mit dem Oberkörper voraus brachte Jasse sich gerade noch im Spielhaus in Sicherheit. Immerhin besser, als vor Publikum zweieinhalb Meter tief in den Rindenmulch zu plumpsen. Über die gelbe Rutsche hinunter – ein echt lahmes Erlebnis, gerade, dass sie nicht steckenblieb –, dann schlenderte sie davon, durch die Tür und über die gepflasterte Fläche auf die Reihe der Glascontainer am Straßenrand zu. Leicht geduckt blieb sie in ihrem Schutz stehen.

War das derselbe Kellner, der sie bedient hatte, der gerade drei Flaschen Cola für die Arbeiter auf den Rauchertisch stellte? Besser, wenn der sie nicht entdeckte. Sie hob einen Containerdeckel an und tat, als stöbere sie nach Getränkeresten oder Pfandflaschen, während sie aus den Augenwinkeln weiter das Lokal beobachtete.

„Suchst du nach was Bestimmtem?", fragte eine weibliche Stimme hinter ihr.

Jasse wandte sich nicht um. „Geht Sie'n Scheißdreck an!" Sie spürte die Präsenz der Frau in ihrem Rücken. Warum verzog sich die Alte nicht? Jasse versuchte, sie zu ignorieren, rührte die klebrigen Flaschen im Container um und warf noch einen Blick hinüber zum Lokal, wo jetzt ein Typ im Anzug aus der Tür kam. Die nervige Tante noch immer hinter ihr. Oder kam ihr das nur so vor?

Blitzschnell richtete sie sich auf, ließ den Deckel zuknallen, wollte herumschnellen, traf auf Widerstand, fuhr dann ins Leere und geriet aus dem Gleichgewicht. Eine Hand packte ihr Handgelenk, eine ihren Oberarm. Der Schmerz in der Schulter schlug zu, bevor sie wusste, wie ihr geschah. Etwas traf ihre Kehle, ihr Kopf wurde in den Nacken gerissen, ihr Arm längst auf den Rücken verdreht. Sie hörte sich kreischen, wollte sich winden, um dem Schmerz zu entkommen, doch der harte Griff blockierte jede Bewegung. Angst löschte ihre Gedanken. Sie erschlaffte.

„Wenn ich dich jetzt loslasse, hältst du still!"

„Ja", Jasse keuchte, „schwöre!"

Und noch immer keine Ahnung, wer sie da hielt und warum. Langsam lockerte sich der Griff. Jasse rang nach Luft, wagte jedoch nicht, sich zu rühren.

„Hände über den Kopf und langsam umdrehen!"

Hände über den Kopf? Wo war sie hineingeraten? Erst die Gruber und jetzt diese Knochenbrecherin. Garantiert Mafia! Sie biss die Zähne zusammen und hob zögernd die Hände, stöhnte auf, weil die rechte Schulter ... „Ich kann nicht, bitte!" Mit der Linken umklammerte sie das schmerzende Gelenk.

„Das schaffst du schon!"

Ein Klick in ihrem Kopf, der Angst in Wut verwandelte. „Ich hab gesagt, ich kann nicht, du blöde Fotze! Erschieß mich doch, wenn dir das nicht passt!"

„So, jetzt beruhigen wir uns mal", sagte eine männliche Stimme.

Ein uniformierter Polizist trat in Jasses Sichtfeld. Ein Polizist! „Bitte, Sie müssen mir helfen!"

Er runzelte die Stirn.

„Ich hab das im Griff!", sagte die Frau in Jasses Rücken. „Keine Dummheiten mehr! Ich hab den Taser in der Hand, und wenn du dich jetzt nicht benimmst, wirst du gleich erfahren, was echte Schmerzen sind. Langsam umdrehen!"

Jasse folgte der Aufforderung. Die Frau war nicht größer als sie. Blaue Uniform, die Kappe durch den Kampf verrutscht, ein schwarz-gelbes Plastikding auf sie gerichtet. Zitternd stand Jasse vor ihr. Bei dieser gemeinen Behandlung gelang der feuchte Welpenblick von allein. Sie rieb sich die Schulter und schniefte.

„Also?"

„Was hab ich denn getan? Darf man jetzt nicht mehr nach Pfandflaschen suchen?"

„Du hängst hier öfter rum?"

„Ist das verboten? Wo ist Ihr Kollege?" Jasse sah sich um. „Sie machen mir Angst."

„Ob du schon öfter hier warst, hab ich gefragt! Dort drüben in der Pizzeria vielleicht?"

Der Taser konnte auch nicht schlimmer sein als diese Frage. Jasse riskierte einen Blick über die Straße, wo der Anzugtyp, der Kellner und einer der Arbeiter standen und sie beobachteten. Der Kellner nickte in ihre Richtung.

Panik.

Sie rammte die Polizistin, die den Taser ins Leere feuerte, sprang zwischen den Containern hervor, wollte quer über den Spielplatz, weil die nicht wagen würde, zwischen den Kindern auf sie zu schießen – und wurde seitwärts von den Füßen gerissen. Sie flog durch die Luft und landete auf dem Asphalt, Arm und Hüfte garantiert zertrümmert, rang nach Luft, um zu schreien, um nicht zu ersticken, krümmte sich, wollte nicht sterben. Alles verschwamm.

Als der Atem zurückkehrte, sah sie durch den Tränenschleier die beiden Bullen über sich aufgebaut. Er musste sie umgerannt haben, nachdem sie seine Kollegin gerammt hatte, deren einer Fuß nun auf ihrem Knie stand, es verdreht im Asphalt zu versenken schien. Jasse schloss die Augen und schützte ihren Kopf mit den Armen.

„Was machen Sie denn da mit dem Kind?“, fragte ein Passant.

„Das hält die schon aus.“ Die Polizistin klang stinksauer. „Die hat mich angegriffen. Wer austeilen kann, muss auch einstecken können.“ Dennoch hob sie ihren Stiefel von Jasses Knie.

„Und wird deshalb gleich mit ein paar Schlägen in die Nieren ruhiggestellt, oder was?“, mischte sich eine weitere Stimme ein. „Ich habe doch gesehen, wie Ihr Kollege die Kleine brutal umgestoßen hat. Unglaublich! Als hätten wir in letzter Zeit nicht schon genug Fälle von Polizeigewalt gehabt.“

„Hören Sie sofort auf zu filmen, sonst kommen Sie mit aufs Revier! Sie auch, da drüben!“ Es knisterte und Jasse hörte den Polizisten über Funk Verstärkung rufen.

Sie riskierte einen Blick, sah seine Beine und die dreier Passanten, die zögernd zurückwichen. „Bitte nicht schlagen!“, wimmerte sie. Die durften sie nicht mit den Cops allein lassen.

„Das ist sie!“, sagte eine neue Stimme, deren Besitzer sie nicht sehen konnte. „Definitiv.“

„Hoch mit dir!“ Grob zog die Polizistin an Jasses Oberarm.

„Ich kann nicht! Mein Bein. Meine Arme.“ Weinend richtete sie sich zum Sitzen auf, umklammerte beide Oberarme. Es tut so furchtbar weh, dachte sie, obwohl der Schmerz bereits nachließ. Doch sie konnte ihn nicht loslassen, brauchte etwas, worauf sie sich konzentrieren konnte, um nicht an das denken zu müssen, was jetzt kommen würde.

Jemand packte sie von hinten unter den Achseln und stellte sie auf die Füße, hielt sie fest, bis klar war, dass sie stehen konnte, hakte sich dann links bei ihr ein. Der Polizist. Seine Kollegin übernahm die rechte Seite. Jasse schrie auf, als sie an ihrem Arm zerrte. Der Kellner aus dem Lokal stand vor ihr.

„Sind Sie sicher?“, fragte die Polizistin.

„Sicherer geht gar nicht“, sagte der Mann. „Die ist mit der Fernsehtante und der anderen am Tisch gesessen. Hat sich danebenbenommen. Und gestunken, dass ich erst gedacht habe, sie wäre eine von der Straße.“ Er schnaubte. „Bis ich es kapiert hab.“ Jasse wand sich unter seinem abschätzigen Blick. „Du hast die Taschen voller Bärlauch gehabt, du verkommenes kleines Miststück. Stimmt doch, oder?“

Jasses Zähne klapperten. „Das war ich nicht. Verwechslung.“

Wieder schnaubte der Kellner. „Erzähl keinen Scheiß! Wenn du nicht erkannt werden willst, musst du an deinem Styling arbeiten.“ Er spuckte ihr vor die Füße.

Jasses Knie sackten weg. Schlaff hing sie im Griff der beiden Beamten. Wenn die sie doch fallen lassen würden. Zu Boden sinken, zu Staub zerfallen, weggewaschen werden vom nächsten Regenguss, einfach nicht mehr da sein, nicht mehr gesehen werden, nichts mehr hören müssen. Doch die hielten sie aufrecht, hielten sie fest in diesem Leben, das nicht ihres war, nicht ihres sein konnte, weil so etwas in echt nicht geschah.

„Mama!“ Sie presste die Lippen zusammen, doch es ließ sich nicht stoppen. „Ich will meine Mama!“

*

(Moderator) Zur Stunde gibt es bereits aus sieben europäischen Ländern Meldungen über Todesfälle, die mit Viennese Weed in Verbindung gebracht werden. Ausgehend von einem viral verbreiteten Blogartikel hat sich dieser Name für den pilzbefallenen Bärlauch inzwischen auch international durchgesetzt, sehr zum Leidwesen von Stadtregierung und Tourismusbetrieben, die großen Schaden für die Marke Wien befürchten. Die Stadt drohe, den langfristig aufgebauten Ruf als weltoffene Kulturstadt zu verlieren und zu einem Mekka des Verbrechens zu werden, schlug auch der Klubobmann der FPÖ in diese Kerbe.
In unseren Nachbarländern Deutschland und Ungarn wurden mehrere Verdächtige festgenommen, die der organisierten Kriminalität zugerechnet werden und in den letzten Tagen Wien besucht hatten. Man legt ihnen mehrere Todesfälle in ihren Heimatländern zur Last, die allem Anschein nach durch Viennese Weed hervorgerufen wurden.

Kiki wandte ihren Blick von dem Nachrichtenmoderator mit dem ländlich rollenden R ab und wieder Olgas Laptop zu, der auf ihren Oberschenkeln lag. In untypischer Fröhlichkeit hatte Olga sie aus ihrem Zimmer gerufen. Jobangebote für die Zeit danach hätte sie aufgetan, beziehungsweise von Bogdan geschickt bekommen. Wie umsichtig von ihm, nicht? Ja, der von der Caritas.

„Und“, fragte Olga, noch immer abstoßend aufgeräumt, „was meinst du? Klingt doch nicht schlecht.“

Was sollte sie sagen? Sie kannte die Leute ja nicht. Eine nach einem Autounfall querschnittgelähmte Frau, 34 Jahre alt, suchte eine ruhige und strukturierte Assistentin mit Affinität zu Zahlen.

„Ich hab mit Zahlen nichts am Hut.“

Olga schwieg.

Ein 29-Jähriger, der bei einer verbockten Silvesterknallerei beide Unterarme verloren hatte. In einem Moment trinken, feiern, Lebensfreude, im nächsten verstümmelt für den Rest seines Lebens. Der konnte sich den Hintern nicht mehr abwischen. Und was der noch alles nicht mehr konnte. Klar brauchte der jemanden, wenn auch wahrscheinlich nur so lange, bis er Prothesen bekam. Ob die dann so feinfühlig sein würden, dass sich damit masturbieren ließ?

Vielleicht könnte sie das. Natürlich konnte sie. Der wäre vielleicht sogar wirklich dankbar. Kiki bemühte sich, normal zu atmen, nicht zu tief, nicht zu flach, entspannt. Sie richtete den Blick auf den Fernseher. Bunte Diagramme visualisierten verschiedene Aspekte der aktuellen Suizid-Statistik, erläutert von der stets heiter klingenden Stimme des Moderators. Wie es wohl wäre, mit so einem zusammenzuleben? Jedes Wort ein Du-schaffst-das.

„Hörst du das?“, fragte Olga.

„Nein.“

„Selbstmord-Partys. Zwei konnte die Kieberei gerade noch rechtzeitig auflösen. Bei einem solchen Treffen sind neunzehn Leute gestorben. Ist das pervers oder naheliegend, was meinst du? Vielleicht stirbt es sich ja leichter in Gesellschaft. Aber wer organisiert sowas?“

(Moderator) Ein wenig fühlt man sich an die sogenannten Corona-Partys zu Beginn der Pandemie erinnert. Doch damals ging es um eine absichtliche Ansteckung mit dem Virus, um letztlich Immunität zu erlangen. Ein Risiko war zwar inbegriffen, doch Ziel war das Leben.

Seine Augen waren gerötet, er wirkte erschöpft. Seine Stimme hingegen klang weiterhin munter.

(Moderator) Zu 100 Prozent tödlich sind demgegenüber die Vergiftungen mit Viennese Weed. Der große Unterschied zur Covid-Pandemie: Wir sind dieser Seuche nicht ausgeliefert. Sie betrifft uns nicht direkt. Warum fordert sie dennoch so viele Opfer? Was bringt Menschen nun dazu, sich gemeinschaftlich das Leben zu nehmen? Diesen und anderen Fragen geht ab 20:15 Anja Strobl in einer Sondersendung unter dem Titel *Seuche Suizid* nach. Mithilfe der Abschiedsbriefe, die Teilnehmerinnen und Teilnehmer der sogenannten *Suicide-Lunches* in den sozialen Medien veröffentlichen, lassen sich die unterschiedlichen Motive verfolgen. Die Philosophin Edelgard Nord und der Psychiater Rainer Rust werden diese analysieren.
Die Gesellschaft müsse Antworten finden auf die Frage, warum es sich auch in schwierigen Zeiten zu leben lohne, forderte heute der Bundespräsident …

„Soll doch jede selbst entscheiden, was sich für sie lohnt", sagte Olga. „Denkst du nicht auch, es wäre tröstlicher, sich gemeinsam aus dem Leben zu verabschieden?"

„Was soll das werden, ein Antrag?", fragte Kiki. „Ja, ich will!"

„Geh, sei nicht so blöd!"

(Moderator) Doch nicht nur Suizide sind für den beängstigenden Anstieg der Todesfälle verantwortlich. Der Innenminister vertrat bei der heutigen Pressekonferenz nach dem Ministerrat die These, dass bei mindestens 20 Prozent der Opfer von Tötung auf Verlangen oder gar Mord auszugehen sei. Es scheint, als fiele es wesentlich leichter,

einen Mitmenschen zu töten, wenn man sicher sein kann, dass dieser nicht leiden muss. Zahlreiche Stimmen aus Politik und Kultur sowie Vertreter der Kirchen wandten sich heute gegen das in diesem Zusammenhang geäußerte Diktum vom *barmherzigen Mörder* des umstrittenen Autors Roman Heller.

„Machst du uns frischen Kaffee?", fragte Olga.

Kiki stand auf. Zum ersten Mal fiel ihr der verhärmte Zug um die meist lächelnden Lippen des Moderators auf. Ob auch er jemanden verloren hatte? Wie es wohl wäre, ihm zufällig auf der Straße oder im Café zu begegnen? Ihre Blicke würden sich treffen, er würde dieselbe Trauer, die auch er spürte, in ihren Augen erkennen und ...

„Hallo Kiki, träumst du? Was ist mit dem Kaffee?"

„Lass mich das noch fertighören."

(Moderator) Um den Missbrauch von Viennese Weed einzudämmen, verhängten der Biosphärenpark Wienerwald und die Österreichischen Bundesforste heute ein Betretungsverbot für sämtliche in ihrem Besitz befindlichen Waldgebiete. Dem waren Maßnahmen zahlreicher privater Waldbesitzer und die Schließung der großen Wiener Parks vorausgegangen. Die Kontrolle dieser Verbote kann jedoch angesichts der Tatsache, dass allein der Wienerwald über tausend Quadratkilometer umfasst, kaum wirkungsvoll exekutiert werden. In zwei der großen Wiener Parks, dem Dehnepark und dem Pötzleinsdorfer Park, beide vollständig von Zäunen umschlossen, wurden bei Kontrollen des eigens eingestellten Sicherheitspersonals auch letzte Nacht wieder zahlreiche Suchende aufgegriffen, die es in die noch nicht vollständig von Giftbärlauch gesäuberten Wälder zieht.

Unterstützt von der Bundesregierung erwägt Wiens Bürgermeister daher den offensiven Einsatz von Ortungssoftware und eine vorübergehende Lockerung der Datenschutzbestimmungen. Ein Wunsch, der nicht nur auf vehementen Widerstand der Opposition trifft, sondern auch dem Koalitionspartner sauer aufstößt.
Ein Sturm der Entrüstung weht auch durch die sozialen Medien. Zudem belegen zahlreiche Anmeldungen für Demonstrationen den Unmut der Bevölkerung. Neben der Sorge um die Bürgerfreiheiten flammt auch hier die Diskussion um das Recht auf einen selbstbestimmten Tod beziehungsweise das Recht auf lebensbeendende Maßnahmen wieder auf, die nach der Entscheidung des Verfassungsgerichtshofs vom Dezember 2020 gebannt schien. Während eine Seite die seit damals erlaubte Beihilfe zum Suizid, die passive Sterbehilfe also, wieder unter Strafe stellen möchte, setzt sich die Gegenseite dafür ein, auch die weiterhin untersagte Tötung auf Verlangen – die aktive Sterbehilfe – zu gestatten.

*

Paul hatte nicht den geringsten Zweifel daran, dass seine Tochter log. Bei der Polizei hatte sie gelogen, und nun log sie ihn schon wieder an. Mit der Faust umschloss sie den kleinen Finger der anderen Hand, zog daran, als wollte sie ihn abreißen. Schon als Kleinkind hatte sie das gemacht. *(Du sollst uns doch fragen, wenn du was Süßes willst!* Im Nutellaglas nur noch schmierige Reste, der Deckel schief zugeschraubt. *Das war ich nicht!* Skeptischer Blick. *Nie glaubst du mir!)* Damals hatte er regelmäßig vor ihren Tränen kapituliert. Wie wichtig konnte es sein, recht zu behalten? Dass sie ein schlechtes Gewissen hatte, war schließlich offensichtlich. Warum sonst sollte sie lügen?

Doch diesmal. Im Wachzimmer auf dem Kommissariat hatte er neben ihr sitzen müssen, am Vorabend ihres Geburtstags, während sie von zwei Beamten in Zivil über ihre Rechte belehrt wurden. *(Ihre Tochter weiß schon Bescheid, aber wir machen das jetzt noch einmal für Sie als gesetzlichen Vertreter. Zur Sicherheit.)* Wo sie doch angeblich nur als Zeugin befragt werden sollte. Vorerst, wie der Riese mit dem stechenden Blick angemerkt hatte. Im mutmaßlichen Mordfall Sofia Gruber.

Eiskalt war ihm geworden, als er das gehört hatte. Wie kam sein Baby zur Bekanntschaft einer solchen Diva, deren lockere Sexualmoral die Medien seit Jahren genüsslich ausschlachteten? Die auch in seinen Fantasien schon gelegentlich eine Rolle gespielt hatte. Sofia Gruber. Sex. Mord. Und seine kleine Tochter.

Dass ihm das Kind entglitt, sich immer weiter entfernte, seit Lisa ... seit sie ... Er hatte sich eingeredet, es läge an der Pubertät, dass sein Baby sich nicht an ihn geklammert hatte, nachdem ihre Mutter sie verlassen hatte. Dabei hätte er sich genau das vor Augen gehalten, wenn er als Vater etwas taugen würde: Dass Lisa auch Jasmin verlassen hatte und nicht nur ihn. Stattdessen war er vage davon ausgegangen, ihre Widerspenstigkeit würde sich auswachsen. Oder nachlassen, sobald Lisa zurückkam. Jetzt war sein Kind in einen Mordfall verwickelt. Er hatte auf der ganzen Linie versagt. Wenn er Lisa nur erreichen könnte, sie um Rat fragen. Sie bitten, ihrer Tochter zuliebe zurückzukehren.

Er linste zu Jasmin, die immer noch ihren Finger malträtierte, spürte ihre Unruhe. Nebeneinander saßen sie auf dem Sofa. Die paar Kubikzentimeter Luft, die sie trennten, kamen ihm vor wie eine Schaumstoffisolierung. Er legte den Arm um sie. Sie schüttelte ihn nicht ab, lehnte sich aber auch nicht an ihn.

Er musste es wiedergutmachen.

Jasmin entkam der unbeholfenen Umarmung, indem sie sich vorbeugte und nach der Fernbedienung auf dem Sofatisch griff. Der Bildschirm leuchtete auf. *Wir sind noch nicht fertig hier*, hätte er sie am liebsten angeschrien, ihr die Fernbedienung aus der Hand genommen und wieder abgedreht. Doch war sie nicht genau darauf aus? Ein Ablenkungsmanöver, das ihr die Möglichkeit verschaffte, beleidigt in ihr Zimmer abzurauschen. Wie sehr er ihr plötzlich misstraute. Wie wütend er deshalb auf sie war. Doch davon durfte er sich nicht leiten lassen. Wenn sie taktierte, würde ihm das wohl auch gelingen. Er verschränkte die Finger, um dem Impuls zu widerstehen, die Fernbedienung doch noch in seinen Besitz zu bringen.

Auf dem Bildschirm löste eine Diskussionsrunde zum Thema *Seuche Suizid* das hektische Werbegeflimmer ab. Paul spürte ein Brennen hinter den Augen. Was, wenn Jasmin eine von denen war?

Wie gelähmt vor Bestürzung war er vor den Polizeibeamten gesessen, hatte nicht gewusst, wohin er schauen sollte, hatte Jasmins abstruser Geschichte gelauscht und nur denken können, dass sie jemand anderem gehören musste, diese Geschichte. Dass es gar nicht seine Tochter war, die da neben ihm saß. Sogar das Wort *Körperfresser* war ihm in den Sinn gekommen, aus diesem Film, völlig hirnrissig. Ob sie Drogen nahm?

Auf einmal war ihm aufgefallen, wie sie an ihrem Finger zog und die blassen Lippen gegen die Zähne saugte, und sie war wieder zu seinem Baby geworden. Gleichzeitig hatte er mit hundertprozentiger Sicherheit gewusst, dass etwas – oder alles – an ihrer Erzählung nicht stimmte. Natürlich war er ihr dort nicht in den Rücken gefallen.

Doch jetzt. Er musste die Wahrheit wissen, selbst wenn er sie lieber nicht wissen wollte. Um ihr beistehen zu können. Er rückte ein wenig ab und setzte sich schräg hin, um sie anschauen zu können. Schlaff kauerte sie neben ihm, fixierte den Bildschirm mit trübem Blick, ihre Haut fast so grau wie die Couch, ein elender Anblick.

„Nochmal, weil ich das nicht verstehe. Du hast diese Frau also im Wald kennengelernt und bist mit ihr in die Pizzeria gegangen, obwohl sie dir erzählt hat, dass sie im Gefängnis war?"

Sie schien zu überlegen, ob sie ihn einfach ignorieren sollte, doch schließlich versuchte sie sich sogar an einem schiefen, schmalen Lächeln, das ihn erbärmlich an Lisa erinnerte, und murmelte: „Ja, ich weiß, ich soll nicht mit Fremden gehen. Ich dachte, das gilt nur für Männer."

„Und du warst im Wald, um Bärlauch zu sammeln? Diesen kranken Bärlauch natürlich, weil den normalen hättest du ums Verrecken nicht angerührt."

Sie nickte, ohne ihn anzusehen.

„Weil?"

„Ich wollte ihn einfach haben, okay, als Backup. Machen doch alle! Für den Notfall. Aber ich hab ihn dann doch nicht mitgenommen."

„Was soll das für ein Notfall sein? Du bist doch gesund! Schau mich gefälligst an, wenn ich mit dir rede! Versprich mir, dass du nicht daran denkst, dir was anzutun!"

Sie wandte ihm das Gesicht zu, schwarze Augenschminke über die rotfleckigen Wangen verschmiert, die Lider fast zugeschwollen von so vielen Tränen an diesem Tag. „Versprich du mir, dass Mama zurückkommt, dass sie nicht tot ist!"

Schweigend sahen sie sich an. Gänsehaut zog ihm die Schulterblätter zusammen. Er griff nach ihrer Hand, feuchtkalt und schlaff lag sie in seiner.

„Und die Gruber hast du vorher nicht gekannt?" Er sah sie genervt zur Decke schielen. „Und dann? Hast du gesehen, wie ..."

Sie entzog ihm ihre Hand. „Mann, ich hab das doch alles schon tausendmal gesagt!"

„Was ich nicht verstehe: Warum hast du nicht gleich Alarm geschlagen oder bist wenigstens nachher zur Polizei gegangen? Da stimmt doch was nicht. Ich sehe ein, dass du denen nicht alles sagen wolltest. Aber mir vertraust du doch! Du weißt, dass ich immer auf deiner Seite bin. Egal was ..." Sie rührte sich nicht. „Jasmin?"

Ihre Lippen zitterten. „Nie glaubst du mir!"

Er seufzte. Was, wenn sie log, um ihn zu schützen? Kinder taten solche Dinge. Fragte sich nur: wovor? Er senkte den Blick. Als hätte sie sich an ihrem kleinen Finger verbrannt, öffnete sie die Faust, schob die Hände zu beiden Seiten unter ihre Oberschenkel. Nein, er durfte das nicht durchgehen lassen, diesmal nicht.

„Ich würde dir wahnsinnig gern glauben, Jasmin! Aber ich weiß, dass du lügst. Oder mindestens etwas verschweigst. Das ist eine ernste Sache, eine sehr ernste Sache! Ein Mensch ist gestorben. Jemand geht dafür ins Gefängnis! Ich will dir doch nur helfen. Rede mit mir!"

Jetzt sah sie ihn an, sah ihm anklagend und ohne zu blinzeln in die Augen, wie sie die Polizeibeamten angesehen hatte, die Armmuskeln angespannt vor lauter Anstrengung, die Hände unter den Schenkeln zu fixieren. Er kannte sie zu gut.

„Erst Mama, und jetzt lässt du mich auch noch im Stich." Ihre Stimme flatterte schwach. „Es fühlt sich an, als hätte ich überhaupt keine Eltern."

Tränen quollen ihr aus dem Kindergesicht. Er gab auf. Legte beide Arme um sie, zog sie an seine Brust und diesmal ließ sie es geschehen, schmiegte sich an ihn, sein T-Shirt nass in Sekunden.

„Ich bin doch da, mein Vögelchen! Alles wird gut, ich verspreche es dir." Er strich ihr übers Haar und sie protestierte nicht wie sonst, weinte nur noch heftiger. „Ich pass auf dich auf. Es wird wieder gut, versprochen!"

*

Obwohl sie wusste, dass es aussichtslos sein würde, zappte Kiki von Kanal zu Kanal, stoppte beim Anblick von Strandkörben vor grauem Meer.

„Ein Nordseekrimi, ernsthaft?", fragte Olga. „Ich hab doch gesagt, dass ich die Diskussion sehen will."

„Eine Diskussion über Selbstmord, ernsthaft?", äffte Kiki sie nach. „Den Anfang haben wir doch sowieso versäumt." Kurz spielte sie mit dem Gedanken, Olgas Wunsch diesmal einfach zu ignorieren, dann schaltete sie um.

(Anja Strobl, Moderatorin) Wollen Sie damit sagen, dass Sie bei jenen Personen, die an den sogenannten *Suicide-Lunches* teilnehmen oder teilnehmen wollen, neben unheil-

baren Krankheiten, klassischen Depressionen und persönlichen Motiven, wie etwa Liebeskummer, häufig auch eine existentielle Verzweiflung am Zustand der Welt orten?

(Rainer Rust, Psychiater) Ganz genau. Selbstverständlich sind persönliche Ängste immer im Spiel. Die wirtschaftlichen und persönlichen Katastrophen, die uns die Pandemie beschert hat, sind längst nicht bewältigt. Das gilt selbstverständlich auch für die daraus resultierenden Depressionen. Dazu kommt in vielen Fällen eine Verzweiflung, die sich nicht nur auf den persönlichen Bereich, sondern auf die Rolle der Menschheit bezieht, die zunehmend als destruktiv wahrgenommen wird. Ein nicht zu unterschätzender Anteil der Menschen ist maßlos enttäuscht von der Unfähigkeit, der Umweltzerstörung endlich konsequent ein Ende zu bereiten, und wünscht sich insgeheim, dass diese Schuld gesühnt werden möge.

(Edelgard Nord, Philosophin) Ja, das Lebensrecht der Menschheit als Krone der Schöpfung wird zunehmend infrage gestellt. Stichwort: Die Menschheit ist die gefährlichste Krankheit des Planeten. In diesem Kontext wird Viennese Weed quasi als letztes freundliches Angebot der geknechteten Natur betrachtet, die sich der Menschheit auf die eine oder andere Weise entledigen muss, wenn sich nicht rasch etwas ändert. Der natürlichen Umwelt in ihrer Gesamtheit wird hier interessanterweise eine Art *Volonté générale* unterstellt, ein gemeinsamer und quasi politischer Wille.

(Rust) Den man auch als den Glauben an göttliches Wirken in der Natur interpretieren kann.

„Was für ein Geschwafel!", sagte Kiki. „Man hat es doch im Gefühl, wie das alles zusammenhängt."

„Im Gefühl?" Kiki konnte geradezu hören, wie Olga zweifelnd ihre rechte Augenbraue hob. „Du weißt, wie viel ich davon halte, sich ausschließlich auf Gefühle zu verlassen. Im Gefühl hat man Dinge, von denen man genug weiß, die man kennt. Intuition braucht Futter. Deshalb bin ich ganz froh über ein bisschen Analyse."

„Trotzdem. Ich glaub, ich geh schlafen." Wenn sie allerdings überlegte, wie oft sie schon eingefahren war mit ihrem Bauchgefühl ... Sie blieb sitzen. Immer noch leichter, sich von anderen etwas vordenken zu lassen, als den eigenen faulen Verstand anzuwerfen.

(Rust) ... der Tod, beziehungsweise unser Umgang mit ihm, von zentraler Bedeutung ist. Für den narzisstischen Anteil in uns stellt der Tod die ultimative Kränkung dar. Was liegt also näher, als ihn von uns zu schieben, ihn zu verdrängen oder gar seine Abschaffung zu inszenieren. Diese Strategie hat in der Bewältigung der Pandemie ihren vorläufigen Höhepunkt gefunden. Mit allen Mitteln hat sich die Gesellschaft in die Schlacht geworfen, als könnte es gelingen, mit dem Virus auch den Tod selbst zu vernichten.
(Nord) Die Abschaffung des Todes – tatsächlich ein sehr zeitgemäßer Gedanke! Der Narzissmus, den Sie anführen, Herr Kollege, ist ja ein Phänomen, dessen Aufstieg erst mit dem Ende des Mittelalters begonnen hat. Zuvor war der Einzelne Repräsentant seiner gottgegebenen Rolle in der Gesellschaft. Der Tod war nicht Kränkung, sondern Transit ins Himmelreich. Erst mit der zunehmenden Individualisierung, die darin mündete, dass Gott für tot erklärt wurde, vergöttlichte sich der Mensch quasi selbst. Damit geht ein vermeintlicher Anspruch auf Unsterblichkeit einher, an dem wir seither spektakulär scheitern.
(Rust) Genau darauf wollte ich hinaus! Der Kampf gegen Corona hat uns vor Augen geführt, dass wir den Tod nicht besiegen können. Gleich, welche medizinischen, technischen oder logistischen Mittel wir auffahren – wir alle sind

sterblich. Mein Eindruck ist, dass diese Erkenntnis – auch wenn die wenigsten sie vermutlich so formulieren würden – ihren Weg in unsere Gemüter gefunden hat.

(Strobl) Sind wir also zurückgefallen in eine Art neues Mittelalter, in dem wir unsere eigene Ausgesetztheit so schmerzhaft spüren, dass wir womöglich sogar bereit sind, auf autoritäre Strukturen zu setzen, die uns Schutz versprechen? Wird es gar ein Comeback Gottes geben?

(Nord) Auferstehung reloaded (lächelt), schon möglich. Ob wir am Beginn eines neuen Mittelalters oder einer postnarzisstischen Gesellschaft reiferer Prägung stecken, dieses Urteil werden künftige Generationen fällen müssen. Um auf Ihre Frage zurückzukommen: Welche Rolle spielt nun Viennese Weed im Gefüge dieser Entwicklungen? Vielleicht kann man es vereinfacht so ausdrücken: Wenn die Corona-Pandemie für den – zum Scheitern verurteilten – Versuch steht, den Tod zu vernichten, dann könnte Viennese Weed für die Bemühung stehen, den Tod wieder in unser Leben zu integrieren. Die Abschaffung des Todes versus die Umarmung des Todes, wenn Sie so wollen. Die Suizide wären in diesem Konstrukt zum Teil als eine Art sinnstiftende Selbstopferung zu werten, die einer bereits vorhandenen Neigung, einem bereits drückenden Motiv den letzten Schub verleiht. Die Gruppendynamik tut ein Übriges.

(Rust) Wobei festgehalten werden muss: Tatsächlich entscheidet sich im Rahmen dieser Veranstaltungen lediglich etwa ein Viertel der Teilnehmer tatsächlich für den Tod.

(Strobl) Angesichts der Tatsache, dass eine komplette Ausrottung von Viennese Weed vorerst illusorisch erscheint – welchen Ausweg sehen Sie in Bezug auf die Suizidwelle?

(Nord) Nun, eine Möglichkeit wäre es, die freiwillige Beendigung des eigenen Lebens nicht länger gesellschaftlich zu ächten, sondern als autonome Entscheidung zu akzeptieren. Als Gesellschaft stehen wir allerdings in der Pflicht,

dem Einzelnen möglichst wenige Gründe für einen Suizid zu liefern. Wir müssen also Bedingungen schaffen, die den Zweifelnden auch in Krisensituationen das Leben bewahrenswert erscheinen lassen. Dazu gehört alles, was uns resilient macht: von der Förderung lebendiger Beziehungen und Sozialkontakte – die durch die Isolation großen Schaden erlitten haben – über Solidarität mit den Schwächeren der Gesellschaft bis zur Bewahrung einer lebenswerten Umwelt.

*

Myko saß an der Bar, wippte hektisch mit dem übergeschlagenen Bein und beobachtete den Eingang. Lange würde er es hier nicht mehr aushalten, wenn Karol nicht kam. Er war eher der Pub-Typ, stand nicht auf diesen Glitzer- und Lichterkram, Stahl und Glas, die laute Musik. Ganz automatisch hatte er sich Aperol bestellt, um sich seinem Umfeld anzupassen, und nun saß er da mit dem orangen Gesöff, das wie Hustensaft für Kinder schmeckte und nicht weniger werden wollte. Einen Bärenhunger hatte er auch.

Der Vorteil des Treffpunkts war, dass er durch die getönte Glasfassade des Ecklokals die gesamte Kreuzung im Blick hatte. Ob das Karol war, der eben den Zebrastreifen überquerte? Nein, zu klein. Er würde nicht kommen. Wäre ja auch fast überirdisches Glück gewesen, wenn das geklappt hätte.

Myko sah auf sein Handy. 19:43 schon und die einzige Nachricht von seiner Mutter: *Wann kommst du? Zacke frisst nicht. Soll ich zum Tierarzt?*

Ja, pls, tippte er, *bin in Besprechung.* Arme Zacke. Entweder kam sie nicht zurecht mit seiner Abwesenheit oder es war wieder diese Nierensache oder etwas ganz anderes. Vielleicht ein Zeichen, dass er seine Mission aufgeben und heimreisen sollte.

Er hätte den Artikel nicht publizieren dürfen. Oder zumindest nicht heute, nicht vor diesem wichtigen Treffen. Karol hatte ihn bestimmt gelesen und nun keinen Bock mehr auf Konspiration. Die Straßenbahn fuhr vorbei, ließ die Oberfläche seines Getränks erzittern. Er nahm einen Schluck, der ebenso widerlich schmeckte wie der zuvor, checkte wieder sein Telefon und öffnete zum x-ten Mal den Artikel.

Sporenwelt.de/Vienneseweed/3
Selbst für Ortsunkundige stellt es keine besondere Herausforderung dar, nachts in Areale vorzudringen, in denen sich massenweise Viennese Weed findet, sofern man Absperrbänder und hastig errichtete Maschendrahtzäune nicht als Hindernis wertet. Meine Stichproben legen nahe, dass die Bärlauchreviere im Wienerwald inzwischen praktisch flächendeckend befallen sind. In den Parks hingegen scheint es gelungen, das Kraut weitgehend zu entfernen.
Funfact: Die Spuren des Pilzes auf den Bärlauchblättern gemahnen an punkt- und linienförmige tribal tattoos, die offenbar auch im Mykoversum mit Stolz getragen werden.
So tödlich der Pilz bei oralem Genuss für Menschen ist, so unbehelligt scheint er seinen Wirt zu lassen, jedenfalls vorerst. Zweifellos eine geschickte Strategie, um das eigene Überleben und die kleinräumige Verbreitung ohne großen Energieaufwand zu sichern. Wird der Pilz mit dem Ende der Bärlauchzeit in nobler Zurückhaltung untergehen und lediglich im Boden überdauern? Oder wird er flugfähige Sporen bilden und mithilfe des Windes den Radius seiner Reisen erheblich vergrößern? Gibt es eine Möglichkeit, das zu verhindern? Es wird spannend!

„Leider können wir Ihnen dazu derzeit keine Auskunft geben. Wir arbeiten mit Hochdruck an der Analyse und werden die Öffentlichkeit informieren, sobald gesicherte Erkenntnisse vorliegen." So oder ähnlich lautet die Formel, mit der informationshungrige Journalist:innen und Blogger:innen von den Gesundheitsbehörden ebenso wie von einschlägigen Universitätsinstituten und den Sicherheitsbehörden abgewimmelt werden. Gibt es tatsächlich nichts zu berichten? Oder verwehrt man uns maßgebliche Informationen aus Gründen, über die sich wiederum nur spekulieren lässt?

Die ursprüngliche Absicht der *Sporenwelt*, die Berichterstattung auf nachprüfbare Fakten zu beschränken, beginnt an den ins Kraut schießenden Gerüchten (Anm. der Red.: well put, Myko!) und Spekulationen zu scheitern.

Soll nicht berichtet werden, dass eine Reporterin eines renommierten österreichischen Wochenblattes behauptet, sie hätte beobachtet, wie Personen in Seuchenschutzkleidung unter militärischer Bewachung großflächig Bärlauch mitsamt der Erdscholle abtragen und in LKWs verladen? Und wenn das wahr ist – geht es hier noch um die Bekämpfung einer Pflanzenkrankheit oder wird an einer biologischen Waffe getüftelt? Ist es denkbar, dass Viennese Weed ein außer Kontrolle geratener oder gar geplanter Feldversuch auf diesem Gebiet ist? Und wer könnte dafür verantwortlich sein? Doch sicherlich nicht der demokratische Rechtsstaat Österreich?

Dies nur zur Illustration der fiebrigen Ungewissheit, die auch unter jenen herrscht, die versuchen, dem Phänomen auf den Grund zu gehen.

Genau diesen verschwörungstheoretischen Exkurs hätte er sich sparen sollen. Andererseits verlieh er dem Artikel erst die richtige Spannung, die dafür sorgen würde, dass er viral ging. Doch Karol hatte er damit offenbar abgeschreckt.

Dabei war Myko so stolz darauf gewesen, wie beiläufig er Karol an der Falafelbude neben dieser Öko-Uni ins Gespräch gezogen und ihm entlockt hatte, dass er tatsächlich in die Erforschung von Viennese Weed involviert war. Wie er sich beherrscht hatte, seinem Hochgefühl nicht durch Jubelschreie Ausdruck zu verleihen. Gestrahlt wie ein Schneekönig hatte er sicher trotzdem und damit anscheinend Karols schüchternes Interesse an seinem Luxuskörper entfacht. Dass der Name, unter dem das Kraut bekannt war, auf seinem Mist gewachsen war, hatte dem Kollegen den Rest gegeben.

Logischerweise hatte Myko ihm vorenthalten, dass er selbst nicht schwul war. Auch, dass er ihn schon die längste Zeit verfolgte. Durch den Gitterzaun des abgesperrten Geländes hatte er beobachtet, wie Karol das von Verbotsschildern umstandene Gewächshaus verlassen hatte, durch dessen Scheiben streifenweise Licht in unterschiedlichen Farben drang.

19:49. Kein Naturwissenschaftler kam zwanzig Minuten zu spät zu einer Verabredung. Myko kippte das Getränk hinunter, signalisierte dem Kellner, dass er zahlen wollte, und fiel fast vom Hocker, als jemand von hinten seinen Arm berührte. Er fuhr herum.

„Sorry, Mann!“, las er von Karols Lippen, während der sich zweifelnd im Lokal umsah. Sein glattgekämmter Topfhaarschnitt und die Kleidung, die aussah wie von Mutti gekauft, obwohl er die Dreißig vermutlich längst überschritten hatte, ließen ihn hier noch mehr aus dem Rahmen fallen als Myko mit seinem schlampigen Rasta-Dutt und den Klamotten aus dem Diakonie-Laden.

„Wollen wir woanders hin?“, schrie Karol ihm ins Ohr. „Die Kollegin hat mir das empfohlen, aber mir wäre das Beisl lieber, an dem ich gerade vorbeigekommen bin.“

Auf der Straße entschuldigte er sich erneut für seine Verspätung. Myko legte ihm den Arm um die Schultern und drückte ihn kurz, der Zweck heiligt die Mittel. „Stress in der Arbeit?“

„Kannst du laut sagen“, murmelte Karol. „Alles streng geheim, aber da tut sich was. Die Chefin will ... Ich darf dir das echt nicht sagen, sorry!“

„Schon klar!“

„Aber ich habe ein paar Fotos gemacht, die könnte ich dir zeigen, falls es dich interessiert.“

Myko unterdrückte das Bedürfnis, Karol wie ein Kind am Ärmel zu zerren und „Zeig, zeig, zeig her!“ zu winseln. „Klar interessiert mich das.“ Er warf Karol aus den Augenwinkeln einen koketten Blick zu. „Alles, was du machst, interessiert mich. Aber nur, wenn du dadurch nicht in Schwierigkeiten kommst.“

Die Türglocke klingelte. Kiki stöhnte. Es folgte ein Hämmern, als schlüge jemand mit der Faust gegen die Wohnungstür. „Polizei!"

„Olga!", schrie Kiki. „Kannst du mal, bevor die die Tür einschlagen? Ich sitz am Klo!" Sie hatte damit gerechnet, regelrecht darauf gewartet, und doch brachte die Angst ihre Verdauung nun erst recht in Gang.

„Kriminalpolizei!", drang es aus dem Stiegenhaus herein. „Öffnen Sie sofort die Tür!"

Kiki hörte das Surren des Rollstuhls. Dann die Stille, während Olga sich anstrengte, ihre Hand hoch genug zu heben, um die Türklinke runterzudrücken. Schließlich einen Knall und Olgas empörten Aufschrei.

„Bist du noch ganz dicht, mir die Tür gegen das Knie zu knallen, du Bullenschwein? Polizeigewalt gegen Behinderte – ist das jetzt der neueste Trend, oder was?"

„Nicht, dass ich wüsste, aber entschuldigen Sie trotzdem", antwortete eine etwas träge, aber angenehme Stimme. „Wo finde ich Frau Christiane Bach?"

„Was würden Sie von mir wollen, wenn ich es wäre?"

„Zunächst mal eine Antwort auf meine Frage. Wir können Sie zur Feststellung Ihrer Identität aber auch gern in unseren Räumlichkeiten befragen."

„Das wäre vielleicht das Beste. Wenn Sie mir bitte meinen Poncho reichen. Es ist ja doch recht frisch draußen."

„Ich bin hier!", rief Kiki. „Einen Moment noch!"

„Was sollte das?", fragte der Beamte.

„Was wohl?", antwortete Olga. „Ein Täuschungsmanöver, damit meine Freundin sich vor Ihren ungerechtfertigten Nachstellungen in Sicherheit bringen kann."

„Damit tun Sie ihr keinen Gefallen. Ihr Name?"

„Olga Schattenberg. Und Sie sind?"

„Chefinspektor Johann Holzer. Wir müssen mit Frau Bach sprechen."

„Ach, das hab ich noch gar nicht mitgekriegt. Sie ist nicht zu Hause."

„Machen Sie sich nicht lächerlich!"

„Ich komm gleich!", rief Kiki.

„Warum warten wir nicht alle im Wohnzimmer?", fragte Olga. „Sie dürfen sich meinetwegen in der Küche einen Kaffee nehmen."

„Danke, nein. Wir sind nicht zum Frühstücken hier, sondern um Frau Bach abzuholen." Kiki hörte, wie sich seine Stimme näherte. Man musste seine Gelassenheit bewundern. Er klopfte an die Klotür. „Hallo?"

„Sofort."

„Ich bitte darum."

Sie säuberte sich und wusch die Hände, zum letzten Mal in Freiheit. Gut, dass sie heute nicht an Granatapfelkernen und Erdbeeren im Müsli gespart hatte. Sie öffnete die Tür und stand einem Beamten in Zivil gegenüber, der seine beiden uniformierten Begleiter um fast einen Kopf überragte.

„Frau Christiane Maria Bach, ich nehme Sie hiermit fest. Sie stehen unter Verdacht, Frau Magistra Sofia Gruber vorsätzlich getötet zu haben. Es steht Ihnen frei, sich zu den Beschuldigungen zu äußern oder nicht zur Sache auszusagen, beziehungsweise jede Aussage zu verweigern. Eine Selbstbelastung kann laut österreichischem Strafrecht nicht erzwungen werden. Sie haben das Recht, jederzeit, auch bereits vor der Vernehmung, einen Rechtsbeistand beizuziehen. Sie können zu Ihrer Entlastung einzelne Beweiserhebungen beantragen. Haben Sie die Belehrung verstanden?"

„Sie hätte es gerne schriftlich", sagte Olga.

Kiki stöhnte. „Olga, bitte! Warum musst du ihn auf meine Kosten verärgern, nur um dein Anarchotum rüberzubringen?" Sie hustete, um den kreischenden Unterton von ihrer Stimme zu reiben. Dann wandte sie sich an den Chefinspektor. „Gehen wir."

*

Wie jedes Mal, wenn er das Gewächshaus betrat, nahm Karol die Kamera aus der Gesäßtasche und schoss einige Fotos. Die Perspektiven waren immer dieselben. Er plante, später sämtliche Bilder zu einer Diashow zu montieren, die er sich ansehen würde, wann immer ihn die Sehnsucht packte. Schließlich war nicht gesagt, dass er nach Auslaufen seines Zwei-Jahres-Vertrages als Post-Doc weiter hier arbeiten konnte. Bereits sein Diplomprojekt und jenes der Doktorarbeit hatte er auf diese Weise dokumentiert. Warum damit aufhören, nur weil es in diesem Fall verboten war? Schließlich diente es privaten Zwecken, von kleinen Ausnahmen abgesehen. Er lächelte beim Gedanken an Mykos unzureichend bemäntelte Begeisterung beim Anblick der letzten Foto-Serie.

Die von farbigen Lampen bestrahlten Hochbeete übten einen derartigen Reiz auf Karol aus, dass einer der Techniker sich Witze über seine sexuelle Orientierung – plantosexuell – nicht verkneifen konnte und mehr oder weniger verstohlene Masturbationsgesten vollführte, sobald Karol sich aus dem Labor in das Gewächshaus aufmachte. Ihn störte das nicht weiter. Besser als Schwulenwitze. Er hätte ihm sagen können, dass die ordentlichen Reihen der Pflanzen ihn eher an eifrige Schüler denken ließen als an Sexualobjekte, dass seine Fotos also eher Kinderbildern als Wichsvorlagen entsprachen, hegte jedoch den Verdacht, dass er damit einen langfristigen Lacherfolg landen könnte. Darauf wollte er sich gründlich vorbereiten. Er war es nicht gewohnt, im Mittelpunkt der Aufmerksamkeit zu stehen.

Zügig marschierte er die Beete entlang, um festzustellen, ob sich augenfällige Veränderungen zeigten. In den rot und gelb bestrahlten Reihen gediehen die Blätter, ohne dass man ihnen den Pilzbefall auf den ersten Blick anmerkte. Erst bei näherer Betrachtung zeigten sich die punktierten Linien und Flächen. Wo der Bärlauch mit grünem Licht bestrahlt wurde, leuchtete er, wie mit Neonpünktchen besetzt. Schon seit einigen Tagen entfaltete er biolumineszente Aktivität. Karol fragte sich, ob das Phänomen auch draußen in den Wäldern schon auftrat oder bald auftreten würde. Hoffentlich nicht. So ein übernatürlicher Schimmer wäre den Esoterikern nur ein weiterer Beweis dafür, dass dieser Parasit von Mutter Natur oder Gottvater zur Läuterung der Menschheit geschickt worden war. Was er, obwohl er das Gegenteil nicht beweisen konnte, für äußerst unwahrscheinlich hielt.

Die blauviolett bestrahlten Pflanzen büßten langsam, aber stetig an Vitalität ein, und auch der Fungus schien hier nicht vom Fleck zu kommen. Ob er sogar abbaute, wie Karols Bauchgefühl sagte, würde die mikroskopische Prüfung im Anschluss ergeben.

Sanft strich er mit den Spitzen seiner behandschuhten Finger über die schlaffen Blattlanzetten. „Was könnt ihr dafür, dass ihr tödlich seid“, sang er leise zur Melodie des Refrains von Ruby Tuesday.

„Dumme Menschen sind das Problem, nicht ihr, meine Süßen. Die brauchen doch nur die Finger von euch zu lassen. Aber vielleicht erweist ihr ja wirklich dem Planeten einen Gefallen durch die Auslese der Idioten."

Der Bärlauch im Solarium – dem mit UV-Licht bestrahlten Bereich – hatte sich seit seinem letzten Besuch verändert. Bereits vor einigen Tagen hatte hier die Blüte eingesetzt, früher als in allen anderen Beeten. Jetzt breitete sich unter den hübschen weißen Sternen an den langen Stielen ein Grauschleier über die Blätter, überlagerte die biolumineszenten Leuchtspuren, die sich auch hier gebildet hatten. Karol ging in die Hocke, betrachtete die Pflänzchen aus verschiedenen Winkeln. Etwa die Hälfte der Fungus-Tätowierungen war zu zarten Hügelreihen aufgequollen, die Wirtsblätter selbst ausgebleicht und welk.

„Was ist denn mit euch passiert?" Zärtlich griff Karol nach einem Blatt. Zwei der Hügelchen zerfielen. Er rieb den Staub zwischen Daumen und Zeigefinger. „Hoppla!" Heftiges Niesen brachte ihn aus dem Gleichgewicht, er landete am Hintern, vor Schreck in erster Linie. Anstelle des Partikelfilters, der ihn vor Viren und Pilzsporen schützen sollte, trug er nur den Mund-Nasen-Schutz, der die Kontaminierung der Pflanzen mit Keimen aus seiner Atemluft verhinderte, ihn selbst jedoch nur unzureichend schützte. Dabei hatte er nicht einmal aus Vergesslichkeit auf die richtige Maske verzichtet, nein, er hatte sich sicher gefühlt, sich unter Freunden gewähnt. Sie hatten ihn immer glücklich gemacht. Und taten es auch jetzt.

*

Sporenwelt.de/Kurzfakten

Jeder Mensch atmet zwischen 10.000 und 20.000 Liter Luft täglich. Ein Atemzug enthält zwischen einer und zehn Pilzsporen. Sie sind überall, ein Teil von uns.

*

Der Chefinspektor lehnte sich schwer gegen die Rückenlehne des Bürosessels, der viel zu klein für seinen Körper schien. Langsam presste er Luft durch die geschlossenen Lippen und verschränkte die Arme über dem Bauch. Seine Augen wirkten gleichzeitig hellwach und müde, vermutlich wegen der Schlupflider, dachte Kiki. Da sie nicht vorhatte, zur Sache auszusagen, und seine Fragen bisher verbindlich lächelnd ignoriert hatte, blieb ihr reichlich Zeit, ihn zu betrachten. Ein bulliger Riese um die fünfzig, die Muskeln von einer Fettschicht weichgezeichnet, die sie wünschen ließ, sie dürfte sich an ihn schmiegen. Kurzgeschorenes Haar, ruhige Art und kräftige Hände – wie gemacht, um sie zu halten. Sie hatte was übrig für Hände. Durch einige Mottenlöcher am Ärmel seines dunkelgrauen Pullovers schimmerte Haut. Weinen hätte sie können vor Rührung über diese unbeabsichtigte Blöße, die seiner gleichmütigen Baumhaftigkeit genau das richtige Maß Verletzlichkeit verlieh. Überhaupt gab es viele Gründe zu weinen. Den abgebrochenen Nagel ihres rechten Zeigefingers, den glatt zu feilen sie sich am Morgen vorgenommen hatte, die rissige Haut rundum, an der sie unentwegt zupfte.

„Frau Bach?“

Sie hob den Blick. Die Konturen seiner Wangen und seines Kinns hingen bereits ein wenig. An seinem Hals gab es eine borstige Stelle, die er beim Rasieren übersehen haben musste. Er sah sie aufmerksam an, freundlich, hätte sie unter anderen Umständen gedacht.

„Möchten Sie nicht doch einen Anwalt anrufen? Oder eine Anwältin? Falls Sie sich keinen leisten können, haben wir, wie bereits erwähnt, eine Liste."

Kiki schüttelte den Kopf. „Das würde nichts ändern. Sie lassen mich ja doch nicht mehr raus."

„Warum denken Sie das?"

„Weil alles dafür spricht, dass ich es getan habe."

„Wollen Sie mir vielleicht aufzählen, was aus Ihrer Sicht für Ihre Täterschaft spricht, wenn Sie sich schon nicht zur Tat selbst äußern wollen?"

„Das wissen Sie doch."

„Ich würde gerne Ihre Ansicht hören." Er kippte nach vorn und legte die Arme auf den Tisch.

Kiki seufzte. „Sie wissen, dass ich zwölf Jahre wegen Totschlags gesessen habe, grundsätzlich also zu Gewalttaten fähig bin. Es gibt jede Menge Zeugen, die mich mit Sofia zum Zeitpunkt ihres Todes an einem Tisch gesehen haben. Sobald Sie mein Bild veröffentlichen, werden Sie andere Leute finden, die mich im Wald gesehen haben, weil ich mich leider nicht gerade unauffällig benommen habe. Den Parkwächter beispielsweise, der mich mit seinen Gehilfen aus dem Bärlauch verjagen wollte. Ich bin weggerannt wie von Höllenhunden gehetzt, während alle anderen sich normal verhalten haben."

Holzer legte die Hände ineinander und lauschte mit skeptischem Gesichtsausdruck und schiefgelegtem Kopf, als müsse noch etwas kommen, als genügten ihre Ausführungen seinen Ansprüchen nicht. Er trug keinen Ehering an der rechten Hand. Der linke Ringfinger war verborgen. „Ist das alles?"

„Sind Sie verheiratet?“

Er runzelte die Stirn, sah auf seine Hände, öffnete sie. „Nicht mehr. Leider. Aber bleiben wir doch bei Ihnen.“

Ob er das auch privat sagen würde, wenn er eine Frau kennenlernte? Ob er bei ihr bleiben, sich wirklich für sie interessieren würde? Sie schloss die Augen, versuchte sich zu konzentrieren, obwohl sie das Gefühl hatte, vor Erschöpfung auf der Stelle einschlafen zu müssen, jetzt, da sie Gewissheit hatte. Ihr Leben in Freiheit, das sie in selbstgewählter Einschränkung verbracht hatte, würde wieder erzwungener Gefangenschaft weichen.

„Mit Sofia verbindet – oder verband – mich eine lange, komplizierte Geschichte. Wir haben sehr viel Zeit miteinander verbracht, damals in der Schule. Als ich ihr unmittelbar vor ihrem Tod in der Pizzeria begegnet bin, hatte ich die Mittel, sie zu töten, im Rucksack. Sie ist doch durch Bärlauch umgekommen?“ Holzer antwortete nicht. „Was wollen Sie denn noch? Ockhams Rasiermesser, das Sparsamkeitsprinzip. Jeder Richter wird mich aufgrund dieser Indizien lebenslang einsperren. Ich selbst würde genauso urteilen.“

„Ist das ein Geständnis? Haben Sie Sofia Gruber ermordet?“

Kiki lehnte sich zurück, schloss die Augen. Sie hatte sich vorgenommen, nicht zur Tat auszusagen. Doch nach diesen Stunden des Schweigens und Ausweichens – erst mit Holzer, dann mit Holzer und seiner Kollegin, dann mit seiner Kollegin allein, nun wieder mit ihm – fühlte sie sich einfach zu matt, um etwas anderes als die Wahrheit zu sagen. Welchen Unterschied machte es schon? Sie öffnete die Augen, sah Holzer offen an.

„Nein, habe ich nicht“, sagte sie. „Aber würde ich nicht dasselbe behaupten, wenn ich es getan hätte?“ Sie rieb sich die Lider, fuhr sich mit den Fingern durchs Haar, strich den verspannten Nacken hinab und öffnete die Augen.

„Interessante Frage“, sagte er. „Die Tat, für die Sie vor rund fünfzehn Jahren im Kotter gelandet sind, haben Sie nie geleugnet.“

„Man entwickelt sich.“ Kiki zuckte mit den Schultern. „Und nicht immer zum Positiven. Ich habe psychische Probleme, bin in therapeutischer Behandlung. Meine Lebensgrundlage bricht gerade weg und mein engster Freund ist vor wenigen Tagen gestorben. Reichlich Gründe, um auszurasten, meinen Sie nicht? Die hatte ich vor fünfzehn Jahren auch.“

„Was ist denn damals geschehen? Vielleicht wollen Sie mir darüber etwas erzählen, wenn Sie schon nicht über den aktuellen Fall reden möchten.“

„Das wissen Sie doch alles aus den Akten. Ich hab einen Banker erstochen, der meinem Freund einen Kredit verweigert hatte. Dumm, wie ich war, dachte ich, es könnte ihn von unserer Seriosität überzeugen, dass mein Vater Sparkassendirektor war. Als der Bankmensch mich von oben herab abgekanzelt und auch noch angefasst hat, ist mir alles durcheinandergeraten. Die Wut auf meinen Vater, alles. Ein Kurzschluss.“

„Warum haben Sie dann nicht sofort auf ihn eingeschlagen oder ihn angeschrien, sondern gewartet, bis er das Gebäude verließ, und ihn dort erstochen?“

„Ich war wie gelähmt, als er mich hinauskomplimentiert hat. Das ist halt so, wenn man gewohnt ist zu gehorchen.“

„Sie hatten großes Glück, dass Sie nicht wegen Mordes verurteilt worden sind.“

Kiki hob die Handflächen, schnaubte. „Was hätte das schon für einen Unterschied gemacht?“

„Und warum der Schraubenzieher?“

„Ich war mit dem Rad unterwegs und der war im Werkzeugtäschchen. Kreuzschlitz.“ Kiki seufzte.

„Sie meinen also, die Sache läge diesmal ähnlich: wieder eine belastete Beziehung aus Ihrer Kindheit, eine zufällig mitgeführte Waffe, ein fataler Kurzschluss?“ Holzers gerunzelte Stirn signalisierte noch immer Unzufriedenheit. „Sie sind als Kind misshandelt worden?“

Kiki schwieg und ließ die Lider sinken.

„Möchten Sie einen Kaffee?“

„Unbedingt!“

„Milch, Zucker?“

Sie nickte stumm, hörte ihn aufstehen und ließ die Stirn auf ihre am Tisch verschränkten Unterarme sinken.

„Frau Bach?“

Sie fuhr auf.

Holzer stellte Kaffeebecher auf den Tisch, legte zu jedem zwei Schokowaffeln auf Papierservietten und setzte sich. „Wissen Sie, was ich mich frage?“

Kiki krächzte verneinend. Sie musste kurz weggedämmert sein. Obwohl der Kaffee zu heiß dafür war, nahm sie einen großen Schluck, verbrannte sich vorsätzlich den Gaumen, und wirklich – der Schmerz blies eine Schneise in ihre Schläfrigkeit. Sie nahm eine Waffel.

„Ich frage mich, warum Sie mit keinem Wort das Mädchen erwähnen, mit dem Sie fast den gesamten Todestag Ihrer Freundin Sofia verbracht haben. Jasmin Koubek.“

„Heißt sie so?“

„So heißt sie. Wollen Sie das Mädchen schützen?" Er warf sich eine Waffel in den Mund, kaute kurz, schluckte und schob die zweite gleich hinterher.

Kiki knabberte die oberste Lage Schokolade herunter, ließ sie im Mund schmelzen. „Selbstverständlich!" Sie hob die nackte Waffelschicht vorsichtig mit den Zähnen ab, zerdrückte sie am Gaumen, schluckte. „Natürlich will ich sie schützen. Sie steckt mitten in der Pubertät. Das allein ist schlimm genug. Ihre Mutter ist vor Monaten abgehauen und nicht erreichbar. Wer weiß, ob sie noch lebt? Wie kalt muss man sein, um die Kleine nicht schützen zu wollen?" Sie stopfte sich den restlichen Riegel in den Mund und leckte die geschmolzene Schokolade von den Fingern.

„Jasmin hatte umgekehrt nicht dieses edle Bedürfnis. Wie sind wir wohl auf Sie gekommen?" Mit der offenen Hand wies er auf Kiki.

„Überwachungskameras. Zeugen. Habe ich gehofft." Sie versuchte, ihre Enttäuschung wegzuatmen, obwohl sie es die ganze Zeit über geahnt hatte. Trotzdem. Sie hatte sich so bemüht, Jasse aufzufangen. Alles nicht genug. Den Ärger ausatmend entlassen. Natürlich war das Kind überfordert gewesen mit einer polizeilichen Befragung. Mit all den Ängsten, die dabei geschürt wurden. Wenn man etwas zu verlieren hatte.

„Was mich wundert", sagte Holzer, „wir haben keine Ortungsdaten finden können, die Ihren Aufenthalt an diesem Tag belegen könnten."

„Ich dreh mein Telefon meistens ab, wenn ich das Haus verlasse. Gewohnheit."

„Sie sind also keine Freundin von Big Data?"

„Erstaunt Sie das?"

Sein Lächeln jetzt geradezu herzlich. Kiki fragte sich, ob er wirklich so sanftmütig war, wie er sich gab, oder nur ein sehr guter Polizist, der wusste, wie er die Leute anpacken musste. Was sie anging, machte er jedenfalls alles richtig. Da war es wieder, dieses Gefühl, sich an seine Brust werfen zu wollen.

„Wie geht's der Kleinen?"

„Darüber darf ich Ihnen keine Auskunft geben."

„Ist sie sehr verstört?"

Holzer legte die Fingerspitzen aneinander, tippte mit den Zeigefingern gegen seine Lippen und ließ Kiki nicht aus den Augen. „Allerdings. Wenn Ihre beiden Aussagen nicht dagegen sprächen, würde ich sagen: Sie hat ein verflucht schlechtes Gewissen."

Langsam wurde es unheimlich. Der Kieberer wollte Jasse ans Leder, nicht ihr. Gegen alle Vernunft. Das würde der Kleinen den Rest geben.

„Schlechtes Gewissen." Sie zuckte mit den Schultern. „Das hat man doch dauernd, grad in dem Alter, besonders gegenüber der Polizei. Ständig macht man was Unerlaubtes, erster Alkohol, erste Zigaretten und so weiter. Vielleicht fühlt sie sich auch mies, weil sie mich vernadert hat."

„Sie wurde vor dem Tatort aufgegriffen, den sie fast eine Stunde lang beobachtet hatte. Das jedenfalls behauptet der Kellner der Pizzeria, der sie wiedererkannt und die Kollegen benachrichtigt hat."

Nicht daran denken, wie verdächtig das klang. „Eine Frau, die sie grad kennengelernt hatte, ist dort gestorben. Vielleicht wollte sie dieser Unbegreiflichkeit auf die Spur kommen. Was sagt sie denn, warum sie dort war?"

Holzer schwieg, wollte ihr Zeit lassen, um weiterzureden, ganz klar. Sich in einen Schlamassel zu reden, aus dem sie nicht mehr herausfand.

„Hatten *Sie* je den Impuls, an den Tatort zurückzukehren?“

„Die Frage hat sich nicht gestellt. Ich wusste nichts von einer Tat. Für mich war es ein Küchenunfall. Außerdem ist es doch sicher ein Mythos, dass Täter an den Tatort zurückkehren.“

„Glücklicherweise nicht. Haben Sie eine Ahnung, wie viele wir genau auf diese Weise fassen. Aus dem Grund behalten wir Tatorte auch immer im Auge.“

„Ich merke es mir fürs nächste Mal.“ Kiki fixierte das abgeschlagene Eck des Aktenschrankes, der neben dem Fenster stand. Gewissheiten, wie jene, die sich gerade in ihr formte, zeigten sich allzu leicht in den Augen, wenn man nicht achtgab. Das galt es bei einem wie Holzer auf alle Fälle zu vermeiden. Sie durfte Jasse nicht verraten, nicht einmal durch einen Blick. Punkt. Egal, ob sie Sofia auf dem Gewissen hatte oder nicht. Erstens, weil es einer dieser hirnrissigen Impulse gewesen sein musste, den Sofias bedrängende Präsenz regelmäßig bei den unterschiedlichsten Personen hervorrief. Schon immer hatte sie bewirkt, dass Leute Grenzen überschritten, eine sicherlich gefragte Eigenschaft für eine Talk-Show-Moderatorin. Zweitens, weil Jasse der Welt einen Gefallen getan hatte, indem sie Sofia beseitigt hatte. Und wenn nicht der Welt, dann ihr persönlich. Nun war sie endgültig frei von der Herrschaft dieser Gehilfin des Satans, auch wenn ein Rest Trauer über den Verlust

blieb.

Gehilfin Satans. Kiki hüstelte in ihre Hand, weil sie um ein Haar laut aufgelacht hatte. Sie hatte keine Lust, sich mit unpassenden Reaktionen als Gestörte zu outen. Seit Adrian und Sofia tot waren und Olga ihren

Abgang, zumindest ins Heim, angekündigt hatte, hielt sie niemand mehr in dieser Rolle fest. Es war Zeit, die alte Hülle zu entsorgen.

„Frau Bach, sind Sie noch da?" Ihre Blicke trafen sich. „Wollen Sie mir nicht erzählen, worüber Sie gerade nachgedacht haben?"

Kiki sah aus dem Fenster, als ließe sie sich den Vorschlag durch den Kopf gehen. „Jasse hat Ihnen bestimmt erzählt, dass ich sie genötigt habe, ihre Taschen zu leeren, bevor wir in die Stadt gefahren sind. Sie hatte also keinen Bärlauch bei sich."

„Dafür war der Geruch, den sie mehreren Zeugen zufolge verströmt hat, erstaunlich intensiv. Von Ihnen wird nichts dergleichen berichtet."

„Und doch hatte ich eine Tupperdose voller Bärlauch im Rucksack. Womöglich planvolle Vorbereitung."

„Eine Dose, die Sie anschließend im Donaukanal versenkt haben, wie Fräulein Koubek uns mitgeteilt hat. Ist das richtig?"

„Korrekt, bis auf das *Fräulein*, das sagt man nicht mehr. Ich hatte Angst, dass ich mit dem Bärlauch erwischt und mit Sofias Tod in Verbindung gebracht werde. Was mich erst recht verdächtig macht." Sie lächelte kooperativ.

„Ja, da beißt sich die Katze in den Schwanz." Holzer trommelte mit den Zeigefingern auf den Tisch. „Ich gestehe, ich werde nicht schlau aus Ihnen. Noch nicht. Sind Sie eine raffinierte Mörderin, die mit paradoxen Mitteln versucht, mich von ihrer Unschuld zu überzeugen? Der Richter und die Geschworenen werden das denken. Macht mehr Spaß als die üblichen Geschichten. Möglicherweise gefällt sogar Ihnen diese dramatische Version besser als die Wahrheit?" Er warf sich gegen die ächzende Rückenlehne. „Sind Sie eine verwirrte Seele? Oder haben Sie einen Helferkomplex und müssen dieses ach-so-verstörte Mädchen retten? Sind Sie so unglücklich mit Ihrer Lebenssituation, dass Ihnen alles egal ist?"

Kiki zuckte mit den Schultern. „Wenn ich das wüsste. Vielleicht alles zusammen?"

Holzer klopfte mit den flachen Händen abschließend auf den Tisch. „Gut! Gesangsstunde für heute beendet. Ich muss Sie sowieso hierbehalten. Der Haftrichter wird auf Antrag der Staatsanwaltschaft Untersuchungshaft anordnen. Sie werden dann in die Justizanstalt Josefstadt überstellt. Die Untersuchungshaft ist in Ihrem Fall obligatorisch, da das Delikt mit mindestens zehn Jahren Freiheitsstrafe bedroht ist. Aber das kennen Sie ja bereits."

„Man vergisst solche Details über die Jahre." Obwohl sie die kommende Verzweiflung schon am Rand ihrer Wahrnehmung lauern sah, empfand Kiki im Moment nichts als Erleichterung. Darüber, dass die Vernehmung vorbei war, und über die Aussicht auf einen Abend und eine Nacht ohne jede Verantwortung. „Hätten Sie eventuell ein Buch für mich?"

„Sie verstehen, dass es gerade nicht besonders gut für Sie aussieht? Nach Lage der Dinge wird die Staatsanwaltschaft vorerst keine weiteren Ermittlungen anordnen. Sie sind damit die Beschuldigte in diesem Mordfall."

„Sag ich doch die ganze Zeit."

Holzer legte die Stirn in Falten und spitzte die Lippen. „Kein Buch." Er öffnete seine Schreibtischlade, zog ein Heft heraus. „Der neue Asterix. Nicht so besonders, aber unter den Umständen ..."

„Vielen Dank! Würden Sie sich noch erkundigen, ob Frau Schattenberg versorgt ist? Alleine kommt sie nicht zurecht.“

Wobei Kiki fast sicher war, dass in diesem Moment Caritas-Bogdan beflissen über Olgas Scherze und Schmähungen lachte.

Jasse hatte das Karussell mit den Jacken durchgesehen und zog noch einmal die dunkelgrüne hervor. Nicht schwarz, aber fast. Ob sie von ihrem Prinzip abweichen sollte? Ihr Dad würde sich freuen. *Ein Zeichen wiederkehrender Lebensfreude*, würde er sagen, *richtig bunt für deine Verhältnisse*. Sie zog ihren Parka aus, warf ihn über den Ständer und nahm die Jacke vom Bügel.

„Kann ich dir helfen?“, fragte die Verkäuferin mit den Marionettenfalten aggressiv. Schon eine Weile schlich sie wachsam um Jasse herum, nahm wahrscheinlich Maß, um sie im rechten Moment mit der Schaufel von hinten zu erschlagen, wie Opa damals den Marder.

„Nein“, sagte Jasse.

„Nimmst du sie? Steht dir gut“, sagte die Verkäuferin. Es klang wie: *Pass bloß auf, ich weiß, was du vorhast!*

Jasse sah noch einmal über die Schulter in den Spiegel, um sicherzugehen, dass sie von hinten nicht fett aussah, dann zog sie die Jacke aus und drückte sie der Verkäuferin in die Hand. „Können Sie mir die zurücklegen?“

„Nur gegen Anzahlung.“

Jasse zog ihren Parka wieder an und ging auf die Tür zu.

„Hey“, schrie die Verkäuferin. „Moment!“

Jasse zwängte sich zwischen zwei Aktionsständern hindurch, doch genau in dem Moment, als sie den Eingang erreicht hatte, packte die Verkäuferin das Ende ihres Schals.

„Den hast du wohl vergessen, was? Macht 19,95!" Sie ruckte am Schal und fügte im Flüsterton hinzu: „Kleines Miststück!"

Vom doppelt um ihren Hals gewickelten Schal gewürgt, röchelte Jasse, versuchte, mit den Fingern die Schlinge von ihrer Kehle zu lösen. Die anderen Kundinnen sahen zu ihnen herüber, machten jedoch keine Anstalten einzuschreiten. Ob sie eine Ohnmacht faken sollte? Doch irgendwie fehlte ihr heute die Energie für das Theater, also löste sie die Schlinge mit dem anderen Ende, gab den Schal frei und verschwand nach draußen. Scheißkapitalismus. Wenn man etwas brauchte, wäre es doch wirklich das Beste für alle, wenn man es sich einfach nehmen könnte.

Sie trottete die Mariahilferstraße entlang, scrollte durch ihre Messages, ohne wirklich was mitzukriegen. Schulkram aus der Chemie-Lerngruppe, Push-Benachrichtigungen vom *Sporenwelt*-Blog, ein Streit zwischen Kira und Marlene. Und Papa schrieb, dass sie jetzt losfahren durfte, um ihn von der Arbeit abzuholen, weil er in einer halben Stunde fertig sei. Wenn der wüsste, wie egal ihr sein dämlicher Hausarrest war.

Was war los mit ihr? Vorhin hatte sie sich noch ganz normal gefühlt, jetzt schon wieder wie der letzte Dreck.

Wenn die sie festgehalten hätte wegen dem Schal, ihren Dad verständigt – irgendwann würde es dem garantiert auch zu blöd mit ihr. Oder er kam auf die Idee, dass es an ihm lag, weil er sich nicht genug um sie kümmerte. Sie sah sich schon wie einen Hund unter seinem Schreibtisch liegen, den Kopf auf den Händen, die Leine um den Fuß des Tisches gewickelt. Wahrscheinlicher war allerdings, dass er sie wegschicken würde, zur Oma in die Steiermark, wo sie innerhalb von zwei Wochen zu einem Fettkloß mutieren würde bei dem ganzen Mehlspeis- und Knödelzeug. Gerade jetzt, wo sie durch die ganzen Troubles ein wenig abgenommen hatte. Zum Opa, der seit Jahren versuchte, sie zu einer Handwerkerlehre zu überreden, bloß weil er selbst Zimmermann gewesen war. Handwerk hat goldenen Boden und Lügen kurze Beine und Hochmut ist eine Falle oder was er sonst noch so an Sprüchen auf Lager hatte.

Karmamäßig wäre ein Leben in der Pampa natürlich die gerechte Strafe dafür, dass sie einer die Polizei auf den Hals gehetzt hatte. Verdammt, sie hatte sich doch vorgenommen, nicht mehr daran zu denken! Dauernd kam das hoch. Dabei wagte sie nicht mal, den Namen von der zu denken, also den der Betroffenen oder wie man da sagte. Am liebsten hätte sie die komplett aus ihrem Gedächtnis gelöscht. Wahrscheinlich saß die jetzt im Häfen. Ziemlich sicher.

Als Sündenbock. An Jasses Stelle.

Was konnte man tun, um einen solchen Verrat wiedergutzumachen? So mies war das von ihr, dass es sich sogar noch schlimmer anfühlte als der versehentliche Mord an Cruella Gruber. Die war wenigstens gemein gewesen, im Gegensatz zu Kiki, die ein guter Mensch war. Richtig gut. Kümmerte sich freiwillig um ihre bösartige Freundin, obwohl sie sicher lieber ein eigenes Leben gehabt hätte, eigene Kinder.

Wie kann man Gutes tun, tippte sie in ihr Smartphone. Sie war offensichtlich nicht die Erste, die sich darüber Gedanken machte. *9 inspirierende Ideen ... 20 Ideen ... Gutes tun im Alltag ... Einfach die Welt verändern mit 100 guten Taten.* Da würde wohl etwas dabei sein. Wie jetzt – *aufstehen in der Bahn, um anderen einen Sitzplatz zu überlassen*? Das zählte schon als gute Tat? *Jemanden verteidigen, der das selbst nicht kann.* Als Bonus vielleicht. Organspende, das wäre was! Eine Niere ...

Ungebremst prallte sie gegen einen Körper. Das Handy flog ihr aus der Hand und landete zwischen den Füßen der Leute, die da herumstanden. Eine Demo? Straßenmusikanten? Der Typ, den sie versehentlich angerempelt hatte, maulte was von dummen Gören, die in ihr Handy starren, anstatt die Welt um sich herum wahrzunehmen, das Übliche. Gebückt schob sie sich zwischen die Leute, drängte Beine auf die Seite und schnappte sich ihr Handy. Schon wieder ein Sprung im Display, da fehlte sogar ein Splitter.

Sie rappelte sich auf, kam inmitten der Menge hoch. Wobei Menge übertrieben war. Fünfzehn, zwanzig Leute, deren Aufmerksamkeit einem mittelalten Mann mit kurzem Bart galt, der hinter einem Tisch in lebhaftem Ton eine Ansprache hielt. In seinem Rücken stand eine Tafel mit der weißen Aufschrift *SEIN PLAN* auf sonnengelbem Grund. Zwei junge Frauen verteilten Infomaterial. Auf dem Tisch standen, hinter einer Reihe von Prospekten, kleine Blumentöpfe. War das Viennese Weed? Jasse reckte sich, um über die Schulter der Frau zu sehen, die vor ihr stand. Bärlauch jedenfalls, ob infiziert oder nicht, war von hier aus nicht zu erkennen.

„... denn er hat uns zu Gärtnern seines Paradieses bestimmt. Als Verwalter seiner Schöpfung liegt es in unserer Verantwortung, die Zerstörung unserer Umwelt zu verhindern, so gut wir es vermögen. Auch Viennese Weed, diese einzigartige Symbiose zweier

Lebensformen, ist Teil *seiner* Schöpfung. Wir sollten auf *seinen* Plan vertrauen und uns fragen: Was will er uns durch *sein* Werk sagen?"

„Hey, du Schmalspurprophet!", schrie ein Mann von links. „Red kan Schaß! Weiß doch jeder, dass die Islamisten den Dreck gestreut haben, um uns auszurotten!"

Die Grauhaarige neben Jasse bekreuzigte sich. Die Frau hinter ihr lachte. „Islamisten, du Trottel? Die ganze Chemie ist schuld, die auf die Felder geschmissen wird, Pestizide und Dünger und was weiß ich."

„Chinesen", knurrte ein Dritter. „Die Chinesen."

Der Prediger hob die Stimme über das Gemurmel. „Wir alle sehnen uns nach Antworten. Wir sind es gewohnt, die Kontrolle zu haben. Unsicherheit bringt uns aus der Balance. Doch um gute Antworten zu erhalten, müssen wir die richtigen Fragen stellen: Worauf will Gott uns hinweisen mit dieser neuen Lebensform? Will er uns strafen?" Seine hellen Augen leuchteten Jasse an, er schüttelte den Kopf. „Gott liebt uns! Will er uns womöglich unseren Irrweg im Umgang mit der Natur vor Augen führen? Kann es Zufall sein, dass so knapp nach der Corona-Krise eine weitere Seuche auf uns niederkommt?"

Er hob die Rechte, den Zeigefinger Richtung Himmel gestreckt, den Kopf leicht geneigt, als horche er auf Nachricht von oben. Dabei streifte sein Blick über die Menschenansammlung, und wieder blieb er an Jasse hängen. Es kam ihr vor, als strahle der Prediger von innen heraus. Das konnte auch daran liegen, dass er sich wichtig fühlte. Sein großer Moment, Musikschulaufführung, sozusagen. Er lächelte sie jesusmäßig an, voll auf Verständnis und Vergebung. Als wüsste er ... Ausdruckslos starrte sie zurück.

„Manche hier werden denken: Eine solche Plage, die Schuldige wie Unschuldige tötet, die mir vielleicht Freunde und Nachbarn nimmt, die muss Teufelswerk sein und nicht Gottes Plan. Doch wir dürfen nicht vergessen, dass er uns die Wahl lässt. Wir haben immer die Wahl, das Richtige zu tun!" Er nickte in die Runde. „Du!" Er wies auf Jasse. „Komm her! Ich sehe dir an, dass du leidest, dass du etwas oder jemanden verloren hast."

Wie zum Teufel konnte er das sehen? Jasse wollte sich in Luft auflösen. Doch der Prediger streckte die Hand nach ihr aus und sie konnte nicht anders, als zwischen den auseinanderweichenden Menschen, die sie vorwärtsschoben, auf ihn zuzugehen. Wenn sie bloß niemand sah, der sie kannte.

„Typisch!", rief jemand. „Kinderverzahrer, alle miteinander."

Der Prediger hielt Jasse die Hand hin. „Ich heiße Walter. Und du?"

„Eva", sagte Jasse spontan, weil sie lieber nicht als sie selbst in die Sache verwickelt werden wollte.

Der Prediger schmunzelte und blickte in die Runde. „Eva! Wie die erste von Gott geschaffene Frau! Ist das nicht ein wunderbarer Beweis dafür, dass er Anteil nimmt? Dass er mitten unter uns ist? *Denn ihr dürft sicher sein: Ich bin immer bei euch, bis das Ende dieser Welt gekommen ist!*" Er blickte kurz zum Himmel auf und sah Jasse dann in die Augen. „Liebe Eva, bist du mit Gott schon in Berührung gekommen?"

Jasse schüttelte den Kopf. „Gott ist tot. Hat meine Mama immer gesagt."

„Wo ist deine Mutter? Ist sie hier?" Er sah sie an, so liebevoll, dass es unheimlich war. Jasse hatte ein Gefühl, als presste er ihr Herz mit seinen Worten aus.

„Dass Gott tot ist, ist nämlich eine Lüge Satans, der uns täuscht, wo er nur kann. Jesus nennt ihn den *Vater der Lüge*. Deine Mutter ist, wie so viele, auf ihn hereingefallen. Doch es ist nie zu spät zurückzufinden."

Jasse schwieg. Zurückfinden. Wenn Mama das bloß täte.

„Wenn du nicht an ein höheres Wesen glaubst und nicht an den Teufel, Eva, wie erklärst du dir dann die Schöpfung? Wie erklärst du dir Hunger, Krankheit und Krieg, all das Elend, das notwendig ist, um uns zu läutern?"

„What?" Jasse sah von Walter ins Publikum und zurück. „Also a) Evolution und b) weil wir alle dauernd Scheiße bauen?"

„Kindermund tut Wahrheit kund", sagte eine Männerstimme aus dem Publikum. Jasse sah den Prediger an, der ihr begeistert zunickte.

„Du hast absolut recht, Eva, das tun wir! Manche sagen, das Elend in der Welt ist Gottes Strafe für unseren mangelnden Glauben. Aber ich glaube, dass du völlig richtigliegst, Eva. Wir bauen Scheiße, und zwar von Anfang an! Als die biblische Eva im Paradies in den Apfel biss, hat die Menschheit zum ersten Mal so richtig Scheiße gebaut und ist seither dazu verdammt, diese Scheiße ein ums andere Mal zu wiederholen. Weil Gott uns den freien Willen gegeben hat. Er will nicht, dass wir gezwungen sind, ihm zu folgen. Wir haben die Wahl, uns ihm zuzuwenden oder weiterhin Scheiße zu bauen bis zum Jüngsten Gericht."

Abfällig murmelnd lösten sich zwei Leute aus dem Publikum, gingen weiter. Andere hatten die Hände gefaltet, beteten offenbar ebenso wie die Prospekt-Tussis. Jasse kam sich komplett lächerlich vor, als Walter ihr jetzt auch noch eine Hand auf die Schulter legte.

„Mir scheint, Gott hat mir heute eine Expertin zur Seite gestellt. Wie geht das also, Eva? Wie kommen wir aus diesem Kreislauf des Scheiße-Bauens heraus? Hast du dich noch nie gefragt, wie du da rauskommst?“

„Doch. Ja. Keine Ahnung“, murmelte sie.

„Dabei ist der Weg so klar, wenn man nur in die richtige Richtung schaut.“ Er hob den Blick und unwillkürlich tat Jasse es ihm gleich. „Genau dorthin, Eva, schon wieder liegst du richtig!“

Jasse biss sich auf die Lippen und funkelte ihn an, hätte ihm am liebsten eine reingehauen, doch er schien es nicht zu bemerken.

„Schau zu Gott! *Er* sieht dich und *er* kann dafür sorgen, dass alles Elend, das dir widerfährt, sich von Stolpersteinen in Meilensteine verwandelt. Meilensteine auf dem Weg zu *ihm*! Ist das nicht genau das, wonach du suchst, Eva?“

Jasse schluckte und blickte zu Boden, murmelte: „Ich muss jetzt echt gehen.“

Doch die Hand des Predigers ruhte weiter auf ihrer Schulter. „Alles, was du dafür tun musst, ist: ihn darum zu bitten, in aller Wahrhaftigkeit. *Wenn du keinen Ausweg mehr siehst, dann rufe mich zu Hilfe! Ich will dich retten*, heißt es in den Psalmen. Bete, Eva, frage Gott um Rat und tue Buße!“

„Lass das Mädel sofort los!“, grollte der Mann, den Jasse vorhin angerempelt hatte. „Sie hat gesagt, sie will gehen!“

„Und was soll das Missionsgeschwafel jetzt mit dem Giftbärlauch zu tun haben?“, fragte eine aus der ersten Reihe. „Wie wir mit dieser Plage fertigwerden, wollten Sie uns verraten. Ich steh mir die Füße doch nicht umsonst in den Bauch.“

Jemand riss den Prediger am Arm herum, stieß ihn gegen den Tisch. Taumelnd hielt er sich an Jasse fest, die sich duckte, um selbst dem Mann auszuweichen, den sie bisher nicht bemerkt hatte. Er hielt den Prediger am Kragen gepackt und versuchte, mit der flachen Hand seinen Kopf zu treffen. „Auf eurem Mist ist das Gift doch gewachsen und der ganze andere Dreck! *Sein Plan*, ich geb dir Gottes Plan!"

Walter wand sich, um den Schlägen zu entgehen, ein Blumentopf rollte über den Boden, ein zweiter zersplitterte. Jasse wurde niedergestoßen, hörte sich kreischen, der Prediger stürzte und landete quer auf ihren Beinen. „Au!", schrie sie. „Hilfe!" Fremde Hände zerrten sie unter ihm hervor, schleiften sie aus dem Gedränge. Sie keuchte, drehte sich um, doch dichtgedrängte Rücken schirmten das Geschehen ab, der Prediger war anscheinend noch immer am Boden. Der Menschenauflauf dehnte sich aus. Farben, Geschrei, überscharfe Konturen drangen auf sie ein. Sirenen schrillten. Wenn die Bullen sie wieder erwischten, war es aus. So fühlte sich das also an. Jasse dachte an Kiki.

„Komm!" Eine Frau mit vergilbten Haaren legte ihr einen Arm um die Schultern, zog sie in einen Hauseingang. „Du zitterst ja! Alles wird gut, Mausi!", sagte sie mit Babyberuhigungsstimme. „Das ist nur der Anfang." Jetzt klang ihre Stimme giftig. „Gott ist kein Sozialarbeiter, natürlich straft er uns! Ausradieren wird er uns, wenn er nicht blöd ist, bevor wir sein Werk endgültig zerstören. Der bereut längst, dass er uns geschaffen hat. Und recht hat er! Die Menschheit ist die wahre Pest. Ich an deiner Stelle würde beten."

„Mein Dad wartet auf mich." Jasse schüttelte den Arm ab, blickte noch einmal auf den Tumult, sah Uniformierte aus Streifenwagen springen. Sie wandte sich um, rannte los. Erst am Gürtel bremste die rote Ampel ihren Lauf. Sie checkte ihre Nachrichten. *Wo bleibst du?*

Gleich da! tippte sie, *U6 L8,* wieder eine Lüge. *Wenn du keinen Ausweg mehr siehst, dann ruf mich zu Hilfe!* Der Satz klebte ihr im Hirn. Vielleicht war es einen Versuch wert. Wie hatte dieser Walter auf Anhieb so viel über sie wissen können, ohne Input von oben? Göttliche Überwachungssoftware? Sie schielte in den Himmel, sah nichts Besonderes. Wenn sie nach Gott rief und er nicht kam, würde sie wenigstens wissen, dass Mama recht gehabt hatte, dass er tot war oder unbekannt verzogen. Das war lustig, das konnte sie posten.

Endlich schaltete die Ampel auf Grün. Im Laufschritt überquerte Jasse die zehn Fahrspuren von innerem und äußerem Gürtel, die breite Insel dazwischen. Warum sorgte Gott beispielsweise nicht dafür, dass hier Bäume statt Autos standen? Sie trabte die Straße entlang, dann links, bis sie das blaue Schild mit der Aufschrift *KTec Klimatechnik* erreichte. „Ich bin's, Jasmin“ rief sie in die Sprechanlage, nachdem sie geklingelt hatte, hetzte die Stiegen hinauf in den ersten Stock, inzwischen völlig außer Atem, stieß die angelehnte Bürotür auf und prallte fast gegen Claudia, sah ihren Dad aus seinem Büro auf sie zukommen und warf ihm die Arme um den Hals.

„Es tut mir leid, Papa!“, stieß sie hervor. „Ich war's! Ich hab die Gruber umgebracht.“

Claudia japste und brach in Gelächter aus.

*

Es war der falsche Sender. Die Betreuerin, Schwester, oder wie auch immer man da sagte, musste den eingestellt haben. Olga konzentrierte sich auf ihre Hand, ihren Zeigefinger, drückte auf eine Taste, um das Programm zu wechseln. Nichts. Sie presste eine andere Taste, wieder vergeblich. Sie konnte sich diesen Scheiß nicht anschauen. Eben hatte es doch noch funktioniert. Sie ließ die Handfläche auf das Bedienfeld mit den extra großen Tasten fallen. Keine Reaktion. Die Batterie musste leer sein. Und Kiki nicht da. Sollte sie jetzt nach Hilfe klingeln wie ein altes Weib?

Vor dem Schriftzug *Was unser Land bewegt* saßen der feiste Moderator des Privatsenders und sein Gast einander zugewandt hinter einem ovalen Tisch.

(Moderator, jovial) Unser heutiger Gast war schon öfter bei uns, und, samma uns ehrlich, er ist immer ein Garant für gute Quoten. Deshalb freue ich mich, ihn auch heute wieder hier zu begrüßen: Willkommen, Herr Ex-Innenminister und aktueller Klubobmann einer unserer zwei einzig wahren rechten Volksparteien, wenn ich das so sagen darf?
(Gast) Das dürfen Sie vielleicht, weil das Ihr Sender ist, aber es ist natürlich grober Unfug! Die Wahrheit ist, auch wenn man das in den anderen Parteien nicht gerne hört, dass wir die Einzigen sind, für die das Wohl des österreichischen Volkes an oberster Stelle steht und immer stehen wird. Guten Abend!
(Moderator, feixend) Dass wir das auch geklärt hätten, haha! Sie haben ja für einige Aufregung gesorgt mit Ihrem gestrigen Vorschlag. Sie wissen, wovon ich rede. Ich kann mich gar nicht entscheiden, ob ich mich ärgern oder freuen soll, weil Sie damit natürlich mein Konzept für die heutige Sendung umgeschmissen haben. Andererseits ist uns die Aufmerksamkeit gewiss. Also – was ist Ihnen da eingefallen?

Beziehungsweise erläutern Sie doch unseren Zuschauern, die womöglich heute erst aus dem Koma erwacht oder aus dem Himalaya zurückgekehrt sind, Ihre originelle Idee noch einmal kurz.

(Gast) Sehr gerne! Ich verstehe die künstliche Aufregung nicht. Ich habe mir lediglich Gedanken gemacht über eine mögliche wirtschaftliche Nutzung dieses Viennese Weed – keine Ahnung, übrigens, warum man sich dafür einen englischen Namen aus den Fingern gesogen hat –, dieses verseuchten Krauts, mit dem wir uns herumschlagen, das aber doch durchaus auch Chancen birgt.

(Moderator) Nämlich?

(Gast) Lassen Sie mich ein wenig ausholen. Der Meeresspiegel ist im 20. Jahrhundert um 15 Zentimeter gestiegen. Bis 2100 sind weitere 30 bis 60 Zentimeter zu erwarten. Bis 2050 wird rund eine Milliarde Menschen auf der Erde direkt vom steigenden Meeresspiegel betroffen sein. Eine! Milliarde! Ja, was glauben Sie denn, wohin die gehen werden, wenn sie ihre versinkenden Länder verlassen?

(Moderator) Es werden wohl nicht alle hier in Österreich landen. Die hätten ja gar keinen Platz, außer wir stellen uns alle auf. Weil, dass sich da noch jemand hinsetzen könnte, wenn die alle bei uns … Oder gar legen! Aber ich schweife ab. Uns droht also durch den Klimawandel ein Zuwanderungstsunami. Sagen Sie: Bisher war Ihre Partei doch eher als Klimaleugner unterwegs, beziehungsweise, für unsere Liebhaber der korrekten Grammatik, als Leugner des sogenannten Klimawandels. Jetzt stimmen Sie auf einmal ein in das Katastrophengeschrei?

(Gast) Bitte! Auch wenn uns das immer wieder und in den unmöglichsten Zusammenhängen unterstellt wird – wir haben niemals etwas geleugnet! Aber eine gewisse Skepsis ist wohl angebracht, wenn diese grünen Gurus der Dauerapokalypse sich unisono auf eine Lesart einstimmen.

Eine Lesart, die wir noch immer nicht teilen, wie ich betonen möchte!
Inzwischen haben wir unsere eigenen Experten auf das Problem angesetzt, und die haben festgestellt, dass eine deutliche Erwärmung des Erdklimas stattfindet und diese Entwicklung auch noch einige Zeit anhalten wird. Dafür, dass dieses Phänomen menschengemacht ist, haben wir keinerlei Hinweise gefunden. So oder so werden wir mit den Auswirkungen zu kämpfen haben. Für uns stehen da – anders als für die anderen Parteien – nicht heiße Sommertemperaturen im Fokus, die wir problemlos mit Klimaanlagen, längeren Öffnungszeiten der Bäder und dem einen oder anderen hitzefreien Schultag auffangen können. Nein, wir konzentrieren uns auf die wirklichen Probleme! Und unter diesen steht die unkontrollierte Zuwanderung von Klimaflüchtlingen an erster Stelle.
(Moderator) Nichts anderes hätte ich erwartet. Und Ihr doch sicherlich satirisch gemeinter Vorschlag war jetzt – was?
(Gast) Satirisch einerseits, aber ein Körnchen Wahrheit steckt in jeder guten Satire. Es war ja auch kein Gesetzesantrag, sondern ein launiger Tweet. Wenn ein Böhmermann sich so etwas traut, dann wird gelacht, wenn ein Mitglied unserer Gesinnungsfamilie ein wenig überspitzt formuliert, dann setzt sofort eine Hexenjagd sondergleichen ein. Wer hat sich aufgeregt, als die Grünen …

Einen Schluck für die Nerven. Olga tastete nach der Schnabeltasse mit dem Rotwein, stieß sie vom Tisch. Dann eben nicht.

(Moderator) Na, Sie haben sich aufgeregt, wie bei allem, was den linken Gutmenschen einfällt *(lacht dröhnend auf)*. Mir kommt vor, eine Spur peinlich ist Ihnen Ihr Ausritt jetzt doch, oder interpretiere ich das falsch? Bevölkerungskontrolle in den Herkunftsländern mittels Viennese Weed, wie stellen Sie sich das genau vor? Mischt man das Kraut heimlich ins Essen in den Flüchtlingslagern, oder wie? Schon ein bisserl grauslich, oder?

(Gast) Das wäre ja dann auch nicht mehr im Herkunftsland. Überhaupt missverstehen Sie mich mit Vorsatz! Ich habe nie gesagt, dass man die Migranten selbst mit dem Kraut füttern soll, das wäre ja unmenschlich, und unmenschlich sind wir niemals, ganz gleich, welcher Rasse gegenüber. Aber stellen Sie sich vor, wenn jemand beispielsweise den Islamisten, die dort die Bevölkerung terrorisieren, das Kraut in den Hirsebrei mischen würde. Dann müssten sich viele aus der armen, unterdrückten Bevölkerung gar nicht auf den Weg machen!

Das Ziel meiner Überlegungen war es, ohne selbst auferlegte Denkverbote Ideen zur wirtschaftlichen Nutzung dieser Pflanze zu entwickeln, wo sie uns nun schon in die Hand gegeben wurde. Das kann in alle möglichen Richtungen gehen. Was ist beispielsweise mit der Todesstrafe? Wäre eine solche Vergiftung mit Glücksgefühlen nicht ein wesentlich humanerer Tod als irgendwelche elektrischen Stühle oder Giftspritzen, die manchmal erst nach zig Minuten wirken?

(Moderator) Noch ein mutiger Vorschlag, und ich wage zu behaupten: schon wieder einigermaßen kontroversiell! Ich gehe davon aus, dass Sie einen Export anstreben? Es gibt schließlich bei uns keine Todesstrafe und auch nicht viele Befürworter derselben.

(Gast) Letzteres wäre durchaus zu hinterfragen, aber das ist nicht der Punkt. Unsere europäischen Standards gelten nun einmal nicht weltweit und – das wird Sie jetzt vielleicht überraschen – wir lehnen es ab, sie anderen Völkern in kolonialer Manier aufzuzwingen. Es herrscht ja auch kein Krieg bei uns und trotzdem exportieren wir Waffen, weil je-

der selbst bestimmen soll, wie er seine Konflikte lösen will. Warum sollten wir also das Geschäft mit den Exekutionen internationalen Pharmariesen überlassen, wenn wir eine bessere, angenehmere und – hier treffen wir uns vielleicht sogar mit den Ökofreaks – eine im wahrsten Sinn des Wortes *grüne* Lösung anbieten können?

Das war keine Sekunde länger zu ertragen. Olga betätigte den Rufknopf und dirigierte ihren Rollstuhl in das behindertengerechte Bad, um dort abzuwarten, bis jemand auftauchte. Das konnte dauern. Sie war hier schließlich nicht die Einzige.

*

Knapp einen Meter entfernt trommelte die Neue komplizierte Rhythmen an die Holzeinfassung ihrer Koje. Kiki zwang sich, nicht von ihrem Buch aufzusehen, obwohl sie den zuletzt gelesenen Satz bereits wieder vergessen hatte. Sie wollte nichts mitkriegen von der Untersuchungshaft, nicht diesen Raum, nicht das Essen, nicht die anderen Frauen. Schon gar nicht deren deprimierende Geschichten, die selbst stabile Persönlichkeiten früher oder später wünschen ließen, sie könnten sich aus dem Fenster stürzen. Sie kannte das alles vom letzten Mal, sie war keineswegs stabil und sich aus dem Fenster zu stürzen war keine Option, weil die Gitterstäbe sie daran hindern würden, wie sie alle Verzweifelten vor ihr daran gehindert hatten.

Tatsächlich war es ihr gelungen, mit der ersten Zellengenossin zwischen Begrüßung und Verabschiedung nicht mehr als zehn Wörter auszutauschen. Wie gelähmt war die, eine Tschetschenin in ihrem Alter, den ganzen Tag auf dem Bett gesessen, hatte auf ihren Lippen herumgekaut und an die Wand über Kikis Bett gestarrt, bis Kiki sich genötigt gefühlt hatte, ihren Platz zu räumen und vor diesem Blick auf den Sessel neben dem Fenster zu fliehen. Erst heute früh war die Tschetschenin abgeholt worden, vermutlich in Schubhaft verlegt. Was brachte es, mehr über solche Schicksale zu wissen?

Auf dem Bett liegend drehte sie sich zur Wand, stützte den Kopf auf die Hand und starrte das vergilbte Papier an, die Wörter darauf, wartete, dass die sie zurück in eine Gedankenwelt zogen, weit, weit weg. Jetzt fing die Neue auch noch an, vor sich hinzusummen, nervtötende Balkanharmonien.

„Hey, Tatjana, ich hab doch gesagt, ich würde gern in Ruhe lesen!"

„*Jebo te!* Ich heiß Tajana, nicht Tatjana. Warum haben sie dich eingnaht?"

„Mord", sagte Kiki so gelangweilt wie möglich. Vielleicht verhalf ihr das zu ein wenig Respekt.

„*Nemoj da sereš, bre!*" Tajana pfiff anerkennend. „Schaust gar nicht so aus, mehr nach Bücherschlange."

„Bücherwurm." Mit aller Kraft versuchte Kiki, die andere auszublenden, sich auf die Buchstabenreihen zu konzentrieren. Nervös zupfte sie an den rissigen Rändern des Schutzumschlages.

„Muss super Geschichte sein, wenn die so viel interessanter ist wie ich."

Na ja, dachte Kiki. Zum dritten Mal las sie den Satz über kugelförmige Raumfahrzeuge, die der Erde vor tausenden von Jahren angeblich einen Besuch abgestattet hatten. Das gehe aus alten Texten und archäologischen Funden eindeutig hervor. Schon möglich, doch wo waren diese Aliens jetzt? Hatten sie technologische und spirituelle Nachhilfe geleistet, ganz ohne die Erde im Gegenzug auszubeuten, ihr einziger Lohn die Verehrung als göttliche Wesen, Missionare from *outer space*, sozusagen, auf wirklich übermenschliche Weise altruistisch? Sehr zufrieden konnten sie nicht sein mit der Entwicklung, die sie in Gang gesetzt hatten. Angesichts des Energieaufwandes und der Mühe, quer durchs All zu reisen, lag es sowieso näher, dass sie handfestere Interessen verfolgt hatten. Oder noch verfolgten. Dass die gesamte Menschheitsgeschichte nur Ergebnis der Experimente dieser Außerirdischen war. Hier eine neue Kriegstechnologie, dort eine Seuche, mal sehen, wie die Versuchsobjekte damit fertigwerden, ob sie überleben, sich wandeln, untergehen. Womöglich hatten sie sogar das Leben selbst angestoßen, eine Zutat in die Ursuppe gestreut und die Evolution ...

„Hallo, ich red mit dir, bist terrisch?"

Kiki betrachtete den dubiosen Fleck, der Seite 115 verunstaltete. Sah nach Kakao oder Blut aus. Ob er entstanden war, bevor oder nachdem das Buch aus einem Nachlass oder einer Spende den Weg in die Bibliothek der Haftanstalt gefunden hatte? Sie drehte sich auf den Rücken und platzierte das Buch aufgeschlagen auf ihrem Bauch.

„Jebo ti pas mater!"

Kiki seufzte. „Ich versteh kein Wort. Was soll das heißen?"

Die andere lachte. „Heißt wörtlich: Der Hund soll deine Mutter ficken."

„Spinnst du?"

„Net so schlimm, wie's klingt, sagt man so, wenn man grantig ist. Aber jetzt redest eh mit mir, alles gut!" Tajana reckte den Hals. „Zurück zu den Sternen", las sie vom Umschlag ab. „Ist das nicht uralt?"

„Die Auswahl war beschränkt. Also, was gibt's?"

„Sozial hast du nicht viel drauf, hat dir das schon mal jemand gesagt?"

„Ich bin eine Mörderin, vergessen? Da ist das normal." Kiki bemühte sich um einen bedrohlichen Ton.

„*Pička!* Stell dir vor, ich auch! Trotzdem bin ich freundlicher Mensch und tu gern plaudern."

Mit schleppenden Bewegungen setzte Kiki sich auf. „Nachts ...", murmelte sie und verdrehte die Augäpfel unter die Lider.

„Was ist da?"

„Nachts werde ich manchmal etwas unrund. Es ist immer nachts passiert, wenn du verstehst, was ich meine." Sie leckte sich die Lippen.

Tajana lachte auf. „Willst du mich verarschen?"

Kiki zuckte mit den Schultern. Sie spürte, wie die Gurte nachgaben, die sie in den letzten Jahren so beharrlich um ihre Verstörung gezurrt hatte. Als wäre sie, ohne es zu merken, wieder in die alte Haut geschlüpft. Sie blinzelte. Sah sich in dem tristen Raum um. Bestandsaufnahme: die Zellentür, die zwei gegenüberstehenden Kojen, die Tür zur Nasszelle, die zwei Stühle, der an die Wand geschraubte Tisch mit dem kistenförmigen Regal darüber, das vergitterte Fenster zum Hof.

Was, wenn sie wirklich den Rest ihres Lebens in solchen Räumen verbringen musste? Wie hast du denken können, du hieltest das aus, dummes Stück? Regelrecht gefreut hast du dich, keine Entscheidungen mehr treffen zu können, keine Verantwortung zu tragen, und jetzt ...

„Hast recht", sagte sie und räusperte sich. „Einen doppelten Cappuccino hätte ich jetzt gern und ein Stück Sacher!"

„Ich auch! Voll scheiße hier, Kollegin! Wenn ich gewusst hätte, hätte ich die Drecksau einfach so sterben lassen, paar Jahre noch, dann wär sowieso vorbei gewesen. Aber ich muss ja mit Weed-Kraut ...“ Tajana bekreuzigte sich. „Und du?“

Kiki schwieg.

Tajana knallte die flache Hand gegen die Holzplatte. „Männer, oder? Alles Arschlöcher, sollen alle scheißen gehen! Ist doch so, oder?“

„Ich weiß nicht“, sagte Kiki. „Frauen können manchmal auch ...“

Sie brach ab, weil Tajana, anstatt ihr zuzuhören, aufgesprungen war und jetzt hektisch hin und her tigerte, drei Schritte zum Tisch, ein Schlag auf die Platte, zum Fenster. Als hätte sie nur auf Kikis Aufmerksamkeit gewartet, um auszurasten. Bei jeder Berührung des Bodens quietschten ihre Sohlen, dass Kikis Schulterblätter sich vor Unbehagen zusammenzogen.

„Verdammt, gibt's nicht Hofgang? Ich muss hier raus!“ Ein Schlag gegen die Scheibe, quietsch, quietsch, quietsch, quietsch, zurück zum Bett und wieder zum Tisch, ein Schlag ...

„Sch“, zischte Kiki, „beruhig dich! Du bist gerade erst angekommen, es ist zu früh, um auszuzucken.“ Mit tiefen Atemzügen versuchte sie, Ruhe in den Raum strömen zu lassen. „Halt durch!“, befahl sie, der anderen oder sich selbst. Einen Tag nach dem anderen, dann ist es gar nicht so schlimm. Besser hier als mit Lungenentzündung in einem schlammigen Flüchtlingslager. Nicht an die Zukunft denken, nicht daran, dass jeder Tag für immer gleich ... Atmen!

Tajana trommelte gegen die Zellentür, wandte sich um und blieb vor Kiki stehen, trat gegen ihr Bett und fixierte sie mit wildem Blick. „Ich bin Ärztin, verstehst du? Wollte immer Menschen helfen und dann – KILL! Ich! Den Onkel! Der es maximal noch paar Jahre gemacht hätte. Nur, weil es so leicht war. Wie blöd kann man sein?“

„Du bist Ärztin?“

„Warum nicht, *pička ti materina*? Denkst: Yugo kann nicht Arzt sein, oder was?“

„Nicht deshalb.“

„Klar deshalb! Verarsch mich nicht schon wieder!“ Tajana quietschte zum Fenster und wieder zurück, pflanzte sich vor Kiki auf. „Okay, hast recht.“ Sie grinste. „Wollt dich auch verarschen. Aug um Aug und so. In echt bin ich Baggerfahrerin.“

Kiki schnaubte. „Hundertmal cooler. Und warum?“

Tajana sah sie an, als wäre sie geistesgestört. „Wegen Geld? Und macht Spaß. Und lernst jede Menge Männer kennen.“

„Den Onkel mein ich, warum du den Onkel ...“ Nicht, dass es sie etwas anging.

„Hat mir immer am Arsch gegriffen und zwischen die Beine, früher, wie ich klein war. *Lass ihn doch, wenn ihm Spaß macht*, hat Tante gesagt. *Tut doch nichts*“, äffte sie süßlich meckernd nach. „Burek mit Schafskäse und Bärlauch hab ich gemacht, ihm ins Heim gebracht und ...“ Sie zog die Handkante über ihre Kehle. Wieder trat sie gegen das Bett. „Ich hab immer gedacht, in Gefängnis haben die so Metallbetten.“ Noch ein Tritt. „Aber das schaut fast aus wie *fucking* Ikea.“ Sie drehte sich um die eigene Achse, die Finger in den Haaren. „Ich halt das nicht aus!“

„Atmen“, flüsterte Kiki noch einmal, für den Fall, dass sie es vorhin nicht laut gesagt oder die andere es nicht gehört hatte. „In die Brust, den Bauch, den Rücken und umgekehrt wieder ausatmen, an nichts anderes denken."

„Ma, idi u pičku materinu! Bist du so Esoterikkuh, oder was?" Dann stemmte sie doch die Hände in die Hüften, schloss die Augen und tat drei Atemzüge nach Kikis Anweisungen, bevor sie auf ihrem Bett zusammensank. „Was ist mit dir? Wen hast du?"

„Niemanden." Kiki seufzte. „Obwohl mir manchmal vorkommt, ich hätte doch – aber ich wollte nur helfen."

„Versteh ich nicht."

Sie schwiegen eine Weile, bevor Tajana sich aufsetzte und Kiki aus geweiteten Augen ansah. „Ich bin doch die dümmste Fotze der Welt! Du bist Spitzel, oder? Und ich erzähl dir ..." Sie sprang auf.

Kiki zog die Beine an, Stirn auf die Knie, schloss die Augen. Sie konnte heute nicht kämpfen. Halbherzig schützte sie den Kopf mit den Armen. Ein Schlag traf ihren Hinterkopf, ein zweiter die Schulter. Es war gar nicht so schlimm, sich schlagen zu lassen. Sich einfach erschlagen lassen.

Ein dumpfer Fall ließ ihr Bett erzittern, sie hörte ein Schluchzen, erstickte Schreie. Vorsichtig linste sie unter der Armbeuge hervor. Tajana lag auf den Knien, den Oberkörper auf Kikis Bett, den Kopf zwischen den Armen, und schrie und rotzte Kikis Kissen voll.

So sollte das jetzt sein, für den Rest ihres Lebens oder zumindest die nächsten fünfzehn Jahre?

Das konnte niemand von ihr verlangen. Hatte schließlich auch niemand verlangt. Was konnte Jasse schon passieren? Sie musste mit Holzer reden, alles sagen, was sie wusste. Sollte er entscheiden, ob sie noch eine Chance verdiente. Nur bis morgen durchhalten.

Der Festsaal schien bis auf den letzten Platz gefüllt, als Myko sich hinter einem Anzugträger gerade noch durch den Türspalt quetschte. Die Luft schwirrte vor Stimmengewirr bis unter die bunt bemalte Gewölbedecke. Reichlich drang das Licht durch die hohen Fenster auf der linken Seite, heizte den Raum auf und ließ die Gesichter, die es beschien, blass wirken vor der dunklen Holztäfelung.

Myko und der Anzugmann verharrten bei den Stehtischen, die hinter der Bestuhlung für den angekündigten Umtrunk bereitstanden. Kameras unterschiedlicher Größen waren auf den langen Tisch an der Stirnseite des Raumes gerichtet. Beim Blick auf die Silberplatten voller Fingerfood, die neben einer Batterie von Sektgläsern auf dem Tisch neben der Tür aufgebaut waren, lief Myko das Wasser im Mund zusammen. Zum Frühstücken war er heute nicht gekommen. Unauffällig schnappte er sich ein Schnittchen und stopfte es sich in den Mund. Kauend scannte er die Reihen der altmodischen Holzstühle nach freien Plätzen. Und nach Karol. Beides vergeblich. Langsam wurde es unheimlich. Seit ihrem Treffen vor fünf Tagen hatte er ihn nicht mehr erreicht. Besser gesagt: seit dem Morgen danach, als Karol sich nach drei Stunden Schlaf in die Arbeit geschleppt und ihm von unterwegs ein Kotz-Emoticon geschickt hatte. Schüchtern oder nicht, als Mitarbeiter eines derart bedeutsamen Projekts konnte er sich diesen Anlass doch nicht entgehen lassen!

Vorne entstand Unruhe und Myko bemerkte eine Dunkelhaarige im Kostüm, die neben dem Podium stand. Sie wedelte mit dem Arm und deutete auf die erste Reihe. Wie aufmerksam! In diesem Moment öffnete sich die Tür neben der Bühne. Fünf Personen defilierten im Gänsemarsch herein, um sich auf den Stühlen am Podium zu verteilen.

Jetzt oder nie. Neben ihm ging der Anzugmann auf den Mittelgang zu. Myko überholte ihn mit ein paar Laufschritten über das knarrende Parkett, eilte nach vorn – und wirklich: Der zweite Platz rechts war frei. Er setzte sich vorsichtig, um die Akteure auf der Bühne nicht durch Stuhlgeknarre zu irritieren, grüßte höflich nach links und rechts und schickte der Dunkelhaarigen ein dankbares Lächeln. Die zeigte ihm den Scheibenwischer und wies auf den Anzugträger, der verloren im Mittelgang stehengeblieben war.

„Meine sehr verehrten Damen und Herren", ergriff vorn ein Herr in den Fünfzigern mit schütterem Haar das Wort, „ich heiße Sie herzlich willkommen zu ..."

Er hatte es geschafft, war wirklich drin! Von wegen, nur für geladene Gäste und Vertreter großer Medien. Relevante Medien sollte es besser heißen, dann wäre die *Sporenwelt* sowieso dabei gewesen. In vollem Ornat lächelte irgendein König oder Kaiser mit üppigem Backenbart aus einem goldgerahmten Gemälde huldvoll auf ihn herab. Myko gab ihm ein *thumbs-up*.

„Ich darf nun das Wort an die Kollegin Dr. Nadja Sikora-Fleck übergeben", kündigte der Sprecher an. „Dr. Sikora-Fleck ist Associate Professor am Institut für Mikrobiologie und Mikrobielle Biotechnologie hier an der Universität für Bodenkultur. Im Lauf der letzten zwei Jahrzehnte ist sie zu einer der führenden Spezialistinnen auf dem Gebiet der Mykologie, der Pilzkunde, avanciert. Bitte, Frau Doktor!"

Die elegante Blondine zur Rechten des Rektors hätte Myko eher einer Werbeagentur zugeordnet als der Forschungsfront. Er musterte seine Humana-Cordhose, die abgetretenen Sneakers und korrigierte zum Ausgleich seine Haltung – aufgerichtet, ein Bein distinguiert über das andere geschlagen –, während Sikora-Fleck kurze Begrüßungsworte sprach und dann zur Sache kam.

„Um Sie nicht länger als nötig auf die Folter zu spannen, werde ich Ihnen gleich verraten, unter welchem Namen der parasitäre Pilz, der den Bärlauch zum Viennese Weed macht, aller Voraussicht nach in die biologischen Lexika eingehen wird. Zuvor, für alle, die nicht mit dem Prozedere vertraut sind …“, sie nickte in Richtung der Kameras, „eine kurze Erläuterung, wie es zu einer solchen Namensgebung kommt: Von dem Moment an, da der Bärlauch als Quelle der Todesfälle unter Verdacht geriet, war mein Institut involviert. Meine Mitarbeiterinnen und Mitarbeiter – denen ich an dieser Stelle für ihren außerordentlichen Einsatz danken möchte! – haben mit mir den Fungus entdeckt, seine DNA extrahiert und sequenziert. Etwa eine Woche dauerte dieser Prozess. Anschließend wurde die DNA-Sequenz an eine internationale Datenbank gesendet und mit den dort hinterlegten Daten bereits analysierter Spezies verglichen. Die weltweit bedeutendste Anlaufstelle hierfür ist das *National Center for Biotechnology Information (NCBI)* in Bethesda, Maryland, USA, das auch in diesem Fall zum Einsatz kam. Findet sich dort keine beziehungsweise eine zu geringe Übereinstimmung mit den Merkmalen bereits gelisteter Arten, ist die Chance groß, dass es sich um eine neue bzw. bisher unentdeckte Art handelt. Das ist der Heureka-Moment, auf den wir alle hinarbeiten!“

Sie lächelte, lächelte Myko direkt an. Es sei denn, er irrte sich wie vorhin bei der Platzanweisung.

„Als nächster Schritt folgt die wissenschaftliche Publikation, mit der man offiziell den Anspruch anmeldet, Erstentdeckerin beziehungsweise Erstentdecker zu sein. Zu diesem Zweck wird eine morphologische Beschreibung des Neulings verfasst, man stellt Fotos und Daten zum Wachstum zusammen und erstellt einen Stammbaum, der aus der DNA generiert wird, um zu beweisen, dass die Neuentdeckung mit keiner bekannten oder nahe verwandten Art übereinstimmt."

Sie atmete tief durch, richtete sich auf und ließ den Blick über das Publikum schweifen. Stolz wie Oskar, dachte Myko, eindeutig die Queen des Tages.

„Und nun kommt der härteste Part: eine lange Nacht mit viel Gin-Tonic mit lieben Kolleginnen und Kollegen auf der Suche nach einem möglichst sprechenden und eindrucksvollen Namen für das Kind. So jedenfalls lief es in diesem Fall." Vereinzeltes Gelächter aus dem Publikum. „Schließlich schickt man den Artikel an ein international anerkanntes wissenschaftliches Journal. Nun heißt es eigentlich warten, denn es folgt der Prozess der *peer reviews*: Externe Expertinnen und Experten überprüfen, ob alles seine Richtigkeit hat. Das kann mehrere Monate dauern. Erst dann erfolgt die offizielle Veröffentlichung.

Angesichts der Brisanz der Situation und der internationalen Aufmerksamkeit haben wir uns entschlossen, die Eckdaten bereits heute, mit der offiziell erfolgten Einreichung, vorzustellen. Ich bitte um einen Trommelwirbel!"

Gehorsam klopfte Myko auf seine Oberschenkel und die Sikora zwinkerte ihm zu, diesmal eindeutig. Ob da was ging, nachher beim Buffet?

„Der Name des Pilzes lautet …" Sie hielt inne. Die Dramaturgie erinnerte Myko an Casting-Shows im TV. Sikora-Fleck holte tief Luft und rief endlich: „*Botrytis exanima!*"

Für einen Moment herrschte Stille, während Gehirnwindungen nach Lateinrückständen durchkämmt wurden. Dann klatschten die ersten Leute, andere fielen ein und schließlich ertönte sogar ein Jubelruf, vermutlich von einer Institutsmitarbeiterin. Als Ruhe einkehrte, nahm Sikora-Fleck ihren Faden wieder auf.

„*Botrytis* bezeichnet dabei den Gattungsnamen. Die bisher bekannteste Vertreterin dieser Gattung ist *Botrytis cinerea,* ein Weinschädling. Der Artname *exanima* lässt sich etwa mit *die den Atem Endende* oder *die Atemlose* übersetzen, womit uns die spezifisch atemlähmende und lebensbeendende Wirkung des Pilzes elegant beschrieben scheint. Angesichts des internationalen Interesses erwarten wir das Eingehen der *peer reviews* im Rekordtempo. Das Paper könnte bereits in der nächsten Ausgabe des Magazins *Science* erscheinen, unter dem Titel: *Botrytis exanima spec. nov. (Nadja Sikora-Fleck) – a novel highly toxic fungus isolated from Allium ursinum in the forest of Vienna (Austria).*"

Als der Applaus verebbte, ergriff wieder der erste Redner das Wort, kündigte eine Fragerunde an. Mykos Hand schoss empor und war doch nicht die erste. Zum Glück. Während der folgenden belanglosen Fragen schlecht vorbereiteter Medienvertreter schlug sein Herz so heftig, dass er kaum etwas mitbekam. Sollte er sich als Blogger vorstellen? Und wie seine Fragen formulieren? Das Mikro wurde ihm in die Hand gedrückt, ausgerechnet von der ungehaltenen Platzanweiserin, die ihn mit einem giftigen Blick bedachte.

„Marco Pilz, Doktorand der Mikrobiologie an der Carl-von-Ossietzky-Universität Oldenburg." Er räusperte sich. „Redakteur der *Sporenwelt*." Seine Stimme wurde fester. „Zunächst auch von mir herzliche Glückwünsche zu diesem Erfolg, Frau Sikora-Fleck! Meine erste Frage: Der von Ihnen klassifizierte und nicht mit mir verwandte Pilz ..." Verdammt, dass er sich nicht ein einziges Mal seine dummen Scherze sparen konnte! Und niemand lachte! Er räusperte sich in die Stille. „Also, der Pilz. Er weist eine höchst ungewöhnliche Kombination von Eigenschaften auf, ist sowohl tödlich als auch stark psychotrop und in gewissen Stadien biolumineszent. Haben Sie Hinweise darauf, ob es sich um eine zufällige oder gezielte Mutation beziehungsweise um einen horizontalen Gentransfer von anderen Organismen handeln könnte? Mit anderen Worten: Kann das noch natürlich sein oder ist es menschengemacht?"

Sikora-Fleck runzelte die Stirn. Gemurmel erhob sich. Die Platzanweiserin haschte nach dem Mikro. Er barg es unter dem Arm. Noch war er nicht fertig. Er hob wieder die Hand.

„Lassen Sie mich eine zweite Frage anschließen: Stimmt es, dass es bereits einen erfolgversprechenden Ansatz gibt, das Wachstum von *Botrytis exanima* mithilfe von Blaulichtbestrahlung zum Stillstand oder gar zur Remission zu bringen?"

„Wie, sagten Sie, war Ihr Name?" Sikora-Fleck fixierte ihn streng.

„Marco Pilz, Uni Oldenburg, von der *Sporenwelt*."

Sikora-Fleck notierte sich etwas. „Zu Ihrer ersten Frage: Zwar befinden wir uns diesbezüglich noch in der Analysephase. Ich halte es jedoch für kontraproduktiv, Energie, die wesentlich besser in gezielte Forschung investiert wäre, in Verschwörungstheorien zu stecken. Sicher erinnern Sie ...", ihr Fokus verschob sich von Myko auf den Saal hinter ihm, „erinnern Sie alle die mannigfachen Theorien über das neue Corona-Virus, dessen Design von Bill Gates bis zur chinesischen Regierung so ziemlich allen theoretisch möglichen und unmöglichen Akteuren in die Schuhe geschoben wurde. Schließlich hat sich herausgestellt, dass der Ursprung von *SARS-Cov-2* mit an Sicherheit grenzender Wahrscheinlichkeit der mit Abstand bekanntesten Designerin zuzuschreiben war: der Natur! Davon gehen wir auch im Fall von *Botrytis exanima* aus." Ihr Blick kehrte zurück zu Myko, und freundlich war er nicht, dieser Blick. „Sollte es sich doch anders verhalten, deutet die von Ihnen erwähnte eigenwillige Kombination von Eigenschaften jedenfalls auf einen selbstgefälligen Schöpfer hin, einen, der seine Genialität auffällig unter Beweis stellen möchte. Doch damit werden sich im Fall des Falles die Psychologen beschäftigen müssen. Mich interessiert das Ding an sich."

Interessant, dass sie die Biolumineszenz nicht erwähnt hatte. Es musste ihr doch aufgefallen sein, dass er davon wusste, obwohl diese Eigenschaft, soweit ihm bekannt war, bisher nur unter den Laborbedingungen ihrer Gewächshäuser aufgetreten war. An die Öffentlichkeit war jedenfalls noch nichts davon gedrungen.

Sikora-Fleck fuhr fort. „Zu Ihrer zweiten Frage: Ja, unsere Versuchsreihen nähren tatsächlich die Hoffnung, dass eine Lichtempfindlichkeit für bestimmte Wellenlängen bestehen könnte. Für ein abschließendes Urteil ist es zu früh, aber wir sind auf einem vielversprechenden Weg. Allerdings würde es mich brennend interessieren, wie Sie an diese vertrauliche Information gelangt sind.“

Das wäre der Moment gewesen, um die dritte Frage zu stellen, jene nach dem Verbleib von Karol. War es denkbar, dass er Opfer seiner mörderischen Schützlinge geworden war und die Sikora-Fleck das unter der Decke hielt? Myko zögerte. Aber was, wenn er eine Begegnung nur deshalb vermied, um Mykos hartnäckigen Fragen zu entgehen? Oder weil er sich im Ausgleich für seine Insiderinfos körperliche Nähe erhofft hatte, die Myko aus heutiger Perspektive wohl zu früh und zu deutlich abgelehnt hatte. So oder so – die Frage nach seinem Verbleib käme in diesem Zusammenhang einem Verrat gleich. Karol wäre garantiert seinen Job los und würde so leicht keinen anderen mehr finden.

Das Murren im Saal schwoll an. Alle Augen waren auf Myko gerichtet, der noch immer das Mikro umklammert hielt. Er holte tief Luft, richtete sich auf. Jetzt musste die Entscheidung fallen. Er entschuldigte sich, murmelte etwas von „Quellenschutz“ und gab der Frau im Kostüm das Mikro zurück. Vielleicht ergab sich beim Buffet noch eine Gelegenheit, die Sikora-Fleck unauffällig auszufragen, ohne ihr den großen Moment zu versauen.

*

Jasse stand in ihrem Zimmer, den Block mit den selbstgeschriebenen Zeilen in der Hand, und ging den Text ein letztes Mal durch. Den ganzen Nachmittag hatte sie daran gearbeitet, hatte gestrichen und ergänzt und wieder gestrichen, bis sie bei der ganzen Schmiererei selbst nicht mehr wusste, was aktuell war und was nicht, und schließlich alles noch mal ins Reine hatte schreiben müssen. Am Laptop wäre es leichter gewesen, aber es ging ja genau darum, es sich nicht zu leicht zu machen.

Gestern Abend war sie am Beten gescheitert, weil sie sich dermaßen blöd dabei vorgekommen war, mit gefalteten Händen vor ihrem Bett zu knien. Da konnte sie sich gleich ein geblümtes Rüschenkleid anziehen. Es war einfach nicht ihr Ding, Fremde um Hilfe anzuwinseln, selbst wenn es Teil der Challenge war, sich aus der Komfortzone zu wagen. Und Gott war ein Fremder für sie, genauso wie sein Sohn. Trotzdem hatte sie sich entschlossen, den beiden eine Chance zu geben, weil ihr gar nichts anderes übrigblieb. Von allen Seiten hatte sie es bebrütet. Gott war der Einzige, bei dem es galt, wenn er ihr verzieh. Oder war das Jesus? Egal, war ja eins. Sie hatte nicht die Nerven, als Mörderin und Verräterin weiterzuleben, als sei nichts geschehen, das wusste sie jetzt. Blieb ein schönes Ende mit Viennese Weed. Oder Drogen. Oder Gott.

Bis in den Morgen hatte sie sich YouTube-Videos reingezogen, meist nur Fragmente, weil das Level der Peinlichkeit schon in den ersten Sekunden die Schmerzgrenze erreichte. *Hey du, Jesus findet deinen Glauben cool! Wenn du an ihn glaubst und ihm folgst, bist auch du cool. Denn niemand ist so obercool wie Jesus, check it out!* Dazu ein mächtig wippender Bauch mit ordentlich Zug auf den Hemdknöpfen. Cringe pur!

Gerade als sie aufgeben wollte, war sie dann doch noch bei einem dieser Missionare hängengeblieben. Er sah aus wie Jesus, bloß mit mehr Muskeln, trug einen verwaschenen schwarzen Hoodie und eine lange Perlenkette mit Kreuz und nannte sich *David der Goliath*. In kurzen Videos redete er über ein Thema, Liebe beispielsweise oder Tapferkeit. Wahrhaftigkeit. Sünde.

Schuld. Seine Stimme erinnerte Jasse an heiße Schokolade, und am Ende jedes Videos setzte er sich ans Schlagzeug, drosch voll drauflos und sang: *Don't mess with the Messiah!*

Das hatte sie auf die Idee mit dem Rap gebracht, denn singen konnte sie nicht, da hatte die Leiterin des Schulchors vor zwei Jahren keinen Interpretationsspielraum gelassen. *Finde deine Stimme, um Jesus anzurufen*, hatte *DdG* aber gefordert, und obwohl ihr erster Gedanke natürlich gewesen war, ob Jesus wirklich telefonisch erreichbar war, haha, hatte sie auf den zweiten gewartet und das war der mit dem Rap.

Jasse bewegte die Lippen, brachte keinen Ton raus. Sie räusperte sich, hustete, schloss die Augen und schlug mit den Händen den Rhythmus in die Luft.

„Gott, ich hab Scheiße gebaut
Will raus aus meiner Haut
Weiß nicht mehr, was ich tun soll
Jeder, den ich kenn
Hat von mir die Nase voll
Kann mich selbst nicht leiden

Ich hab noch nie um was gebetet
Hab nicht geglaubt an dich
Würd dir gern ein WhatsApp schreiben
Hab deine Nummer nicht

Ich steh vor deiner Tür
Rüttle schon am Knauf
Wenn es dich gibt
Mach mir doch die Tür auf
Lass mich nicht im Stich"

Applaus in ihrem Rücken. Jasse fuhr herum, das Herz im Hals, als würde sie bei etwas Verbotenem ertappt. Ihr Dad stand in der Tür.

„Entschuldige die Störung. Das war super, Vögelchen! Ich hatte keine Ahnung, dass du ..."

„Nenn mich nicht Vögelchen! Kannst du nicht klopfen?"

„Hab ich. Du warst so konzentriert. Hast du das selbst gedichtet?"

„Papa!" Sie hielt die Luft an.

„Ist ja gut, ich geh schon. Aber du hast echt den Swag, Jasmin, sehr cool!"

„Papa, du bist so peinlich!"

Jasse setzte sich auf ihr Bett, ließ den Oberkörper nach hinten fallen und blies die Luft aus. Ihr Dad schloss die Tür. Wenn er es gut fand, war es ziemlich sicher scheiße. Vielleicht hätte sie es doch auf Englisch versuchen sollen, aber da wäre sie in einer Woche noch nicht fertig gewesen. Sie breitete die Arme aus, fühlte sich komischerweise trotz der Unterbrechung nicht schlecht, sogar so gut wie lange nicht, war auch kein bisschen sauer auf ihren Dad. Nicht, dass sie ihm vertraute, wenn er ihr Komplimente machte, aber es war immerhin besser, als wenn er sie ausgelacht hätte.

Den Blick zur Decke gerichtet wiederholte sie flüsternd ihren Rap, lauschte nach innen, nach außen. Auf ein Signal, eine Stimme, irgendein Zeichen. Obwohl sie längst wusste, was zu tun war, es die ganze Zeit gewusst hatte. So mies gefühlt hatte sie sich schließlich nur, weil ihr klar gewesen war, dass sie das Falsche getan hatte. Sie musste es wiedergutmachen, nicht nur durch irgendwelche guten Taten, sondern indem sie die Wahrheit sagte und Kiki befreite. So klar war das. Dazu hätte sie Jesus nicht gebraucht.

*

„Nein!“ Er konnte nicht anders, als die Arme vor der Brust zu kreuzen und die Finger unter den Achseln zu wärmen, obwohl Lisa es gehasst hatte, wenn er das tat. Er riegle sich ab gegen alles, was ihm nicht passe, hatte sie behauptet. Ein Missverständnis. Wegen der Kälte tat er es, um die Wärme innen zu halten, und noch nie war ihm so fundamental kalt gewesen wie in diesem Moment. Da war doch was nicht in Ordnung, wenn einem beim Anblick des eigenen Kindes eiskalt statt warm ums Herz wurde.

Ihm gegenüber an den Küchentisch gelehnt, lauerte Jasmin, starrte unter trotzig gesenkter Stirn vage in seine Richtung, ohne ihm in die Augen zu sehen. Mit ihren leicht gebeugten Knien, dem vorgeneigten Oberkörper und den an der Kante des Tisches abgestützten Händen wirkte sie, als wollte sie sich im nächsten Moment abstoßen und losfliegen. Wie eines dieser Manga-Mädchen, die sie so mochte – oder gemocht hatte, was wusste er schon, woran ihr inzwischen lag. Bloß, dass sie nicht realisierte, dass dieser Flug sie direkt in die Rotorblätter des nächsten Windrades führte, zerhäckselt von den Mühlen der Justiz.

Du übertreibst mal wieder maßlos, hörte er Lisa in Gedanken schimpfen. Scheiß auf Lisa! Dass sie ihn hatte hängen lassen, nun nicht einmal erreichbar war, das würde er ihr nie verzeihen, selbst wenn sie angekrochen käme. Es ist endgültig zu spät, Lisa, verstanden?

Und nun floh er schon wieder in die Gedanken an sie, statt sich der Situation zu stellen: Seine Tochter Jasmin hatte einen Menschen getötet. Jedenfalls behauptete sie das. Ob sie in der Lage war, das tatsächlich einzuschätzen, stand auf einem anderen Blatt. Es war schon verrückt: Vor ein paar Tagen war seine ohnehin schon reichlich ramponierte Welt zusammengebrochen, weil er erfahren hatte, dass seine Tochter Zeugin eines Mordes geworden war. Jetzt kam ihm das bereits wie eine Bagatelle vor, verglichen mit der Enthüllung ihrer Täterschaft. Und trotzdem blieb sie doch sein Kind, sein Vögelchen, das er zu beschützen hatte vor der Welt und vor sich selbst. Ein verwirrter Teenager vielleicht, aber kein böser Mensch, der es verdiente, für den Rest seines Lebens stigmatisiert zu sein. Oder doch?

Jasmin wippte vor und zurück. Er musste etwas unternehmen. Sollte er sie in die Arme schließen? Ihr Blick legte nahe, dass ihr das den letzten Impuls zum Abflug liefern könnte. Er trat von einem Bein aufs andere, um den folgenden Seitwärtsschritt absichtslos wirken zu lassen, mit dem er ihr den Weg zur Tür abschnitt.

„Du kannst es mir nicht verbieten."

Doch das musste er. Fragte sich nur, wie er seine Anordnung diesmal durchsetzen sollte. Den Hausarrest, um nur ein Beispiel zu nennen, hatte sie einfach ignoriert. Früher war es ihm manchmal gelungen, sie abzulenken, indem er ihr Geschichten erzählte, die ihm aus Filmen in Erinnerung geblieben waren. Löwen, Drachen, Außerirdische, Riesenkraken. Nichts, was Lisa kindgerecht fand, aber gerade deshalb geeignet, um Jasses Aufmerksamkeit zu fesseln und ihre Launen mit ihr auszusitzen. Schließlich kam es nur darauf an, an der richtigen Schraube zu drehen. Noch nie war es so wichtig gewesen, die zu finden.

„Ich gehe jetzt." Sie stieß sich ab und kam auf ihn zu. „Du musst dir keine Sorgen machen."

„Warte!"

„Du willst mich bloß überreden. Du hast dir gerade das Kinn gerieben. Immer, wenn du das machst, überlegst du dir irgendwas, um mich von dem abzubringen, was ich tun will."

Sinnlos zu leugnen, da seine Hand noch immer am Kinn lag. Er rieb noch einmal über die Stoppeln, ließ die Hand sinken, wich einen Schritt zurück, nun endgültig die Tür blockierend. „Ich habe nur nachgedacht. Nachdenken wird wohl noch erlaubt sein, wenn meine Tochter gerade ihre Zukunft wegschmeißt!" Das war eher nicht der richtige Ton.

„Papa!" Sie ballte die Fäuste und schob den Kopf vor. „Ich bin kein kleines Kind mehr! Wegen mir sitzt Kiki unschuldig im Gefängnis! Wenn du jetzt sagst, das ist egal, Hauptsache, ich komme davon, dann lügst du entweder jetzt oder hast mich mein ganzes Leben lang angelogen, von wegen *das Richtige machen* und *auf mein Herz hören*!"

„Okay, okay, du hast recht!" Er griff nach ihren Fäusten, umschloss sie, bis ihre Hände sich öffneten. „Ich verlange ja nur, dass wir uns kurz hinsetzen und gemeinsam in Ruhe überlegen, ob du wirklich die richtigen Schlüsse ziehst. Vielleicht gibt es einen anderen Weg. Woher willst du überhaupt wissen, dass sie im Gefängnis sitzt?"

„Ich weiß es eben. Ist doch egal. Man muss zu dem stehen, was man getan hat, sagst du immer. Jetzt lass mich los!"

Er hielt sie fest. Sie hob den Blick, sah ihm in die Augen. Er meinte, ein kurzes Flimmern zu sehen, einen Hauch von Unsicherheit.

„Lass mich los! Deine Hände sind Eisklumpen. Du hast doch sonst immer warme Hände."

Wenn es seine kalten Hände waren, die sie zögern ließen – auch recht. „Vorschlag: Wir wärmen uns beide an einer Tasse Tee und reden darüber. Wenn wir ausgetrunken haben und du immer noch zur Polizei willst, dann begleite ich dich. Wie klingt das?"

„Nach Trick, irgendwie, aber von mir aus."

Losheulen hätte er können, als er das Mitleid in ihrem Blick erkannte. Doch er hatte das richtige Relais erwischt, um sie auf einen Umweg zu lotsen. Nur das zählte. Er füllte den Wasserkocher.

„Tasse, nicht Kanne!", ordnete Jasmin an.

Er legte die immer noch kalten Hände um seine Tasse und würgte an den Wörtern, die nicht über seine Lippen wollten. „Du willst also ein Geständnis ablegen." Es klang bizarr. „Willst denen sagen, dass du Blattreste aus deiner Jackentasche auf die Pizza von der Gruber gestreut hast, um sie zu ärgern, weil sie dir Angst gemacht hat. Dass du nicht gewusst hast, dass das Zeug so eine Wirkung entfaltet."

Missbilligend runzelte Jasmin die Stirn. „Papa, ich hab doch gesagt, ich bin kein Baby! Ich will denen einfach sagen, dass ich es war, die die Gruber gekillt hat."

„Sag nicht *gekillt*!"

Sie ignorierte ihn. „Die müssen wissen, dass Kiki tausendprozentig unschuldig ist." Sie hob die Handflächen, als sie seinen gequälten Blick sah. „Okay, hundertprozentig! Ich wusste vielleicht nicht, was wirklich passiert oder ob überhaupt was passiert, aber ich hab es in dem Moment gehofft, als ich es getan habe, verstehst du?“

Ihr Blick bei diesen Worten drehte ihm den Magen um, galliger Geschmack breitete sich in seiner Mundhöhle aus und er presste die Lippen zusammen.

„Du bist ganz grün um den Mund, Dad.“

„Weil ich Angst hab um dich! Du bist doch noch ein Kind, das die Folgen seiner Handlungen nicht realistisch einschätzen kann“, nahm er sie in Schutz, wenn sie es schon selbst nicht tat. Wie fremd sie ihm mit einem Mal war, so kühl, abgebrüht fast. Ein pummeliges Manga-Mädchen. Eine Killerin. Nur daran nicht denken. „Es ist der falsche Moment, um auf cool zu tun, Jasmin!“

„Ich tu nicht auf cool! Ich übernehme Verantwortung.“ Sie stemmte sich vom Sofa hoch. „In aller Wahrhaftigkeit.“

Wo zum Teufel kam das nun wieder her? Wahrhaftigkeit ... Er packte sie am Arm, zwang sie zurück auf den Sitz, so stinkwütend plötzlich, dass er nah daran war, sie zu schlagen.

„Au! Spinnst du?“, jammerte sie, versuchte, sich aus seinem Griff zu winden.

„Ah, das klingt schon weniger erwachsen!“ Er hielt ihre Handgelenke umklammert, bis sie aufgab, atmete dabei so schwer, als koste es ihn wirklich körperliche Anstrengung, sie festzuhalten.

„Ich hasse dich!“

Da war er, der Satz, vor dem er sich immer gefürchtet hatte, aus Angst vor dem er ihr alles hatte durchgehen lassen. Er räusperte sich und lockerte seinen Griff, ohne sie loszulassen. „Ich hab dich lieb und ich weiß nicht weiter, Jasmin.“ Tränen in den Augen, in der Stimme, verdammtes Weichei! Wie machten andere Väter das? Er richtete sich auf. „Es tut mir leid, wenn ich dir wehgetan habe."

Er ließ ihre Handgelenke los. Sie waren gerötet. Wenn sie jetzt aufsprang und davonlief, würde er sie gehen lassen müssen. Auch sie. Doch Jasmin saß still, bewegungslos wie er, und stand doch ebenso unter Strom, erstaunlich geradezu, dass sie beide nicht in der Dämmerung glühten. Er wagte nicht, an seinem Tee zu nippen, obwohl die Wut seine Kehle aufgeraut hatte. Jede Bewegung konnte das prekäre Gleichgewicht stören, das es so lange wie möglich zu wahren galt. Jede Minute, die der Abend fortschritt, brachte sie einem Aufschub um einen Tag näher.

„Was, glaubst du, würde Mama sagen?", flüsterte seine Tochter schließlich.

Noch nie war es so verführerisch gewesen, Lisa vor seinen Karren zu spannen. Er griff nun doch nach dem Tee, der inzwischen so kalt wie seine Hände war, trank. „Ich weiß es nicht. Leider weiß ich es nicht. Vielleicht, dass wir eine Nacht drüber schlafen sollten?"

„Nein, das klingt nach dir."

„Aber es stimmt. Du willst ja nicht zu irgendjemandem, sondern zu diesem Holzer, nicht? Der arbeitet auch nicht Tag und Nacht."

Jasmin saugte an ihren Lippen. Der bleiche Fleck, zu dem ihr Gesicht im Finsteren geworden war, bewegte sich. Sie nickte. „Okay, dann morgen."

„In erster Linie geht es dir darum, diese Kiki zu entlasten, oder?"

„Ja. Mit Wahrhaftigkeit."

Er streckte den Arm aus, um den Schalter der Stehlampe zu erreichen. Eine weich konturierte Kuppel orangefarbenen Lichts legte sich um sie, erhellte die

Wand, an der das Aquarell eines Olivenbaums aus dem letzten gemeinsamen Urlaub hing. In den Ecken des Raumes hielt sich die Dunkelheit.

„Wenn du dich stellst", schon wieder so ein Begriff aus der Welt, die er um jeden Preis von der Familie hatte fernhalten wollen. Schon wieder etwas, woran er gescheitert war. „Wenn du dich stellst", wiederholte er, entschiedener diesmal, „und sie womöglich gar nicht ernsthaft unter Verdacht steht, trotz deiner Aussage, dann wäre alles umsonst. Dann würdest du nur dir selbst schaden, ohne ihr zu nutzen. Ist es das wert?"

„Es wurde eine Verdächtige verhaftet, haben sie gesagt. Steht im Netz."

„Das muss ja nicht sie sein." So einfach ließ sie sich nicht abschütteln, seine lähmende Harmoniesucht – Lisas Worte.

„Bitte, Papa, wer sonst?"

„Was hältst du davon, wenn wir es herausfinden?" Bedachtsamkeit war nicht immer von Nachteil.

„Und wie soll das gehen?"

Er dachte an Privatdetektive mit Dreitagesbart und kurvige Anwältinnen im grauen Designer-Kostüm. Dann fiel ihm ein: „Du weißt nicht zufällig, wie sie mit vollem Namen heißt oder wo sie wohnt?"

„Doch."

„Hast du auch eine Telefonnummer?"

„Sie geht nicht dran."

„Lass uns morgen bei ihrer Wohnung vorbeifahren und schauen, ob sie zuhause ist."

„Sie wohnt mit so einer zusammen, die bringt mich wahrscheinlich um, wenn ich klingle und nach Kiki frage und die wegen mir im Gefängnis sitzt."

„Und wenn ich gehe?"

„Die sagt dir garantiert nichts."

„Das werden wir ja sehen!“

„Papa, ich weiß, du machst dir Sorgen, aber ich hab das im Griff, echt! Ich hab gegoogelt.“

So erwachsen war sie ihm noch nie vorgekommen. Nur, dass sie nicht erwachsen war. Wie ein elektrischer Impuls schoss ihm die Erkenntnis ein. „Das ist jetzt wie lange her, dieses fatale Essen?“

„Zwölf Tage.“

„Dann war das vor deinem vierzehnten Geburtstag. Du warst noch nicht strafmündig.“

„Deswegen sage ich ja, du musst dir keine Sorgen machen. Ich habe im Netz nachgeschaut und sie können mich nicht einsperren, höchstens in so eine betreute Wohngemeinschaft stecken.“ Sie verzog einen Mundwinkel zu dem halben Lächeln, Lisas Lächeln. „Mit ein paar anderen Asozialen. Damit komme ich schon zurecht.“

Und wieder kam ihm die Galle hoch.

*

Sie trotteten den geschwungenen Weg entlang. Alle paar Meter prosteten sie sich zu, stießen mit klackenden Bierflaschen an. Jedes ihrer Worte klang viel zu laut unter den alten Bäumen des Stadtparks, fand Gerald. Doch er wollte kein Spielverderber sein.

„Habt ihr keine Wohnung, wo ihr ficken könnt?“, schrie er im Vorbeigehen ein Pärchen an, das auf einer Bank schmuste. Würde er jetzt auch lieber machen, obwohl es ganz schön kalt war.

Sie schwankten auf den Wienfluss zu, auf den Steg mit dem grünen Geländer. Im Schein der altmodischen Laternen schwirrten Insekten.

„Da runter!“, sagte Linus.

Die breite Treppe mit den steinernen Balustraden sah viel zu nobel aus, um zu so einem eingemauerten Rinnsal hinunterzuführen, hätte Gerald gerne gesagt. Aber er war nicht sicher, ob das jetzt passte.

„Dort!“, flüsterte Linus, als sie unten angekommen waren.

Eine Baumkrone wölbte sich über den Weg, ragte bis zum Wasser. Darunter rannte etwas an der Stützmauer entlang, hielt inne, lief weiter, hielt wieder inne, schnupperte. Eine Ratte. Linus stieß Nico an, der das Stück Käsesandwich aus der Serviette wickelte und neben dem Geländer auf den Weg legte, sodass es gerade noch vom Lichtkegel der nächsten Laterne erfasst wurde. Sie zogen sich zurück in den Schatten, kauerten dort, warteten.

Es dauerte. Gerald wollte gerade die Flasche mit dem warmen Bierrest abstellen, um sich die Beine zu vertreten, als sich endlich doch eine Ratte dem Köder näherte, gleich darauf die zweite. Sie schnüffelten, knabberten, zerrten. Halbherzig, wie Gerald vorkam, weil es sich eben gehörte, dass man nicht ganz freiwillig teilte. Plötzlich erstarrte die kleinere Ratte mit durchgedrücktem Rücken und stieß ein Fauchen aus. Die andere trippelte einige Schritte auf sie zu, fast sah es aus, als wollte sie zu Hilfe eilen. Doch mitten in der Bewegung bäumte sie sich auf, erschlaffte und sank zu Boden wie die erste.

„Geil!“, sagte Nico.

„Voll“, flüsterte Gerald. Er hatte Gänsehaut.

„Morgen machen wir Tauben“, sagte Linus.

„Oder …“, sagte Nico.

Sometimes a girl's gotta do what a girl's gotta do. Konnte es Zufall sein, dass ausgerechnet dieses Meme gerade auf Insta trendete? Jasse sah dem alten Mann in die Augen, der ihr im Halbprofil aus ihrem Handy entgegenlächelte. Er trug Reizwäsche und Cowboyhut, sein von Bartstoppeln umgebener Mund über dem kantigen Kinn war mit rosa Lippenstift verschmiert. Joan Wayne. Recht hatte er! Beziehungsweise sie.

Weil auch Jasse seit gestern eindeutig wusste, was sie zu tun hatte, war ihr nichts anderes übriggeblieben, als allein herzukommen. Irgendwann im Lauf des Gesprächs mit ihrem Dad hatte sie kapiert, dass er alles tun würde, um sie von einem Geständnis abzuhalten. Noch krasser: dass es genau das war, was sie von ihm erwartete. Wahrscheinlich hatte ihr sein bedingungsloser Drang, sie zu beschützen, sogar die Kraft gegeben, auch tatsächlich für ihre Tat einzustehen. Ein schlechtes Gewissen hatte sie trotzdem. Er hatte vorgeschlagen, vor weiteren Schritten eine Anwältin zu kontaktieren. Oder einen Anwalt, das könne sie entscheiden. Obwohl sie nichts dazu gesagt hatte, war klar gewesen, dass er ihren ausbleibenden Protest als Zustimmung deutete.

Während der Diskussion hatte sie dauernd das Gefühl gehabt, als beobachte sie jemand aus der dunklen Zimmerecke. Zuerst hatte sie gedacht: Mama! Aber dazu hätte die ein Geist sein müssen. Und Geist hieß: tot. *No way!*

Wer garantiert kein Problem mit geistermäßigem Auftauchen hatte, war ihr erst später in ihrem Zimmer eingefallen. Also hatte sie sich wieder vor das Bett gekniet, die Hände gefaltet, um ihn zu fragen, ob er tatsächlich jede gefährdete Seele aus schattigen Zimmerecken im Blick behielt. Was für ein Aufwand! *Lieber Gott, lieber Jesus*, damit sich niemand beleidigt fühlte.

Und exakt in dem Moment hatte ihr Handy geläutet, unbekannte ausländische Nummer. Gänsehaut pur. Sie hatte abgehoben, „Hallo“ gehaucht, weil das hämmernde Herz im Hals ihre Stimme blockierte. Hatte, während sie auf eine Antwort wartete, überlegt, ob es besser wäre, auf Mama oder auf Jesus zu hoffen, und ob Jesus nun doch beleidigt wäre, weil er sicher mitbekam, dass sie sich nach Mamas Stimme mehr sehnte, trotz allem. Doch nur Rauschen und Knistern waren aus dem Hörer gedrungen und dann ferne Männerstimmen, die sich überlagerten, einige Wörter in einer fremden Sprache, bevor die Verbindung abbrach. *A aparesido* hatte sie verstanden und gegoogelt: *Aparecido* – Erscheinung, *ha aparecido* – er ist erschienen. Damit war alles klar gewesen.

Wie lang sie wohl noch hier warten musste? Sie wischte sich durch ein paar Messages.

Bst krnk odr ws?, fragte Marlene.

Nah, tippte Jasse, *Police*.

Sie zog den kleinen Block und einen Kuli aus der Tasche, um an ihrem Rap weiterzuschreiben. Seit sie damit angefangen hatte, lief in ihrem Hirn ständig der Takt mit. Auf der Straße und in der Bim schnappte sie Sätze mit dem korrekten Flow auf, überlegte sich Reime und eine Geschichte dazu. Aber zuerst musste mal der eine fertigwerden. *Wenn es um dich dunkel ist* … nein, *wenn es dunkel ist um dich* …

Die Tür neben ihr öffnete sich, braune Schuhe Marke Öko-Lehrer traten in ihr Blickfeld, abgeschabt wie alles hier. Abgeschabt wie alles hier – Flow!

„Hey, du!“

Jasse sah auf. „Hm?“ Der Typ sah aus wie Chris Hemsworth von den Avengers, so gar nicht nach Schuhen mit auswechselbarem Fußbett.

„Halt still!“

„What?“

„Dein Fuß! Da kann sich ja kein Mensch konzentrieren.“

Jasse folgte seinem genervten Blick. Es war ihr gar nicht aufgefallen: Ihr übergeschlagenes Bein wippte im Takt, schlug ihren Schuh mit jedem Schlenker gegen den Nachbarsessel, dessen Lehne dadurch im selben Rhythmus gegen die Wand pochte: tatatatok.

„Sorry!“ Sie stellte die Füße nebeneinander. „Der Herr Holzer?“

Hemsworth sah auf seine Smartwatch. „*Chefinspektor* Holzer kommt sicher bald.“

„Sie arbeiten auch hier?“

„Was sonst?“

Sie zuckte mit den Schultern. „Was denn?“

„Ist heute Berufsschnuppertag, oder was?“

„Genau!“ Sie grinste. Beim echten Berufsschnuppertag war sie bei *KTec Klimatechnik* im Büro herumgesessen und hatte Rechnungen nach Datum in gelbe Ordner sortiert. „Darf ich zuschauen, bis der Holzer kommt? Der Chefinspektor Holzer.“

„Geht nicht. Ich bin bei der Ermittlungsgruppe *Cybercrime*. Was mach ich, wenn du ein Spitzel bist?“

„Ist hier nicht alles geheim? *Cybercrime* klingt cool! Wie wird man das?“

„Polizeischule und Zusatzausbildung, oder du studierst Informatik und gehst dann auf die Polizeischule. Und so weiter, und so weiter. Was will der Holzer mit dir anfangen?“

„Der Chefinspektor Holzer?“

Chris Hemsworth schüttelte den Kopf. „Du!“ Er schoss sie mit dem Zeigefinger ab. „Bleibst jetzt ruhig hier sitzen und störst mich nicht weiter bei der Arbeit, verstanden?“ Er sah den Gang hinunter, wo sich eben die Tür zum Stiegenhaus öffnete, hob grüßend die Hand. „Hey Joe, Besuch für dich. Schaff mir den Quälgeist vom Hals!“

Arsch Hemsworth.

„Na sowas!“ Die Tür fiel hinter Holzer ins Schloss, während er von Schritt zu Schritt langsamer auf Jasse zukam. Arsch Hemsworth verschwand inzwischen in seinem Zimmer. „Das Fräulein – wie war noch mal dein Name?“

Eine Spur zu knapp blieb er vor ihr stehen und sah auf sie herunter, nicht gerade freundlich. Beim letzten Mal war ihr nicht aufgefallen, dass er dermaßen riesig war, garantiert fast zwei Meter.

„Jasmin Koubek“, sagte Jasse. „Fräulein sagt man nicht mehr.“

„Soll ich *Frau* Koubek zu dir sagen, oder was?“

„Jasse.“

„Schön. Was gibt’s, Jasse?“

„Sie mögen mich nicht, oder?“

Er antwortete nicht, rührte überhaupt keinen Muskel, stand nur entspannt da, die Arme locker an den Seiten, und betrachtete sie schweigend. Als wäre sie eine Ameise, die sich mit einem großen Brösel abmüht. Und genauso fühlte Jasse sich. Als könnte er jeden Moment entscheiden, sie mit einer beiläufigen Drehung seines Fußes unter der Schuhsohle zu zermalmen. Was die Tödlichkeit anging, erinnerte er sie an Sofia Gruber und auch ein bisschen an Olga.

„Also?“

„Ich muss Ihnen was sagen", stieß Jasse hervor und merkte erst jetzt, dass sie den Atem angehalten hatte.

Schweigend wies er mit der Hand auf die Tür gegenüber derjenigen, durch die Arsch Hemsworth verschwunden war, und ging voran. Drinnen saß eine Rothaarige mit grauem Haaransatz an einem Schreibtisch und massierte sich den Nacken. Holzer nickte ihr zu, sie verzog das Gesicht.

„Wo ist der Karamell-Latte, den du mir mitbringen wolltest?"

Er schnalzte mit der Zunge. „Verdammt, tut mir leid!"

Die Frau stöhnte und stand auf. „Ich brauch den, dringend! Bis gleich."

Holzer schob einen Drehstuhl aus der Zimmerecke an die Schmalseite seines Schreibtischs, bedeutete Jasse, sich zu setzen, und nahm selbst Platz. „Also?", fragte er erneut.

„Kiki hat die Gruber nicht ..."

Holzer hob die Hand. „Moment! Wo ist dein Erziehungsberechtigter?"

„Egal! Ich wollte Ihnen nur sagen, dass Kiki die Gruber nicht vergiftet hat. Sie müssen sie freilassen!"

*

In Kikis Rücken schloss sich das Tor zur Justizanstalt Josefstadt. Die Augen auf den Boden zwei Meter vor ihren Füßen gerichtet, hastete sie davon, ohne auf die Richtung zu achten. Sie überquerte die Straße, um am gegenüberliegenden Haus entlangzuhuschen, einfach nur weg, weg aus dieser Straße, in der jeder wusste, woher sie kam. An allen Fenstern saßen Leute, zeigten mit den Fingern auf sie, machten sich bereit, sie mit Steinen zu bewerfen. Sie zog den Kopf noch weiter zwischen die Schultern.

Alles Einbildung natürlich. Sie zwang sich aufzublicken. Ein unrasierter alter Mann und eine Tigerkatze waren ihre einzigen Beobachter. Beide fixierten sie aus einem offenen Fenster im Hochparterre des nächsten Hauses. Kikis Augen tränten, ihr Nacken schmerzte von der Anstrengung, ihnen mit hocherhobenem Kopf entgegenzugehen. Traurig nickte der Mann, nickte ihr zu, kraulte die Katze. Seine Milde kam so überraschend, dass Kiki fast bis zur nächsten Ecke brauchte, um zaghaft zu lächeln.

Gleich hatte sie die Alserstraße erreicht, gegenüber der Unicampus, daneben die Parkanlage vor der Nationalbank. Die Weite der Rasenfläche lockte, doch kaum war Kiki drüben angelangt, fühlte sie sich fast unerträglich ausgesetzt. Es würde nicht leicht sein, die Enge wieder aus ihrem System zu vertreiben, schon nach so kurzer Zeit. Aus therapeutischen Gründen marschierte sie eine Runde gegen den Drang an, sich zu verstecken, bevor sie sich gestattete, Zuflucht im geschützten Geviert des Uni-Campus zu suchen. Am erstbesten sonnigen Tisch eines Gastgartens ließ sie sich nieder.

Adrian hätte sie sicherlich abgeholt, hätte sie genau hierhergeführt und auf einen Kaffee eingeladen. Sie durfte sich jetzt nicht damit aufhalten, wie traurig es war, dass es außer ihm niemanden gab. Sie konnte tun, was sie wollte, auch ohne Gesellschaft. Gerade ohne Gesellschaft. Ein Bier bestellen, mitten am Vormittag, obwohl es eigentlich noch zu kalt war, um im Freien Eisgekühltes zu trinken, und sie Bier genauso wenig mochte wie jeden anderen Alkohol. Aber Tee hatte sie drinnen auch getrunken, Kaffee wäre das richtige Getränk mit Adrian gewesen und frisch gepresster Orangensaft fiel ihr erst ein, nachdem sie das Bier schon bestellt hatte.

„Pack z'samm, du gehst ham!", hatte die Stockchefin vor zwei Stunden verkündet. „Jetzt schau ned so blöd! Paragraph 177, Absatz 3 Strafprozessordnung. Tatverdacht hat sich aufgelöst." Auf Kikis Frage nach dem Warum hatte sie die Hände gehoben. „Frag mich nicht. Wahrscheinlich ham's wen Fescheren g'funden."

„Was?"

„Gibt jetzt Castings für Kapitalverbrechen. Bissl ein Botox und sie nehmen dich beim nächsten Mal. Und mach was mit deinen Haaren!"

„Guter Schmäh", hatte Tajana gefunden.

Sie hatten also eine plausiblere Verdächtige gefunden. Und das, obwohl Kiki Jasse nicht verraten, sich einen weiteren Tag lang beherrscht hatte, Tajana sei Dank. Jetzt bloß nicht auf den Gedanken kommen, es gäbe tatsächlich eine universelle Gerechtigkeit. Schließlich wäre Zufall nicht Zufall, wenn er nicht hin und wieder das Blatt auch zu ihren Gunsten wenden würde.

„Zum Wohl!" Der Kellner stellte ein Seidel mit flaumiger Schaumkrone vor ihr ab. Kondenswasser glitzerte im Sonnenlicht. Nichts, was einem üblicherweise Tränen der Rührung in die Augen trieb. *Dieses* Bier würde ihr schmecken, das war schon vor dem ersten Schluck klar.

Tajana. Die war eine Gute, Mord hin oder her, eine verwandte Seele. Eine, der auch das Allermeiste nicht aufging, *pička*! Mit ihren Geschichten hatte sie dafür gesorgt, dass Kiki es den entscheidenden Tag länger ausgehalten, die richtige Abzweigung genommen und Jasse nicht bei Holzer angeschwärzt hatte. Ein unschätzbarer Dienst. Ihr Plan, das Mädchen zu retten, war trotzdem nicht aufgegangen, wie es schien. Denn wer sonst sollte diese neue Verdächtige sein.

Kiki drehte den Schlüssel im Schloss. Es kam ihr vor, als wäre es ewig her, seit sie das zögerliche Klicken des Schnappers gehört hatte, dann das vertraute Schleifgeräusch beim Öffnen der Wohnungstür. Das Scheppern, als sie den Schlüsselbund an seinen Haken hängte, klang metallischer als sonst.

„Olga?"

Sie stellte ihre Tasche auf die Kommode, zog die Jacke aus, streifte die Schuhe ab, rief erneut nach Olga, obwohl sie bereits wusste, dass es sinnlos war. Die Wohnung war leer. Darauf deutete die geschlossene Klotür hin, die sonst immer offenstand, wenn sie heimkam. Irgendetwas stimmte auch nicht mit der Resonanz, ein fremder Ton in jedem Geräusch. Dazu der Geruch. Regungslos stand Kiki im Vorraum, lauschte, sog die Luft ein. Trockener schien sie, nicht so dicht und weniger süß. Auch kälter als sonst, zu kalt für eine, die im Rollstuhl saß. Keine Frage: Olga, die, seit sie sich kannten, niemals allein das Haus verlassen hatte, ihr durch den Mangel an Bewegung immer schwerer werdender, meist in Rauchschwaden gehüllter Körper fehlte. Fehlte, oder lag irgendwo leblos, weil Kiki sich nicht gekümmert hatte.

Sie eilte ins Wohnzimmer. Gespenstisch leer der Sofatisch, die Polstermöbel, der Schreibtisch. Wie sehr Olgas Präsenz alles durchdrungen hatte, fiel ihr erst jetzt auf, da der Leerraum, den sie hinterließ, so allgegenwärtig war.

In Olgas Schlafzimmer war das Bett gemacht. Kleidungsstücke lagen nicht herum. Kiki öffnete die Kästen. Es sah aus, als wäre Olga verreist. Nach Indien, ohne ein Wort? Das Vakuum, das ihr Verschwinden erzeugte, saugte Kiki die Luft aus der Lunge.

In der Küche lag ein Zettel auf dem Tisch, mit Bleistift in ordentlichen Druckbuchstaben beschrieben und definitiv nicht Olgas Werk.

Liebe Kiki,
für die Zeit, wo du weg bist, hat Bogdan mir einen Notfall-Pflegeplatz im Haus Hildegard im 19. Bezirk organisiert. Das ist ein ehemaliges Pflegeheim der Caritas unter neuer Trägerschaft. Er ist sicher, dass ich mich dort wohlfühlen werde, also schauen wir mal, vorerst nur, bis wir eine tragfähige Dauerlösung finden. Bis dahin halte ich die Wohnung und du kannst dir überlegen, ob du sie übernehmen möchtest.

Ich hoffe, du liest das bald und besuchst mich, damit wir alles in Ruhe durchsprechen können.

In Liebe!
Bogdan für Olga
PS: Die Heizung habe ich abgestellt. Bogdan

Sie durfte sich nicht im Stich gelassen fühlen. Irgendwo musste Olga schließlich versorgt werden. Sie ging ins Bad, um die Heizung aufzudrehen. Dann füllte sie frisches Wasser in den Tank des Kaffeeautomaten und drückte den Knopf, um ihn vorzuwärmen. Aus dem Kühlschrank waren alle verderblichen Lebensmittel ausgeräumt worden. Bogdan beherrschte seinen Job. Keine Milch also für den Kaffee, kein Käse für ein Brot, das sie sowieso erst auftauen müsste. So bald hatte man also nicht mit ihr gerechnet. Sie schraubte den Orangensaft auf, trank aus der Flasche, ließ sich einen Espresso herunter und nahm beides mit ins Wohnzimmer, wo sie sich auf Olgas Platz am Sofa setzte. Wie anstrengend es war, in dieser dünnen Luft zu atmen. Sie drehte den Fernseher auf.

Es klingelte, doch das ging sie nichts an. Sie war jetzt frei und niemandem mehr Rechenschaft schuldig. Eine Marionette, an deren Fäden niemand mehr zog. Im TV eine Quizsendung. War es möglich, dass Sonnenlicht wirklich acht Minuten brauchte, um bei der Erde anzukommen?

Es klingelte erneut, länger diesmal. Wenn es nun Ludwig war, Olgas Dealer, der seine Ware wohl kaum direkt im Pflegeheim abliefern konnte. Falls er überhaupt wusste, dass seine Kundin jetzt dort residierte. Mittwoch war sein Tag. War heute Mittwoch?

Kiki ging in den Vorraum, drückte den Öffner, ohne nachzufragen. Die Tür ließ sie einen Spalt offenstehen, während sie sich zurück ins Wohnzimmer begab, um auf die Mittagsnachrichten umzuschalten. Mit einem Mal hatte sie das dringende Bedürfnis, zu wissen, was los war in der Welt, um sich weniger abgeschnitten zu fühlen. Von draußen drang das Brummen des abwärtsfahrenden Lifts herein. Im Fernsehen ein Bericht über eine weitere Selbstmordparty, gerade noch rechtzeitig beendet. Als gäbe es nichts mehr abseits der Auswirkungen dieses dämlichen Krautes.

(Moderatorin) Auf einer turbulenten Pressekonferenz im Innenministerium wurden heute die neuesten Ermittlungsergebnisse im Zusammenhang mit den sogenannten Bärlauchbanden präsentiert. Kriminelle hatten Gastwirte unter Druck gesetzt, indem sie angaben, Rohwaren in deren Vorratsräumen mit Viennese Weed kontaminiert zu haben. Ge-

gen eine sogenannte Bearbeitungsgebühr versprachen sie, das giftige Kraut aus den Salat- und Kräutervorräten zu entfernen. In anderen Fällen wurde direkt mit der Vergiftung von Gästen gedroht. Nach zahlreichen Festnahmen in den letzten Tagen war zunächst unklar geblieben, ob es sich um unterschiedliche Gruppierungen oder eine breit aufgestellte kriminelle Organisation handelt. Nun scheint geklärt, dass diverse Tätergruppen völlig unterschiedlichen Hintergrundes offenbar die Gunst der Stunde nutzen wollten. Eine übergeordnete Organisation gäbe es nicht, so der leitende Ermittler. Indiz dafür sind nicht nur die unterschiedlichen Nationalitäten der Verbrecher. Mehrere Wirte gaben an, das Vorgehen der Erpresser sei ihnen umständlich und unprofessionell erschienen, verglichen mit den üblichen Methoden organisierter Kriminalität. Das gab im Anschluss zu zahlreichen Fragen der anwesenden Journalisten Anlass. Nach einer Viertelstunde wurde die Veranstaltung abgebrochen.
Die Oppositionsparteien orteten klare Signale für ein Systemversagen und kündigten parlamentarische Anfragen an den Innenminister an. Organisierte Kriminalität, gleich welchen Professionalitätsniveaus, dürfe keinen Platz in Österreich haben, so die Chefin der Neos. Demgegenüber verweisen sowohl der Innenminister als auch der Wiener Polizeipräsident in ihren Statements auf den zügigen und erfolgreichen Abschluss der Ermittlungen, die …

Kiki hatte sich bemüht, das hartnäckige Klopfen an der offenen Wohnungstür zu ignorieren. „Ich komm schon!", rief sie jetzt und stemmte sich hoch.

(Moderatorin) Das außerordentlich große Medieninteresse an den Ermittlungen war nicht zuletzt darauf zurückzuführen, dass sich unter den Lokalen, die Anzeige erstattet

hatten, auch jene Pizzeria befand, in der vor zwei Wochen die Talkshow-Moderatorin Sofia Gruber einer Vergiftung mit Viennese Weed zum Opfer gefallen war.

Kiki erstarrte. Sie verdankte ihre unerwartete Freiheit also diesen Erpressern und jenen, die sie ausgeforscht hatten. Ob Holzer daran mitgewirkt hatte, diese plausibleren Verdächtigen aufzuspüren, ihr zuliebe womöglich? Sie dachte an seine gepolsterten Muskelmassen. Hauptsache, Jasse hatte nichts damit zu tun. Sie fiel zurück aufs Sofa und nahm einen Schluck Orangensaft, schloss die Augen und ließ den Kopf auf die Rückenlehne sinken. Was für ein ungewohntes Riesenglück!

Ein Räuspern von links. Was war der denn heute so umständlich? Er setzte sich doch sonst einfach dazu und heizte sich einen Ofen an. Kiki wedelte einladend mit der Hand und öffnete die Lider. Gerade wollte sie Ludwig erklären, dass er diesmal auf sein Geld warten oder sein Zeug wieder mitnehmen musste, weil sie nicht genug Bargeld im Haus hatte, als die Bilder am Schirm erneut ihre Aufmerksamkeit einfingen. Hastig griff sie nach der Fernbedienung. Zwei Männer, die Jacken schützend über die Köpfe gezogen, wurden von vermummten Polizeibeamten zu einem Mannschaftswagen gezerrt. Kiki drückte die Rückspultaste. Tatsächlich! Dort im Hauseingang standen zwei der drei Frauen, die sie im Wald zum Bärlauch geführt hatten: Kata und eine ihrer Begleiterinnen. Beide hielten die Arme vor der Brust verschränkt. Kata hatte die Stirn gerunzelt, biss auf ihre Unterlippe und schien Kiki direkt anzusehen. Alles war miteinander verwoben. Was für ein seltsamer Tag.

Wieder das Räuspern. „Entschuldigen Sie."

Kiki schrak hoch. Das war nicht Ludwigs Stimme.

„Die Tür stand offen ... Sind Sie ...?“

Das sommersprossige Gesicht unter rotblonden Haaren hatte sie noch nie gesehen. Oder doch? Ob er statt Ludwig kam? Doch Dealer trugen keine Cord-Sakkos über gestreiften Hemden. Sie siezten ihre Kunden üblicherweise auch nicht. Vorurteile möglicherweise. Schließlich hatte sie gerade gehört, dass auch in der Schattenwirtschaft Professionalität erwartet wurde. Schweigend erhob sie sich, wartete auf eine Erklärung, froh über die Saftflasche in ihrer Hand. Besser die als keine Waffe.

Der Mann hob die Hände, lächelte unsicher. „Mein Name ist Koubek, Paul Koubek. Bitte entschuldigen Sie die Störung! Ich wollte mich nur persönlich davon überzeugen, dass Sie – dass Ihnen nichts zugestoßen ist.“

„Was?“

„Ich bin der Vater von Jasmin. Meine Tochter befürchtete, Sie könnten an ihrer Stelle im Gefängnis ...“

Eine unwillkürliche Bewegung ließ Orangensaft aus der Flasche über ihre Hose und auf das Sofa schwappen. „Ach, das ist ja nett, dass sie sich Sorgen macht, nachdem sie mich angeschwärzt hat!“

„Entschuldigen Sie, entschuldigen Sie vielmals! Es war idiotisch, anzunehmen ...“ Koubek wich zurück in den Vorraum. „Es ist mir wirklich unangenehm.“

Warum sie „Halt!“ rief, war Kiki selbst nicht klar. Sie wies auf den Fauteuil, stellte die Flasche auf den Tisch und wischte sich die klebrige Hand an der Jeans ab. „Setzen Sie sich!“

Sie drängte sich an ihm vorbei, knallte die Wohnungstür ins Schloss und stürmte zurück ins Wohnzimmer. Wahrscheinlich war sie einfach froh über die

Ablenkung, froh, nicht allein zu sein. Zwischen Koubek und der Tür blieb sie stehen. Nicht, dass er auf die Idee kam, doch noch abzuhauen.

„Jetzt setzen Sie sich schon!"

Wieder lächelte er, und in seinen grauen Augen blitzte etwas auf, das sie nun doch an Jasse erinnerte. Und an Paulus Hochgatterer.

„Sie sehen Paulus Hochgatterer wahnsinnig ähnlich!"

Ein Zucken in seinem Mundwinkel.

„Der Krimiautor. Und Paul heißen Sie auch."

„Ich weiß." Er setzte sich endlich. „Ich bin es trotzdem nicht, leider. Kein Schriftsteller, kein Psychiater, aber als Heizungs- und Lüftungstechniker trotzdem für ein gutes Klima verantwortlich." Es klang, als sagte er diesen Satz nicht zum ersten Mal. „Apropos Krimi: Ich muss zugeben, ich hatte ein wenig Angst, Sie könnten mich mit der Flasche erschlagen."

„Hätte passieren können." Was hatte Jasse ihm von ihr erzählt? „Obwohl sie aus Plastik ist. Also?"

Koubek rieb sich das Kinn, ließ die Hände auf die Knie sinken und blies scharf die Luft aus. „Also: Jasmin hat mir von Ihrer Begegnung erzählt."

Kiki hängte sich fest in seinen Blick, entschlossen, von sich aus nichts preiszugeben.

„Einerseits sollte ich Ihnen wohl danken, dass Sie sich um sie gekümmert haben, als ich zu sehr mit meinen eigenen Problemen beschäftigt war, um zu merken, dass meine Tochter ..." Er seufzte. „Andererseits." Er brach ab, schüttelte den Kopf.

„Andererseits wäre sie ohne mich niemals in dieser Pizzeria gelandet, Sofia Gruber damit nicht begegnet, hätte sie also auch nicht ..."

Hastig wischte er durch die Luft. „Dann hätte sie womöglich selbst das Gift ..." Er senkte den Kopf und atmete, als bereite ihm jeder Luftzug Schmerzen. „Sie besteht darauf, zur Polizei zu gehen und ein Geständnis abzulegen, um Sie zu retten. Sie können sich nicht vorstellen, wie erleichtert ich bin, dass das jetzt nicht nötig ist." Als Kiki nicht reagierte, blickte er auf. „Ich meine, weil Sie ja offensichtlich nicht im Gefängnis sind. Bitte verstehen Sie mich nicht falsch. Es ist entsetzlich, was Jasmin getan hat, und sie soll bestraft werden, wenn ich auch keine Ahnung habe, wie. Aber wenn Sie an ihrer Stelle dafür büßen müssten, das würde Jasmins Leben vollends zerstören. Nur deshalb bin ich erleichtert. Obwohl es fürchterlich herzlos klingt."

Kiki stand auf, verließ den Raum, während er weitersprach, kramte in ihrer Tasche auf der Kommode im Vorraum.

„Sie ist doch noch ein Kind. Oder zumindest war sie eines, als sie ... Und alles, was passiert ist ..."

Kiki warf ihm ihre Entlassungspapiere in den Schoß.

Er verdrehte den Kopf, um zu lesen, als hätte er Angst, die Zettel zu berühren, und verharrte einen Moment. Dann hob er den Blick, ohne sie direkt anzusehen, rieb sich über Wangen und Kinn. „Wenn Sie Jasmin verraten hätten, was vermutlich jeder andere Mensch an Ihrer Stelle getan hätte ... Mein Gott!" Im Aufspringen warf er die Papiere auf den Sofatisch, grub das Telefon aus der Hosentasche und tippte hektisch auf das Display. Das Handy am Ohr, fixierte er Kiki. „Sie geht nicht dran." Der Farbton seiner Blässe verschob sich ins Grünliche. Er ließ das Telefon sinken.

„Sie glauben, Jasse ist schon zur Polizei gegangen?“ Kiki hatte das Gefühl, an einem steilen Abhang unaufhaltsam ins Rutschen zu kommen, die Kante der Felswand nur Meter entfernt. „Dann wäre alles umsonst gewesen.“

Sein Telefon klingelte.

„Ja?“, schrie Paul Koubek hinein. „Jasmin? Gott sei Dank!“ Er schloss die Augen, rang um Kontrolle. „Entschuldige, dass ich dich in der Schule störe. Du bist doch in der Schule, ja?“ Immer noch klang er hysterisch. „Nein? Warum nicht? ... Landeskriminalamt? Bist du von allen guten Geistern verlassen? Du hast mir versprochen ...“ Er hielt die freie Handfläche vor den Mund, atmete hinein, während er zuhörte, Panik in den Augen. „Okay, Jasmin, aber wir haben ganz klar ausgemacht, dass ich zuerst mit der Anwältin ... Lass uns jetzt nicht streiten! Du gehst auf der Stelle nach Hause! In einer guten Stunde habe ich einen Termin mit der Anwältin. Bis dahin ... Was soll das heißen, nicht mehr nötig?“

*

Holzer lehnte sich zurück, die Arme verschränkt, und drehte seinen Sessel mit kleinen Bewegungen der Knie hin und her, ohne Jasse aus den Augen zu lassen. „Du hast recht!“

„Echt? Sie lassen sie frei?“

Holzer schüttelte den Kopf, lehnte sich vor. „Du hast recht, dass ich dich nicht leiden kann.“

„Aber ich sage die Wahrheit!“

„Was wiederum bedeutet, dass du beim letzten Mal gelogen hast. Ziemlich mies, jemanden des Mordes zu bezichtigen, wenn du mich fragst. Von allem anderen abgesehen." Jedes Wort tonnenschwer in den Raum gestellt. Dazu schaute er sie an, als hätte sie vor seinen Augen neugeborene Kätzchen ertränkt.

Aber das hatte sie nicht, könnte sie nie! Sie ... hatte ... einem Menschen ... das Leben genommen! Jasse senkte den Blick. Sie hatte das Gefühl, vor Scham und Reue auf der Stelle sterben zu müssen. Kaum hörbar sagte sie: „Ja, das weiß ich. Was glauben Sie, weshalb ich hier bin? Ich will es wiedergutmachen. In aller Wahrhaftigkeit." Flehend sah sie ihn an. Ohne zu blinzeln, fixierte Holzer sie mit seinen Röntgenaugen. Jasse presste die Lippen zusammen, wagte nicht zu atmen, Tränen traten in ihre Augen, doch sie hielt seinen Blick. Endlich holte er tief Luft. „Ist angekommen. Und jetzt hau dich über die Häuser, sonst verständige ich das Jugendamt. Es ist ...", er sah seitwärts auf den Bildschirm, „12.34 Uhr. Solltest du nicht in der Schule sein?"

„Mann!" Es ging um Leben und Tod und der fing von der Schule an.

Holzer wandte sich seinem Computer zu und wies mit dem Zeigefinger auf die Tür, ohne Jasse anzusehen.

„Aber Sie lassen sie frei, versprochen?"

„Ich bin kein Sheriff, der nach Lust und Laune die Gittertür aufsperren kann. Nur die Staatsanwaltschaft kann die Enthaftung beantragen, *wenn es am zur Aufrechterhaltung der Untersuchungshaft erforderlichen dringenden Tatverdacht mangelt.* Paragraph 177, Absatz 3 der Strafprozessordnung."

„Und Sie geben denen Bescheid? Oder soll ich selbst dort hingehen?"

„Du gehst nirgends hin, außer auf direktem Weg in die Schule oder nach Hause mittagessen, wo auch immer du gerade hingehörst!", knurrte Holzer, ohne seinen Blick vom Bildschirm abzuwenden. „Und sieh zu, dass du dir für den Rest deines Lebens nichts mehr zuschulden kommen lässt, weil ich schwör dir, beim nächsten Mal gibt es kein Pardon."

„Was soll das heißen?" Vergeblich wartete Jasse auf Antwort. Der konnte doch nicht einfach ignorieren, dass sie einen Mord begangen hatte. „Hallo?"

Nur ein Zucken seiner Kiefermuskeln verriet, dass er ihre Anwesenheit registrierte.

„Wollen Sie nicht mein Geständnis aufnehmen oder so?"

Holzer nahm die Hand von der Maus. Er schloss die Augen. Öffnete sie wieder und drehte sich zu Jasse. „Das habe ich nicht gehört. Ich sag dir noch einmal: Schleich dich!"

„Kapieren Sie nicht? Ich habe ..."

„Nein", schnauzte Holzer, „hast du nicht! Wir stecken bis hierher in Arbeit." Er hob die flache Hand zum Haaransatz. „Der Fall ist gelöst, sagt die Staatsanwaltschaft. Das Allerletzte, was wir jetzt brauchen können, ist eine wohlstandsverwahrloste Göre mit Geltungsbedürfnis, die plötzlich ihr Gewissen entdeckt hat und jetzt die Heldin spielen möchte! Verschwinde, bevor ich richtig grantig werde und dich eigenhändig rauswerfe!"

Er stützte die Hände auf dem Tisch ab, als wollte er tatsächlich aufstehen. Obwohl Jasse den Eindruck hatte, dass seine Wut zu 50 Prozent gespielt war, stand sie auf und wich zurück. Bei so einem Riesen reichten 50 Prozent Entschlossenheit aus, um sie zu zermatschen.

Die Tür öffnete sich und die Rothaarige kam herein. Den Kaffeebecher in der Hand, setzte sie sich an ihren Arbeitsplatz, lehnte sich zurück und sah schweigend zwischen Holzer und Jasse hin und her, während sie an ihrem schaumigen Getränk nippte.

Jasses Telefon klingelte. Ihr Dad, war ja klar. Sie drückte ihn weg.

„Bitte helfen Sie mir!“, wandte sie sich an Holzers Kollegin. „Es geht um die Wahrheit und um Gerechtigkeit. Ich muss ...“

Die Prankenbewegung, mit der Holzer sie stoppte, verursachte einen Luftzug wie ein vorbeifahrender Laster. „Nichts musst du! Es gibt nichts mehr zu sagen, Fräulein Koubek. Deine Freundin ist bereits entlastet. Sie wird heute enthaftet oder ist längst draußen. Niemand braucht dein Opfer, verstanden? Mit dem Rest musst du leben. Und jetzt zieh ab!“

*

Kiki hielt die Luft und mit ihr die Zeit an. Sie sah Jasses Vater die Hand um sein Telefon krampfen, als wollte er es auspressen.

„Warte, er hat was? ... Und das ist endgültig? ... Du gehst jetzt auf direktem Weg heim und bleibst dort, verstanden! ... Ich weiß noch nicht, wann ich komme, und an deiner Stelle würde ich mich nicht darauf freuen. Ich bin so geladen, Jasmin, so sauer, dass du dich nicht an unsere Abmachung gehalten hast!“

Er beendete das Gespräch, hielt das Handy jedoch weiterhin umklammert wie einen Haltegriff, der ihn vor dem Sturz gerettet hatte. Schwer atmend stand er neben Kiki auf der Klippe und sah mit glasigen Augen in den Abgrund.

„Ist sie in Sicherheit?“, flüsterte Kiki, als könnte ein unbedacht lautes Wort den Windstoß erzeugen, der ihn doch noch aus dem Gleichgewicht brachte.

Er blinzelte heftig, trat tatsächlich einen Schritt zurück, blickte auf das Telefon in seiner Hand und nickte. „Schaut so aus. Sie haben sie rausgeworfen.“ Er ging ein paar Schritte im Kreis, landete vis-à-vis von Kiki. „Sie wollte gestehen, dass sie diese Gruber vergiftet hat, und dieser Chefinspektor Holzer hat es nicht zugelassen. Kapieren Sie das? Jasmin sagt, er hat sie übel runtergemacht, und dass er sie hasst. Aber das ist doch kein Grund, sie gehen zu lassen, eher das Gegenteil.“

Kiki dachte an die rührenden Mottenlöcher in Holzers Ärmel. „Der Holzer, das ist ein Guter.“

„Ich sollte erleichtert sein. Sollte Jasmin in die Arme schließen wollen.“ Hilflos sah Koubek sie an. „Stattdessen bin ich so böse auf sie wie noch nie in meinem Leben! Wie konnte sie gegen meinen Willen und ohne rechtlichen Beistand eigenmächtig so eine Entscheidung treffen? Ich bin ihr Vater, ich trage die Verantwortung, wenn ihr etwas zustößt, ich ...“

„So ein dummes Stück! Denkt nicht an das Seelenheil ihrer Eltern. Will einfach nur das Richtige tun, nachdem sie erfahren hat, wie es sich anfühlt, einen unkorrigierbaren Fehler zu begehen.“ Kiki war selbst nicht sicher, ob sie das ironisch oder ernst meinte.

Sie sah ihr Gegenüber ärgerlich die Stirn runzeln und zum Protest ansetzen. Schließlich wurde nur ein schmerzliches Lächeln daraus. „Sie meinen, es könnte schlimmer sein?“

„In alle Richtungen, wenn man es sich recht überlegt.“

Er schien nicht überzeugt. „Wie soll es jetzt weitergehen? Ich kann doch nicht tun, als wäre nichts passiert.“ An seinen angespannten Kiefermuskeln erkannte sie, dass er die Zähne zusammenbiss.

„Entscheidend ist doch: Jasse hat nicht so getan, als wäre nichts geschehen. Sie hat die Verantwortung übernommen und war bereit, jede Strafe auf sich zu nehmen." Kiki schniefte und rieb sich die Augenwinkel. Sie konnte kaum fassen, dass Jasse das für sie getan hatte. Auch für sich selbst natürlich, aber eben nicht nur. „Noch nie hat jemand für mich den Kopf hingehalten. Das Schicksal in Gestalt von Chefinspektor Holzer war gnädig. Sollten wir das nicht beide dankbar zur Kenntnis nehmen?"

„Fangen Sie jetzt auch an mit Gottes Hilfe und Gnade und so weiter? Hat sie das von Ihnen?"

„Jasse ist gläubig?" So verblüffend platzte diese Information mitten in Kikis Rührung, dass sie laut auflachte. „Nein, von mir nicht!"

Nun traten Koubek wieder Tränen in die Augen. „Es ist nur ..." Er sah sie hilfesuchend an, ausgerechnet sie. „Meine Tochter hat einen Menschen getötet."

Unschuldig leben geht nicht, wollte Kiki sagen, jede hat so ihre Leichen im Keller. Aber Zynismus würde ihn kaum beruhigen. „Sind Sie nicht gekommen, um Jasse vor dem Gefängnis zu bewahren?" Sie hatte keine Lust mehr auf Gejammer. Sie wollte feiern. „Nur die Zukunft lässt sich ändern."

Er streckte eine Hand nach ihr aus, ließ sie wieder sinken. „Danke!"

Kiki war ganz schwummerig von dem Gefühl der Souveränität, das sie durchströmte. Endlich hatte sie einmal eine Situation unter Kontrolle. Sie trat einen Schritt vor, legte ihm tröstend eine Hand an die Brust – wieso an die Brust? Den Arm hatte sie greifen wollen, unbeholfene Idiotin – und er nahm sie, immer noch mit den Tränen kämpfend, in die Arme. Ihr Kopf an seiner Schulter fühlte sich so natürlich an, als gehörte er genau dorthin. Bis sie darüber nachdachte und bemerkte, wie gut er roch und dass er sie genau richtig hielt, nicht zu sanft und nicht zu fest. Sie spürte seinen Atem in ihrem Haar. Ihre Nackenmuskeln verkrampften sich. Er ließ sie los.

„Entschuldigen Sie!"

„Sollten wir uns nicht duzen? Ich bin Kiki, oder Christiane, wie du magst."

„Paul." Er trat von einem Fuß auf den anderen. „Ich weiß nicht, was ich jetzt machen soll. Ich hab mir den Tag freigenommen, wegen der Anwältin. Wahrscheinlich sollte ich mich um Jasmin kümmern. Aber am liebsten würde ich mich ins Auto setzen und einfach drauflosfahren, immer geradeaus."

„Bis du über den Rand der Erde kippst. Das Gefühl kenne ich."

Er lächelte.

„Du bist mit dem Auto da?"

Er nickte.

„Fahren wir!"

*

„Mann, bist du bescheuert? Ich hab mir Sorgen ohne Ende gemacht. So knapp!" Myko hielt Karol Daumen und Zeigefinger mit einem Millimeter Zwischenraum vor die Nase. „So knapp war ich davor, dich auf der Pressekonferenz zu outen."

Karol lehnte sich zurück, schob Mykos Finger sanft von sich. „Wie outen? Interessiert doch niemanden, dass ich schwul bin. Und wieso auf der Pressekonferenz?"

„Nicht, dass du schwul bist, Mann! Ich wollte diese Sikora-Fleck-Tante nach dir fragen, weil ich seit Tagen nichts mehr von dir gehört hatte, und dann hätten die sich natürlich denken können, dass ich meine Infos von dir habe. Ich hatte Panik, du wärst – dahin." Er klimperte auf einer imaginären Ukulele. *„Somewhere over the rainbow."*

„Das beschreibt es ziemlich gut, nur dass der Regenbogen in beide Richtungen zu beschreiten war. Und nenn sie nicht *Tante*."

„Sorry, hast recht, sonst nicht meine Art."

Karol nickte. „Hast du schon mal Drogen genommen?"

Myko sah ihn von der Seite an, hob die Hände. „Was denkst du?"

„Klischees müssen ja nicht immer stimmen."

„Ich hab alles Mögliche ausprobiert, bin bei Cannabis hängengeblieben. Und Psilos natürlich, Magic Mushrooms. Oder was glaubst du, wie ich auf die Idee gekommen bin, mich so intensiv mit Pilzen zu beschäftigen? Hast du meinen Blog nicht gelesen?"

„Nicht jede Zeile. Steckt ja nicht viel Neues drin für mich. Worauf ich hinauswill: *Botrytis exanima* bildet Sporen, vorerst anscheinend nur im Gewächshaus und unter bestimmten Bedingungen. Das ist vielleicht nicht die große Überraschung. Aber wenn man diese Sporen einatmet, dann reist man – nein, ich kann es nicht beschreiben. Völlig verrückt. Wie eine Erleuchtung, über die man gleichzeitig nicht aufhören kann zu lachen."

„Eine spirituelle Reise. Und du hast das getestet, ohne zu wissen, ob der Trip nicht genauso tödlich ist wie ..."

„Sozusagen. Ich hab es versehentlich eingeatmet, weil ich ein Trottel bin. Und mir danach die Seele aus dem Leib gekotzt. Aber davor war es fantastisch! Und das Wesentliche ist, wie du sagst: Man stirbt nicht. Ich habe es ein zweites Mal ausprobiert, um sicherzugehen."

„Ey, wie bekloppt bist du denn? Ohne jemandem was zu sagen? Warum hast du mich nicht angerufen, Mann? Man muss immer jemanden dabeihaben, wenn man neuen Stoff testet."

Wieder zuckte Karol mit den Schultern, lächelte sein leicht entrücktes Lächeln. „Ich mach alles immer erstmal allein."

Sein gleichmütiger Tonfall irritierte Myko. „Mann, Mann, Mann! Nächstes Mal gibst du Bescheid, versprochen? Wozu hat man Freunde?"

„Ja, schon gut. Jetzt konzentrier dich bitte auf das Wesentliche! Da kommt nämlich was auf uns zu, wenn sich Viennese Weed im Freien so entwickelt wie in unseren Kulturen. Dann geht es beim nächsten Wärmeeinbruch richtig los: Die Sporen werden freigesetzt und in Schwaden vom Wind über das Land getragen, und sie werden allen, die zufällig von einer solchen Wolke erwischt werden, den Rausch ihres Leben bescheren."

*

Auf dem Weg zurück vom Rand der Welt fragte Paul sich, ob Kiki auffiel, dass er beharrlich die Geschwindigkeitsbeschränkung unterschritt. Dass er, genau genommen, immer langsamer wurde, je näher sie der Stadt kamen, so wie er auf dem Hinweg schneller und schneller gefahren war, je weiter sie sich davon entfernt hatten. Aus dem Augenwinkel sah er zu ihr hinüber, sah die Kontur ihrer Wange, die noch vom Wind verworrenen Haare. Sie blickte nicht auf den Tacho, sondern hinaus in die Landschaft, die sich in der Dämmerung aufzulösen schien.

Den ganzen Nachmittag und Abend hatten sie geredet. Nun waren sie seit vielen Kilometern still. Alles, was sich zwischen Fremden sagen ließ, war gesagt.

Er dachte an den Moment, als er sie aufatmen gehört hatte, kaum dass sie auf der A22 aus der Stadt gerauscht waren. Sie hatte ihm von der Enge in der Haft erzählt und von der Notwendigkeit, flach zu atmen, um nicht zu viel Raum einzunehmen, und das Hirn in steter Sauerstoffunterversorgung vom Denken abzuhalten. Überhaupt gäbe es viele Gründe, nicht richtig durchzuatmen. So viele, dass man es verlernte, wenn man nicht achtgab.

Obwohl er noch nie darüber nachgedacht hatte, wusste er, dass sie recht hatte. Weil auch er seit Monaten kaum Luft bekam, sich noch nicht einmal darum bemüht hatte. Die Theorie von der absichtlichen – oder in seinem Fall instinktiven – Unterversorgung schien ihm plausibel. Es war, als schraubte man eine 25-Watt-Glühlampe in eine für 100 Watt zugelassene Fassung, um die Risse in den Wänden nicht mehr sehen zu müssen.

Sie waren zuerst nach Krems gefahren und durch die Altstadt spaziert, hatten im teuersten Restaurant gegessen und er hatte fast eine ganze Flasche Weißwein in sich hineingeschüttet, weil Kiki an ihrem Glas nur genippt und lieber Wasser getrunken hatte. Das passte schon mal nicht. Wobei: Warum sollte es passen?

Er hatte ihr von Lisa erzählt, sie hatte ihm von Adrian erzählt. Bis zur Nachspeise hatte es gedauert, bis er begriffen hatte, dass ihre Beziehung mit ihm eineinhalb Jahrzehnte zurücklag. Sie hatte von Olga gesprochen, einer Freundschaft, in der die Liebe sich ständig hinter anderen Sehnsüchten verbarg. Was war dagegen seine Einsamkeit?

Er sah sie auf dem Nebensitz frösteln und drehte die Klimaanlage wärmer. Der Luftzug wehte ihm ihren Geruch nach Feldern und Wind und weicher Haut in die Nase, in dem immer noch ein wenig von dem Orangensaft mitschwang, der in der Wohnung auf ihre Hose gespritzt war. Er fragte sich, ob der Knoten, der seinen Magen mit der Kehle zu verbinden schien, sich lockern würde, wenn er sie berührte.

Auf schmalen Straßen waren sie kreuz und quer durch das Waldviertel gefahren, mehrmals für kurze Spaziergänge ausgestiegen.

Sie hatte ihm erzählt, dass sie bis zu diesem Tag nicht sicher gewusst hatte, ob Jasse wirklich am Tod von Sofia Gruber schuld war. Dass sie es nicht hatte wissen wollen. Er hatte erklärt, dass er sich nie an den Gedanken gewöhnen würde, dass seine Tochter getötet hatte. Ihr entschiedener Widerspruch: Man gewöhne sich an den Gedanken. Das könne sie mit Sicherheit sagen, weil sie schon getötet und dafür zwölf Jahre in Haft zugebracht hatte. Er war zurückgewichen. Sie hatte getan, als merke sie es nicht oder sei daran gewöhnt. Wie er sich geschämt hatte, dass er für ihren traurigen Blick verantwortlich war. Man gewöhne sich an den Gedanken, hatte sie präzisiert, man rede es sich manchmal schön, man könne es für Stunden oder Tage verdrängen. Nur verzeihen könne man es sich nicht.

Auch er habe in seinem Leben Dinge getan, die er sich nicht verzeihen konnte, hatte er geantwortet, obwohl ihm auf die Schnelle nichts Derartiges eingefallen war, schon gar nichts, was sich mit der Tötung eines Menschen vergleichen ließ. Wieder einmal hatte sein Bedürfnis gesiegt, eine Verbindung herzustellen, typisch für seine nervige, konfliktscheue Art (O-Ton Lisa).

Sooft er das Bedürfnis verspürt hatte, Kiki zu berühren, hatte er sich gesagt, dass sie eine Mörderin war. Von Mal zu Mal war ihm das weniger bedeutsam erschienen. Als gewöhne man sich wirklich an den Gedanken.

Sie lehnte den Kopf an das Seitenfenster und seufzte. Er folgte ihrem Blick und verriss das Steuer. Wenn sie jetzt von der Straße abkämen, sich überschlugen, mitten im Feld auf dem Dach landeten, tot oder so schwer verletzt, dass sie nie wieder aus dem Koma aufwachten ... Vielleicht wäre es der richtige Moment gewesen, schön, aber nicht zu schön, und sie beide so traurig. Doch für eine spektakuläre Havarie reichte das Tempo nicht. Instinktiv hatte er korrigiert, noch bevor der Gedanke zu Ende verfolgt war.

Wie zum Teufel konnte er überhaupt auf eine derart verantwortungslose Idee kommen? Er war alleinerziehender Vater einer Mörderin. Fehler durfte er sich ab jetzt nicht mehr erlauben. Zum Glück würden sie bald die ersten Ausläufer der Stadt erreichen, wo die Straßenbeleuchtung und der dichte Verkehr seine alkoholzersetzte Konzentration fordern und ihn von dummen Gedanken abhalten würden.

„Können wir kurz anhalten?“, fragte Kiki.

Er bremste scharf, erwischte gerade noch den Feldweg. Sanft ließ er den Wagen ausrollen. Im Licht der abgeblendeten Scheinwerfer leuchteten Nebelschwaden, die vor den Schattenrissen der Pappeln am Feldrain bodennah über das Feld zogen.

„Die Nebel von Avalon“, sagte er und ärgerte sich im selben Moment. Erstens, weil das schon wieder ein Versuch war, Kiki zu beeindrucken, da er doch wusste, dass sie in einer Buchhandlung arbeitete. Zweitens war dieses Buch eines von Lisas Lieblingsbüchern gewesen, und er wollte jetzt nicht an sie denken.

Kiki öffnete die Wagentür, ging auf die Nebelschleier zu, tauchte hinein und drehte sich um, winkte ihm. Im Licht der Scheinwerfer glitzerte nun auch ihr Gesicht. Zu wissen, dass es an den Tröpfchen lag, die auf ihrer warmen Haut kondensierten, änderte nichts daran, dass es zauberhaft aussah. Er stieg aus.

Wie es zuging, dass sie sich plötzlich in den Armen lagen, sich küssten und es sich richtig und gut anfühlte, war ihm nicht klar, weil er nichts dergleichen vorgehabt hatte. Jetzt allerdings wollte er es, wollte sich den hunderttausenden elektrischen Entladungen seiner Nervenenden ausliefern, die an jedem Kontaktpunkt hoffnungslos übersteuerten. Wie lange hatte er das mit Lisa nicht mehr gespürt. Obwohl es auch mit ihr ... Verdammt!

„Was ist?“, flüsterte sie.

Er spürte Gänsehaut, seine oder ihre. „Ist dir kalt?“

Sie schüttelte den Kopf.

So schwer konnte es nicht sein, das fließende Begehren, das er vor ein paar Sekunden noch gespürt hatte, wieder einzuschalten. Er konzentrierte sich auf das Zusammentreffen ihrer Lippen, auf die Wärme im Inneren ihres Mundes, auf ihren Arsch in seinen Händen, drückte sie an sich und seinen schlaffer werdenden Schwanz. Für die spontane Implementierung leidenschaftlichen Liebesspiels mit einer verurteilten Mörderin unter den unwirtlichen Rahmenbedingungen eines feuchten Ackerbodens war er womöglich einfach zu seriös, zu spießig. Wie tot. Was war los mit ihm?

„Wir sollten zurück zum Auto", sagte sie. „Das magische Fenster hat sich geschlossen." Sie lachte die Peinlichkeit weg. „Wir sind wieder nur, die wir waren."

Sie marschierte davon, tänzelnd immer noch, als wäre nichts Schlimmes geschehen. Am liebsten hätte er sie vom Fleck weg geheiratet, Bigamie natürlich. Jetzt drehte er völlig durch. Ja, wirklich, es war höchste Zeit heimzufahren.

*

Einen Versuch war es wert gewesen, sagte sich Kiki, als sie wieder im Auto saßen, und so schlecht war er nicht ausgegangen. Besser als alles, was ihr seit Monaten diesbezüglich gelungen war. Genug, um es viele Nächte lang weiterzuträumen, selbst wenn sie nie wieder etwas von ihm hörte. Nur schade, dass jetzt jedes Wort bemüht munter oder falsch entspannt klang, weil die Verlegenheit über sein vermeintliches Versagen aus seinen Poren in den Innenraum des Wagens suppte und die Resonanzen verschob.

Er hielt vor ihrer Haustür.

„Ein bemerkenswerter Tag", sagte sie, um nicht schweigend auszusteigen. Erst, als er nicht antwortete, sah sie ihn an. Die Hände unter die Oberschenkel geklemmt saß er da, lächelte sie unsicher an, seine rötlichen Haare von der Nebelfeuchtigkeit vorhin in Strähnen und Wirbel zerlegt.

„Als Kind habe ich meiner Mutter beim Backen geholfen", fiel Kiki ein. „Ich sollte einen Biskuit-Kuchenboden mit Likör beträufeln und habe ihn stattdessen damit getränkt. Er ist bei der ersten Berührung zerfallen. So ein Tag war das.“ Sie beugte sich hinüber, küsste ihn kurz auf den Mund und stieg aus.

Bloß nichts erhoffen.

Jasse ignorierte die Klingelknöpfe und lehnte sich gegen die Eingangstür, die ohne Widerstand aufschwang. Der Riegel war mit Gewebeband abgeklebt. Sie stand in einer gepflasterten Durchfahrt, von der zu beiden Seiten Stiegenhäuser abzweigten, Stiege I und Stiege II, wie emaillierte Schilder in altmodischer Schrift verrieten. Ein drittes Schild deutete mit einem Pfeil in die Richtung, in der Stiege III zu finden war: geradeaus hinter einer verglasten Tür, quer über den Hof im schmutziggrauen Hinterhaus. Jasse sah auf ihr Phone, um die Koordinaten zu überprüfen.

„Wohin?“, flüsterte Kira.

Jasse drehte sich um. Wie die da standen, Kira und Kemal, händchenhaltend wie Hänsel und Gretel. „Es muss da hinten irgendwo sein.“ Sie hielt den beiden ihr Display vor die Nase.

„Ich weiß nicht“, sagte Kira.

„Ihr wolltet doch mitkommen.“

Die Eingangstür öffnete sich und eine Frau mittleren Alters in Trenchcoat und Pumps rauschte an ihnen vorbei, als wären sie nicht vorhanden, streifte dabei Jasses Ärmel. Pfeilgerade marschierte sie durch die Tür und auf das Hinterhaus zu, um neben der Haustür über eine Außentreppe ins Souterrain zu verschwinden.

„Ich weiß nicht“, sagte Kira wieder. „Da passen wir doch nicht.“

„Wir wollen da nicht passen, Baby“, murmelte Kemal ihr in die Haare.

Wieder drückte jemand die Tür auf. Ein magerer Typ mit Ziegenbart und hochgebundenen Dreadlocks betrat den Durchgang und hielt die Tür auf für einen zweiten, der so unscheinbar aussah, dass Jasse vorkam, sie könnte sein Gesicht vergessen, noch während sie ihn ansah. Zum Ausgleich für diesen gemeinen Gedanken lächelte sie ihn an. Er wandte den Kopf, wie um zu überprüfen, ob hinter ihm jemand stand, dem ihr Lächeln gelten konnte. Was nicht der Fall war. Vage nickte er ihr zu, den Blick starr auf den Rücken seines Freundes gerichtet, der die zweite Tür öffnete und mit federnden Schritten den Hof überquerte. Als der Schüchterne ihm folgte, ruckte sein Kopf hin und her, als suchte er den Himmel nach Raubvögeln ab.

„Kommt schon!“, sagte Kemal. „Nur schauen!“

Jasse atmete auf. Gut, dass sie doch noch zugestimmt hatte, ihn mitzunehmen. Sie war nicht heiß darauf, allein dort aufzutauchen, zumal sie nicht recht wusste, wie sie es anstellen sollte. Die Idee war ihr in der Schule gekommen, war plötzlich da gewesen, wie eingeflüstert. Sie musste Leben retten, am besten nicht nur eines, und das war die Gelegenheit. Mehrere Leben zu bewahren – das musste doch sicher als Ausgleich gelten dafür, dass sie eines vernichtet hatte? *Sometimes a girl's gotta do what a girl's gotta do.* Das war jetzt ihr Wahlspruch.

In Deutsch hatten sie über die *Suicide-Lunches* und *Suicide-Bars* gesprochen, die alle paar Tage in irgendwelchen Pop-up-Locations stattfanden. Nico hatte sie als Beispiel gebracht für Wörter, die aus dem Englischen ins Deutsche eingesickert waren. Mehr hatte die Margreiter nicht gebraucht. Alarmiert hatte sie gefragt, ob aus der Klasse schon jemand darüber nachgedacht hatte, so eine Veranstaltung zu besuchen. So eine Veranstaltung.

Um ein Haar hätte Jasse sich gemeldet. Gab es nicht tausend gute Gründe auszusteigen, aufzugeben, einfach nicht mehr mitzumachen? Lange war es noch nicht her, dass sie selbst genau darüber gegrübelt hatte, und ganz aufgehört hatte sie noch nicht damit. Wie tröstlich es sein musste, mit diesem Wunsch nicht allein zu sein. Sie konnte doch nicht die Einzige in der Klasse sein, der manchmal zum Sterben war.

Aber niemand zeigte auf.

Jasse fiel ein, dass die Margreiter es garantiert ihrem Dad erzählen müsste, dem das den Rest geben würde. Es war schon schwer genug mit ihm. Sobald er heimkam, beobachtete er sie ohne Unterlass, schlich dauernd um sie herum, platzte in ihr Zimmer, bestand auf gemeinsame Mahlzeiten. Als wäre sie ein Sprengsatz, der ihm bei der kleinsten Unaufmerksamkeit um die Ohren fliegen konnte.

Später ärgerte sie sich über ihre Feigheit bei der Suizid-Diskussion, weil sie schon wieder gescheitert war an ihrem neuen Anspruch, wahrhaftig zu bleiben. Mit Kira und Kemal suchte sie in der Pause im Netz nach einem Hinweis. Es war leichter als gedacht. Kemal war auf die Idee mit den Abkürzungen gekommen. Zwar stand auf der Seite *www.vw-sl.at*: *Mindestalter 18* und *Anmeldung und Motivationsschreiben erforderlich*, doch der Button mit den Koordinaten ließ sich anklicken, ohne dass sie die Formulare ausfüllten. Ein Bug, hätte ihr Dad gesagt. Oder Absicht.

Kemal bildete die Spitze, dahinter Jasse, dann Kira. Quer über den Hof und die Stufen hinab marschierten sie. Dort, an der mit Rostschutzfarbe lackierten Metalltür, klebte die grüne Silhouette eines verdrehten Blattes, die fast wie ein Sportwagen aussah. Wie das wohl gemeint war? Schnelle Fahrt ins Jenseits? Die Fenster waren von innen mit Karton abgedeckt. Chillige Musik drang heraus.

Kemal klopfte. Nichts geschah. Ein weiterer Besucher drängte an ihnen vorbei, drückte die Klinke hinab. Hinter ihm quetschten sie sich durch die Tür, die langsam wieder ins Schloss fiel. Es kam Jasse vor, als wären sie in einer Filmszene gelandet, in einem Club im Weltraum oder an einem Ort unter Wasser. Blaugrüngelbes Licht, gesprenkelt mit strahlenden Reflexen, wanderte in Wellen über die Wände und die aufblasbaren Sitzmöbel. Erst auf den zweiten Blick erkannte Jasse, dass der unwirkliche Effekt auf den Reflektionen einiger geschickt platzierter Spiegel beruhte. Auch die Musik spülte so sanft durch den Raum, dass Jasse sich fischhaft schwerelos fühlte. Oder wie ein Oktopus. Unauffällig bewegte sie Finger und Arme ein wenig mit der Strömung.

Etwa fünfzehn völlig unterschiedliche Personen saßen oder standen einzeln herum, lehnten an Wänden, Getränke in der Hand. Einige, darunter die Businessfrau von vorhin, beschäftigten sich mit ihren Handys. Jasse fragte sich, ob sie in den sozialen Medien verkündete, was sie vorhatte, oder letzte Kundenanfragen beantwortete, pflichtbewusst bis in den Tod. Auf einem der Sofas saßen zwei alte Männer, einer dick, der andere ausgemergelt, zwischen sich einen Platz frei. Auch sie unterhielten sich nicht. Seltsam, da es doch um die gemeinschaftliche Erfahrung gehen sollte. An der den Fenstern gegenüberliegenden Seite stand ein Tisch mit grünen Getränken in Cocktailgläsern und Brotschnitten mit ebenfalls grünem Aufstrich.

So einfach? Jasse fühlte Schwindel.

Neben der Tür saß eine Frau an einem Pult, vor sich einen Laptop und eine Handkasse. „Name?“, fragte sie, ohne Jasse ins Gesicht zu sehen, als die an den Tisch floatete. „Damit sind wir wohl vollständig. Ich bin Sandra, Ihre Reisebegleitung."

„Jasse Koubek."

Den Kopf vorgereckt suchte die Frau ihren Bildschirm ab. „Hab ich hier nicht." Sie sah auf und runzelte die Stirn, musterte erst Jasse, dann Kira und Kemal, die sich hinter ihr aneinanderschmiegten. „Wollt ihr mich verarschen? Das ist kein Kindergeburtstag hier!", zischte sie verhalten.

„Die haben mich nur begleitet", sagte Jasse. „Ich hab mich allein nicht getraut ..."

„Sorry, so läuft das nicht! Das hier ist privat. Ihr habt nicht bezahlt und ihr seid eindeutig nicht volljährig. Raus mit euch, aber flott!"

Sie winkte einem Muskelmann, der sich aus der nächsten Ecke löste und scheinbar entspannt auf sie zu schlenderte. Als Kira die Tür öffnete, um abzuhauen, stieß sie mit einem weiteren Gast zusammen, der eben eintreten wollte. Er musterte die Versammlung vor dem Pult, murmelte etwas, schüttelte den Kopf und machte auf dem Absatz kehrt. Kemal tippte auf seinem Telefon herum. Der Coole mit dem Rasta-Dutt, der das Buffet begutachtet hatte, schob die Platten mit den Broten auf die Seite, hielt sich an der Schulter seines Freundes fest und kletterte auf den Tisch.

„Hört mal alle her! Ich bin Myko von der *Sporenwelt* und das ist Karol von der Universität für Bodenkultur. Ihr müsst etwas wissen, bevor ihr euren letzten Fehler begeht! Viennese Weed will nicht, dass wir sterben! Es zeigt uns den Weg in ein besseres Leben! Leben, hört ihr!"

Der Muskelmann, gerade noch beschäftigt, Kira und Kemal aus der Tür zu drängen, ließ von ihnen ab und suchte den Blick der Reiseleiterin, während der Mann auf dem Tisch weitersprach. Jasse starrte ihn an. Konnte das wirklich Myko von der *Sporenwelt* sein, hier, mit ihr, im selben realen Raum? Die *Sporenwelt* war inzwischen absolut Kult. Die hatten Viennese Weed erfunden.

„Was ist das jetzt für eine Scheißaktion?", fauchte die Reiseleiter-Kassenfrau und wischte auf ihrem Laptop herum. „Wir brechen ab. Los, alle raus hier!"

„Mein Freund Karol hat die Reise bereits zweimal gemacht, und ich bin ihm gefolgt", schrie Myko. „Nochmal: Es geht nicht um den Tod, es geht um ..."

„Ja!", rief Jasse und trat in die Mitte des Raumes. „Er hat recht: Bitte, sterben Sie nicht!" Scheiße, was war das denn für ein bescheuerter Satz. *Bitte, sterben Sie nicht!* War sie sieben, oder was? „Es geht nicht um den Tod, meine ich", schrie sie gegen die Musik an und gegen den Drang, auf der Stelle im Boden zu versinken. „Es geht darum, das Leben auszuhalten. Ich kenn das, echt!"

„Spinnst du total?", zischte Kira. „Ist ja voll cringy!"

Kemal packte seine Freundin am Arm, zog sie in Richtung Tür, „Ich hab dir doch gesagt, die ist nicht ganz dicht!"

„Esst kein Viennese Weed, das ist erstmal das Wichtigste!", brüllte Myko, während der Muskelmann ihn vom Tisch zerrte und seine Chefin die Brotschnitten und Gläser samt Tabletts in einen schwarzen Müllsack warf. „Atmet es ein, nicht essen! Das fährt, wie ihr es noch nie erlebt habt. Erkenntnis statt Tod!"

Den Müllsack hinter sich her schleifend, klappte die Reiseleiterin ihren Laptop zu. Musik und Licht stoppten abrupt. Sie raffte Jacke, Tasche und Computer an sich, warf sich den Müllsack über die Schulter und stürmte die Stufen hinauf.

Jasse sah den grauen Kellerraum, sah alles, wie es war. Sie schloss die Augen, klopfte mit der Hand den Takt auf den Oberschenkel und murmelte:

„Aussteigen
Aufgeben
Einfach nicht mehr mitmachen
Nur wenn du tot bist
Kann dich keiner auslachen
Runtermachen“

Der Vers hatte ihr noch gefehlt. Sie fühlte sich plötzlich so lebendig, hatte vergessen gehabt, wie das war. Sie hatte solche Lust, laut zu sein!

„Hab auf ein Zeichen gewartet
Eine Stimme, ein Signal
Dabei war mir längst klar
Es ist ganz banal
Wenn ich abstürz
Dann weiß ich
Erst recht, wo oben ist
Mach mich auf den Weg dorthin
Ohne Arglist
Hör auf mein Herz“

Sie öffnete die Augen. Breitbeinig und mit verschränkten Armen stand Myko vor ihr, den Kopf schiefgelegt, die Oberlippe skeptisch hochgezogen. Ihr doch egal! Sie spiegelte seine Haltung, sah trotzig zu ihm auf. Das Ende wollte sie jetzt auch noch loswerden.

„Wenn es dunkel ist um dich
Ohne Hoffnung, ohne Licht
Fragst dich, ob es Gott gibt
Kommst drauf:
Du bist es nicht!"

„Dieser Flow", sagte der Farblose hinter Myko. „Diese Stimme. Rauchst du?"

„Manche Leute brauchen keine Drogen." Myko sah sie an, als wäre er stolz auf sie.

Sie waren zu dritt in dem Raum, der seinen Zauber verloren hatte. Dennoch musste Jasse lachen. Es war unglaublich: Sie stand hier mit Myko von der *Sporenwelt*.

„Ich hab mir dich genau so vorgestellt."

Durch die offene Tür drang Licht, Sonnenschein, der die Stufen hinabfloss. Oben schien ein Tumult im Gang zu sein. Jasse hörte laute Stimmen, erkannte Kemal, die Reiseleiterfrau und – aber das musste ein Irrtum sein. Sie sah ein Beinpaar die Stufen herabkommen, dann eine Männersilhouette im Gegenlicht.

„Ach, wenn das nicht der Quälgeist ist!"

Scheiße, dachte Jasse, Scheiße, Scheiße, Scheiße!

„Chefinspektor, komm, schau, wen wir da haben!", rief Arsch Hemsworth in den Hof hinauf und trat in den Raum.

Als der Gerufene am Fuß der Treppe angekommen war, neigte er den Kopf, um nicht am Türsturz zu streifen. Jasse schloss die Augen.

„Schau an, das Fräulein Koubek", knurrte Chefinspektor Holzer.

*

Kiki näherte sich Haus Hildegard auf der gegenüberliegenden Straßenseite. Mit seinem strengen Fensterraster und den schießschartenartigen Glasschlitzen vor den Stiegenhäusern machte der langgestreckte Kasten einen so abweisenden Eindruck, dass sie sich nicht gleich zum Eintreten entschließen konnte. Da half auch der primelgelbe Anstrich nichts. Eine Burg, zum Schutz der Gesellschaft vor dem Anblick von Alten und Schwachen, eine Haftanstalt für Pflegebedürftige hatte sie hier vor sich. Mit ein Grund, warum sie sich mit diesem Besuch drei Tage Zeit gelassen hatte. Sie hatte sich wappnen müssen, Kraft tanken, um freiwillig so bald nach der Entlassung aus einem in ein anderes Gefängnis zu eilen.

Um die Beklemmung zurückzudrängen, dachte sie an Pauls Anruf am Tag nach ihrem Ausflug, das Zittern im Bauch, als sie seine Stimme gehört hatte, das kurze Treffen gestern Mittag. Mittag, weil er nicht wagte, Jasse abends allein zu lassen. Stopp! Es war besser, nicht den ganzen Zauber auf einmal aufzubrauchen, zumal sie bereits tiefer Luft holen konnte als noch vor ein paar Sekunden.

In dem Gefühl, etwas Verbotenes zu tun, eilte sie über die ruhige Vorstadtstraße und schlich im Windschatten eines Lieferwagens mit Molkereiprodukten durch eine offene Einfahrt zur Rückseite des Gebäudes, stand im Garten. Erst einmal umschauen, ein Gefühl entwickeln für den Ort und dafür, womit Olga hier zu kämpfen hatte. Sie musterte die Hoffassade und die leuchtendblaue Stahlkonstruktion des runden Glasbaus, der den Straßentrakt mit einem weiteren Gebäude verband. Auf der mit Gänseblümchen gesprenkelten Wiese lag eine gelbe Bocciakugel. Tulpen in verschiedenen Farben welkten in einem Waschbetontrog.

Wie schon während der gesamten Fahrt in der Straßenbahn und dem anschließenden Fußweg schlug Kikis Puls zu schnell. Als wäre sie gerannt. Als habe sie Angst. Angst davor, wie Olga sie empfangen würde. Von Freude bis Wut war alles vorstellbar. Angst davor, sie verfallen und verzweifelt vorzufinden. Weil sie es verbockt hatte.

Links eine blauweißgestreifte Markise, unter der einige Kaffeehaustische standen. Eine weißhaarige Frau, eingewickelt in eine Strickjacke, eine karierte Decke über den Knien, saß an einem der Tische und rauchte. Aus dem Pavillon drangen Klaviermusik und eine singende Männerstimme, beim Refrain begleitet von einem brüchigen Publikumschor. Schemenhaft konnte Kiki die Sitzreihen durch die reflektierenden Fensterscheiben ausmachen. *Rote Lippen soll man küssen.* Ein paar gehämmerte Akkorde zum Abschluss.

„Gehn S' nur hinein", schnarrte die Raucherin. „Besucher sind bei uns immer erwünscht!"

Kiki ging ein paar Schritte auf sie zu. „Ich wollte zu einer Freundin."

„Die ist sicher bei der Livemusik."

„Das ist eher nicht ihr Stil, fürchte ich."

„Selber schuld! Auf ihrem Zimmer waren Sie schon schauen?"

Kiki schüttelte den Kopf.

„Sie sind zum ersten Mal da."

Kiki nickte. „Warum sind Sie nicht bei der Livemusik?"

„Weil mir das Programm schon bei den Ohren heraushängt. Ich bin seit einundzwanzig Jahren da. Wenn Sie mögen, kann ich Ihnen alles erzählen über das Haus Hildegard und seine Bewohner und Bewohnerinnen." Sie dämpfte ihre Zigarette aus. „Wären Sie so lieb, mir drinnen noch eine Melange zu holen? Die Hüften ..."

Obwohl Kiki die Aussicht, über das Schicksal sämtlicher Bewohnerinnen unterrichtet zu werden, nicht unbedingt reizvoller erschien als eine noch so unerfreuliche Begegnung mit Olga, brachte sie es nicht übers Herz abzulehnen. An einer im Stil der Achtziger gehaltenen Bar orderte sie also zwei Melange und setzte sich zu der Weißhaarigen, sah in ihr knittriges Gesicht mit den lebhaften Augen. Die Alte nickte dankend, machte jedoch weder Anstalten, ihr das Geld für den Kaffee zu geben, noch den in Aussicht gestellten Bericht zu starten, sondern zündete sich eine weitere Zigarette an.

Ein missbilligender Blick und Kiki hörte auf, mit den Fingern auf den Tisch zu trommeln. Ihre Rückenmuskeln waren verspannt. Sie lehnte sich zurück. Ob die viel zu große Strickjacke mit dem nordischen Muster der Frau einst gepasst hatte und sie über die Jahre herausgeschrumpft war? Oder handelte es sich um ein Erinnerungsstück an einen verstorbenen Partner?

Ich will 'nen Cow-hoo-boy als Mann, kam es aus dem Wintergarten.

„Maria." Die Frau streckte ihr die Hand entgegen. „Weil ich weiß, dass so ein Cowboy küssen kann!"

Kiki ergriff ihre Hand, die sich trocken und heiß anfühlte und so leicht, dass sie fürchtete, die Knochen durch festen Druck zum Splittern zu bringen. „Christiane Bach. Haben Sie schon mal? Einen Cowboy geküsst?"

„Kann schon sein. Man fragt ja nicht jeden zuerst nach dem Beruf. Wie heißt Ihre Freundin?"

„Schattenberg. Olga."

„Ah, unser Nesthäkchen!"

Kiki lachte. „Was?"

„Die junge Frau im Rollstuhl. Bringt Leben ins Haus."

„Klingt nach ihr und auch wieder nicht. Keine Anarcho-Allüren? Kein verbotenes Rauchen am Zimmer?"

„Wir sind alle weder tot noch alt geboren, Mäuschen, und wir sind auch keine unmündigen Kinder." Sie hustete und drehte den Kopf, lauschte zum Wintergarten hin. „Für jeden was dabei."

I remember you well in the Chelsea Hotel, hörte Kiki den Pianisten intonieren, viel zu schnell allerdings, ein ausgelassener Wiener Walzer.

„Sie ist jedenfalls dort drin, Ihre Freundin. Sie fängt an, sich wohlzufühlen. Machen Sie ihr das nicht kaputt."

Die Alte war wahrscheinlich mit Vorsatz an dieser Stelle postiert, saß hier den ganzen Tag und rauchte und wartete auf Angehörige wie eine Spinne im Netz. Eine Agentin des Systems der Entmündigung, die allen sagte, was sie hören wollten. Kiki schob ihren Sessel zurück. Jetzt dachte sie schon in Olgas Aktivistinnen-Jargon. Olga, die sie auf der Stelle hier rausholen musste, bevor sie einging oder sich und andere zerfleischte. Sie dachte an die durchgedrehten Rennmäuse, die einzigen Haustiere ihres Lebens, die genau das in ihrem Käfig getan hatten.

„Sie glauben mir nicht."

„Ich hab was gegen Käfighaltung." Kiki marschierte auf den Eingang zum Wintergarten zu.

„Einen Vogel haben Sie!", krächzte ihr Maria nach. „Wie wär's, wenn Sie den freilassen?"

Beinahe kollidierte Kiki mit dem automatisch aufschwingenden Türflügel. *„I can't keep track of each fallen robin"*, trällerte der Pianist und sah sie fragend an. Sie versuchte, mit dem Hintergrund zu verschmelzen. Der Pianist schüttelte lächelnd den Kopf, fixierte sie ironisch schmachtend und sprach die letzte Liedzeile ohne Klavierbegleitung. *„I don't think of you that often."*

Ganz vorn, im Mittelgang neben der ersten Stuhlreihe, saß Olga in ihrem Rollstuhl. Noch vor einer Stunde hätte Kiki ihre mickrigen Ersparnisse dagegen gewettet, sie bei einer derartigen Veranstaltung anzutreffen. Das üblicherweise stoppelkurz rasierte Haar wirkte inzwischen wie eine gewöhnliche Kurzhaarfrisur und war um den Wirbel am Hinterkopf plattgedrückt. Bei der Länge musste man es jeden Morgen nassmachen und mit etwas Wachs verwuscheln.

„Danke! Schön!", rief der Pianist und legte die Rechte ans Herz, als stünde er auf einer Stadionbühne. „Bevor wir für heute zum Ende kommen, spiele ich wie immer drei eurer Wunschtitel." Er bückte sich nach einem Sektkübel, der am Rand der Bühne stand, rührte theatralisch darin um und zog drei Zettel heraus, faltete sie auseinander. „*Nessun dorma*? Sorry, Erwin, Oper hab ich leider nicht drauf." Er zog einen weiteren Zettel und begab sich zurück zum Klavier. „Das erste Stück haben Paul und John nur für euch geschrieben, Alice und Rosi! Oder sie hätten es getan, wenn sie euch gekannt hätten." Er setzte sich zurecht, mimte äußerste Konzentration und hob die gespreizten Hände.

Kindergarten, dachte Kiki und schlich geduckt nach vorn, während er *„Yesterday!"* in den Saal jammerte.

Kiki legte Olga eine Hand auf die Schulter, flüsterte „Hallo“ und ging neben ihr in die Hocke.

Olga wandte den Kopf, hob eine Braue und lächelte wissend, als hätte Kiki sich zum Zigarettenholen eine halbe Stunde statt der üblichen zehn Minuten Zeit gelassen.

„Lass uns gehen“, wisperte Kiki und legte eine Hand an den Schiebegriff. Den Song hatte sie noch nie leiden können.

Olga schoss sie mit einem strafenden Blick an. „Geht nicht. Gleich kommt mein Lied.“

„Was?“

Ein leichter Stoß traf Kiki am Arm. Sie schwang herum.

„Gusch, Pupperl“, zischte der bärtige Alte, der jenseits des Gangs saß, und grinste.

Olga drehte den Kopf. „Red nicht so mit meiner Freundin, alter Sack!“

Der alte Sack grunzte belustigt.

„Olga!“, bat Kiki.

„Gleich! Ich hab einen Deal mit dem Pianisten.“

Da alle Sessel besetzt waren, sank Kiki resignierend im Schneidersitz zu Boden und sah zum Klavier. Der Pianist war um die fünfzig, trug die Haare schulterlang, Jeans, ein weißes Hemd und ein silbrig glitzerndes Sakko dazu. Die ironisch verbrämte Ehrfurcht, die er dem Lied entgegenbrachte, tat der Performance vergleichsweise gut. Fragte sich nur, warum er vorhin Leonard Cohen so verhunzt hatte. Sie sah sich um, machte knittrige Blümchenkleider aus und dunkle Anzüge, Gummizughosen und Schluppenblusen, schlaffe Teilnahmslosigkeit, distanziertes Interesse und Freudestrahlen.

Klatschen, Stille. Dann eine bekannte Folge einzeln angeschlagener Töne. *Come as you are, as you were,* rotzte der Mann am Piano los, dass Kiki vor Überraschung fast hintenüberfiel. Seine Stimme klang rau wie die von Curt Cobain, nicht wiederzuerkennen. Olga lachte lautlos mit offenem Mund, wippte im Takt mit dem Kopf. Dem Mann neben ihr tropfte ein Speichelfaden aus dem Mundwinkel. Mehrere Personen fingerten an ihren Hörgeräten herum.

„*And I swear, that I don't have a gun!*", schrie Olga und weiter hinten fiel eine Frau ein, dann ein Mann, der sich der Einfachheit halber strikt an einer Tonhöhe festhielt. Dazu schrilles Pfeifen aus einem nahen Hörgerät und Sesselrücken.

Kiki kämpfte gegen den Drang, in lautes Gelächter auszubrechen. Höflichkeit hielt sie davon ab und eine diffuse Ahnung, dass das Szenario dem Komponisten einige Freude bereitet hätte. Mehrere Zuhörende waren aufgestanden. Doch anstatt in zombiehafter Unaufhaltsamkeit über Olga und den Pianisten herzufallen, wie Kiki halb erwartet hatte, klatschten einige im Takt oder daneben, andere strebten dem Ausgang zu.

Mit einem wilden Tastenlauf beendete Möchtegern-Curt seinen Furor, räusperte sich und verkündete in leutseligem Ton: „Das war *Come as you are* von Nirvana für – Trommelwirbel! – Olga! Und zum krönenden Abschluss mache ich euch den Rex Gildo. *Fiesta Mexicana* für Fritz. Wo sind Sie?" Ein Mann in der Nähe des Ausgangs hob den Arm. „Hiergeblieben!" Während der Pianist den Paso doble in die Tasten klopfte, zwinkerte er Olga zu und deutete mit einer Kopfbewegung in den Garten.

Olga nickte und setzte den Rollstuhl in Gang. „Hopp, hopp, sonst ist draußen alles besetzt." Während sie davonpflügte, meinte Kiki, noch etwas von letzten Sonnenstrahlen zu hören. Sie hastete los, um inmitten der Aufbruchstimmung in Olgas Kielwasser zu bleiben. *Fiesta, fiesta mexicana* trommelte es ihr in den Nacken.

„Hol uns was, bevor der Run losgeht", verlangte Olga, kaum, dass sie an einem der Tische geparkt hatte. Mit einem Nicken grüßte sie Maria, zwei Tische weiter. „Zwei Bier und was du halt möchtest. Ich zahle."

Kiki rührte sich nicht.

„Bitte."

„Du trinkst neuerdings Bier? Und wieso zwei?"

„Weil der Bertl gleich nachkommt, der Pianist. Los! Plaudern können wir nachher noch."

Während Kiki sich an einigen Senioren vorbei zur Bar drängte, fragte sie sich, warum sie wieder einmal so gehorsam losrannte. Wie lang war es her, dass sie beschlossen hatte, sich in der Rolle der Dienerin einzurichten, sich abzufinden und den anderen einfach zu geben, was sie wollten? Zehn Tage, zwei Wochen? Inzwischen war sie jedenfalls nicht mehr von der Idee überzeugt. Sie orderte zwei Bier und einen Orangensaft und kehrte an den Tisch zurück.

Olga wirkte keineswegs so verwahrlost, wie Kiki erwartet hatte. Sie trug Lippenstift, hatte etwas zugenommen und strahlte ungeachtet der tief in den Höhlen liegenden Augen verwirrende Zufriedenheit aus. Jetzt lächelte sie auch noch.

Kiki stellte die Gläser ab, hängte ihren Rucksack an die Rückenlehne und setzte sich. „Dass du für sowas zu haben bist, hätte ich mir nie gedacht."

„Ich mir auch nicht. Aber ist auch schon egal, oder? Wem will ich noch was vormachen?“ Mit minimalen Fingerbewegungen ließ Olga die Sitzfläche des Rollstuhls ein paar Zentimeter in die Höhe fahren. Hydraulisch oder elektrisch oder beides, das würde Kiki sich wohl nie merken. „Gibst du mir den Trinkhalm aus der Seitentasche?“

Kiki fand das Edelstahlrohr, tauchte es in Olgas Glas und rückte es näher zum Tischrand.

„Prost!“ Olga beugte sich ein wenig vor, um an dem Halm zu saugen. „Auf die letzten schönen Tage! Ich werde dich vermissen, Kiki!“

„Soll heißen?“

„Ich bleibe hier.“

„Quatsch! Du gibst niemals auf.“

„Bier mit Strohhalm ist echt nicht dasselbe.“

„Dasselbe wie ...?“ Der Pianist ließ sich hinter dem zweiten Bier auf das Plastikgeflecht sinken und küsste Olga auf den Mund. Man kannte sich also besser.

„Wein. Aber der Wein hier entspricht nicht meinen ohnehin niedrigen Qualitätsmaßstäben. Du könntest mir beim nächsten Besuch ...“

Der Pianist wandte sich Kiki zu. „Bert!“

Kiki ignorierte seine ausgestreckte Rechte, nickte nur sparsam. Ihr war das alles zu viel. Olgas unnatürliche Entspanntheit, der orangerote Lippenstift zu den schwarzen Ringen unter den Augen. Das Lächeln. Es kam ihr vor, als hätte Olga sich abgewandt von allem, was sie ausmachte. Sie hatte aufgegeben. Dass die Wandlung von scharfzüngigem Missmut hin zu fröhlicher Gelassenheit eigentlich aus jeder denkbaren Perspektive positiv erscheinen musste, verlieh ihrer Irritation einen verstörenden Drall. Als ginge es ihr gar nicht um Olga. Wie sie es auch betrachtete – sie war dabei, Olga zu verlieren.

„Der Bertl und ich, wir kennen uns schon ewig", sagte Olga, als bemerke sie Kikis Verunsicherung nicht. „Von Demos, aus besetzten Häusern, *good old times*."

„Eigentlich schon aus der Schule", korrigierte Bert.

„Ist doch egal. Mir bist du bei der Opernballdemo '89 zum ersten Mal aufgefallen. *Eat the rich*, weißt du noch?"

Olga immer mit ihren Heldengeschichten. „Weißt du, was richtig überraschend und cool wäre?", fragte Kiki. „Wenn ihr euch in der Strick-AG oder bei der Blasmusik oder der Chemieolympiade oder im Leichtathletik-Training kennengelernt hättet, anstatt immer dieses Revoluzzer-Zeug. Bei der Freiwilligen Feuerwehr, beim Kirschenpflücken ..."

Während Bert sie mit spöttisch geschürzten Lippen interessiert beobachtete, war Olgas rechte Augenbraue immer höher gewandert. „Ich glaube, wir haben's kapiert", unterbrach sie jetzt erschütternd friedfertig. „Blasmusik der einen oder anderen Art war auch mal dabei." Sie zwinkerte Bert zu und grinste, als Kiki angewidert das Gesicht verzog. „Das ist übrigens meine liebe Kiki, um letzte Zweifel zu beseitigen."

Meine liebe Kiki. Als wäre sie ein Hündchen.

„Freut mich, viel von dir gehört", sagte Bert und versuchte es erneut mit der ausgestreckten Hand, ließ sie sinken, als Kiki sie wiederum ignorierte. „Offenbar eine einseitige Freude."

Wie er erst sie und dann Olga ratlos ansah, tat er Kiki leid, doch sie konnte einfach nicht. Konnte sich nicht in Olgas Inszenierung fügen. Wollte wütend sein, obwohl es dafür keinen Grund gab.

„Mach dir nichts draus“, sagte Olga, nun doch etwas angespannt. „Sie meint es nicht böse. Kiki missbilligt meine Pläne. Anscheinend habe ich ihr nicht verständlich gemacht ...“

„Sie?“, ätzte Kiki. „Soll ich mich unter dem Tisch verkriechen, damit ihr über meinen Kopf hinweg über mich reden könnt?“

Bert lehnte sich zu ihr, titschte sein Glas gegen ihres, das unberührt auf dem Tisch stand. „Nimm es ihr nicht übel! Sie war immer schon ein wenig grob, aber sie hat ein gutes Herz.“

„Ein Herz wie eine Löwin hatte sie. Wo ist das?“

„Ich kann nicht mehr“, sagte Olga schlicht. „Ich will meine spärliche Zeit nicht damit verschwenden, ständig die Zähne zusammenzubeißen.“

„Deshalb merkt man auch so deutlich, wie wohl du dich hier fühlst. Viel wohler als ...“ Kiki brach ab, die Faust an die Lippen gedrückt, Tränen in den Augen. „Es tut mir leid!“ Sie schob den Sessel zurück, stand auf, schwang den Rucksack auf den Rücken. „Ich muss. Lass uns ein anderes Mal reden. Schön, dass es dir gut geht.“

„Nein!“ Olgas scharfer Tonfall ließ die Gespräche an den Nachbartischen verstummen. „Es wird nichts mehr aufgeschoben!“ Sie rangierte rückwärts. „Wir sehen uns“, warf sie Bert zu. „Komm mit!“, befahl sie Kiki.

Sie fuhr quer über den Rasen und um den Wintergarten herum, ohne sich umzusehen. Was blieb Kiki anderes übrig, als ihr zu folgen, wenn sie nicht ohne Verabschiedung verschwinden wollte. Es war womöglich das letzte Mal, sagte sie sich, während sie Olga nachlief und ihrer Anweisung gemäß auf einer Holzbank unter einer blühenden Magnolie Platz nahm. Ein letztes Mal ein Kommando ausführen. Und ab morgen: Freiheit. Heute Asche, morgen Phönix, jawohl.

Mit sichtlicher Mühe löste Olga ihre Hand von der Bedienungskonsole des Rollstuhls.

Kiki presste die Lippen zusammen. „Ich hab's schon kapiert: Es ist aus, unser gemeinsames Leben." Sie starrte in ihren Schoß, sah aus dem Augenwinkel Olgas zitternde Hand. „Schon okay."

Olga legte ihr die Hand aufs Knie. Sie war immer noch schwer, nicht so vogelknochig wie die von Maria vorhin. Kein Wunder, sie war ja nicht alt, knapp über fünfzig.

„Es ist das Beste für uns beide."

„Ich weiß." Kiki bedeckte Olgas Hand mit ihrer eigenen, ohne den Blick zu heben.

„Du hast getan, was du konntest. Es liegt nicht an dir, es ist die Scheiß-MS."

„Alles klar." Kiki bekam kaum Luft.

„Ich will nicht mehr, dass du dein gesamtes Leben auf meine Betreuung ausrichtest. Leb dein eigenes Leben! Es geht mir gut. Ich hab mehr und schneller gelebt als andere und dafür sterbe ich halt früher und langsamer. *Live hard, die young* und so weiter. Oder *die harder*. Kann man sich nicht aussuchen. Das ist jetzt eingesickert."

Kiki legte den Kopf in den Nacken, um den Brustraum zu weiten, weil sie sonst ersticken würde. Unvermutet tauchte ihr Blick in die rosa Blütenwolke, während Olga weitersprach.

„Hier sind viele zuständig. Sie kümmern sich um alles mehr oder weniger gut und sie gehen mich nichts an. Plus: Ich habe einen eigenen Balkon."

„Na dann." Kiki wandte ihr den Blick wieder zu, ließ ihre Hand los und kramte im Rucksack. „Ich hab dir was mitgebracht. Für abends am Balkon." Sie legte Olga die Blechdose mit dem geprägten Cannabisblatt in den Schoß. „Zwanzig vorgerollte Joints."

Eine Träne rann an Olgas Nasenflügel entlang, eine andere löste sich aus ihrem Augenwinkel. Unerträgliche Schmerzen waren bisher das Einzige gewesen, was Olga zum Weinen gebracht hatte. Doch sie wirkte völlig entspannt.

„Hast du einen Schub?"

„Nein."

„Du weinst, weil du endlich wieder was zum Rauchen hast?"

„Logisch, nur deshalb."

„Soll ich dir gleich einen anrauchen, oder fliegst du hier raus, wenn sie dich erwischen?"

„Blödsinn! Du hast keine Ahnung, was hier ganz offiziell und medizinisch legitimiert an rezeptpflichtigen Drogen verteilt wird! Für das bisschen Gras interessiert sich niemand. Einer der Pfleger vertickt den Stoff sogar, allerdings zu Wucherpreisen." Sie seufzte genüsslich, als Kiki ihr den Joint in den Mundwinkel klebte.

„Ich darf dich also weiter besuchen kommen, sagen wir: einmal die Woche, um dich zu versorgen mit Gras und Wein? Oder soll ich Ludwig direkt vorbeischicken?"

Olga verdrehte die Augen. „Muss ich es wirklich sagen? Du weißt, ich bin nicht so für Kitsch."

Kiki schwieg.

Olga stöhnte. „Meinetwegen. Du bist meine Freundin, Kiki, die engste, die ich je hatte, okay? Natürlich will ich, dass du mich besuchst, sooft du es einrichten kannst. Aber sei bloß nicht jedes Mal so anstrengend!"

„Kann ich nicht versprechen."

Olga räusperte sich. „Apropos Weed. Ich will dir noch was zeigen, bevor ich es vergesse. Und bevor du mir endlich erzählst, wie und warum du wieder freigekommen bist. Und wie es drinnen war, falls man so blöd fragen darf." Langsam rollte sie auf eine Baumgruppe zu, ausnahmsweise darauf bedacht, Kiki nicht abzuhängen. „Und warum du nicht mit dem Anwalt sprechen wolltest, den ich angeheuert habe. Ich war ganz schön sauer deshalb."

Kiki zog sich die Lederjacke enger um die Schultern und starrte auf die blau tätowierten Bärlauchblätter und weißen Blütensterne, die sich auf einer Fläche von vielleicht zwei Quadratmetern im Schatten der Bäume ausbreiteten.

„Was ist das denn?" Eine mehr als überflüssige Frage. „Ich dachte, das wäre ein Caritas-Heim. Ist Selbstmord nicht eine Todsünde bei den Katholiken? Keine Bestattung in geweihter Erde und so weiter?"

„Wen juckt's, wo man bestattet wird, wenn man es einmal hinter sich hat. Aber wie kommst du auf Caritas-Heim?"

„Stand so in der Nachricht auf dem Küchentisch, die Bogdan angeblich in deinem Namen geschrieben hat."

„Hat er nicht *ehemaliges* Caritas-Heim geschrieben? Jetzt wird es von einer nichtkirchlichen Organisation betrieben."

„Ach." Kiki deutete auf das Viennese Weed. „Und die will die Leute möglichst schnell unter die Erde bringen, sobald sie zu viel Arbeit machen, oder was? Ist ja auch einfacher, als Bettlägerige zu betreuen."

„Spinnst du? Die Heimleitung weiß nichts davon. Das Zeug wächst schon immer hier, sagt eine, die es wissen muss."

„Maria, aus dem Café?"

„Maria. Ihr habt euch also schon kennengelernt. Ehrlich gesagt bin ich nicht einmal sicher, ob Maria noch lebt oder ob sie der gute Geist des Hauses ist. Aber egal. Der Bärlauch. Immer schon da und jetzt eben infiziert. Ich hab vor ein paar Tagen zufällig eine Diskussion mitgekriegt zwischen einer, die hier im Garten arbeitet, und zwei Mitbewohnern. Sie wollte es ausreißen. Wir konnten sie davon überzeugen, das bleiben zu lassen. Es ist doch sehr beruhigend."

Sie würde Olga verlieren, womöglich schon bald.

„Hat schon mal jemand?"

„Keine Ahnung. Gestorben wird hier sowieso. Kommt mir schon ganz normal vor. Als gehörte es zum Leben." Sie setzte ihr verwegenes Lächeln auf, war doch die alte Olga, nur glücklicher als in den letzten Monaten. „Erstaunlicherweise scheint das Leben umso kostbarer, je näher man dem Ende kommt. Das ist mir hier unter den anderen Todgeweihten erst so richtig aufgegangen. Und wenn es mal nicht mehr so ist – was spricht dagegen, eine Abkürzung zu nehmen?"

Kiki fühlte sich schwindelig. „Du redest, als hätte man immer die Wahl."

„Hat man nicht? Keine Sorge, ich mach mich schon nicht gleich davon. Ich will unbedingt noch einmal ans Meer!"

„Ganz schön kitschig", hörte Kiki sich sagen.

„Begleitest du mich? Vielleicht wirklich nach Indien. Oder Karibik – Kuba, Jamaica, was meinst du?"

Den Blick auf den Bärlauch gerichtet, überlegte Kiki, was sie davon abhielt, sich über Olgas Wunsch zu freuen, den sie sowieso nicht abschlagen konnte.

„Keine Lust auf Palmenstrand?"

„Doch, sicher. Nur nicht gleich morgen. Ich hab jemanden kennengelernt. Ich muss wissen, ob das was werden kann, bevor ich wochenlang verschwinde. Bisher haben wir uns erst zwei Mal getroffen. Es ist kompliziert."

„Unglaublich!"

„Was? Kannst du dir nicht vorstellen, dass sich einer für mich interessiert?"

Olga schloss die Augen, schüttelte nachsichtig den Kopf. „Ich meine das Timing. Wann ist das passiert? Du warst doch in Haft."

Wie sollte sie erklären, dass sie schon vor einigen Tagen entlassen worden war und was sie davon abgehalten hatte, Olga früher zu besuchen?

„Lass nur", sagte Olga. „Ich freu mich für dich."

Kiki wandte sich ab, weil es jetzt wirklich genug war mit dem gefühligen Getue. Sie ging in die Knie. „Was sind das für graue Stellen auf den Blättern? Schimmelt das jetzt wirklich?" Sie streckte die Hand aus.

„Klar!" Olga lachte. „Ist ja ein Schimmelpilz. Vorsicht!"

Doch Kiki hatte den flaumigen Fleck schon berührt. Es staubte ein wenig. Sie hob die Hand, betrachtete die pudrigen Körnchen an der Spitze ihres Zeigefingers aus der Nähe, und einen Atemzug später war ihr so leicht, dass sie zu fliegen meinte, auf eine unruhige Art, die es schwierig machte, das Gleichgewicht zu halten. Sie hörte sich lachen und es kam ihr vor, als lachte die leuchtende Luft um sie mit ihr. Schlingernd drehte sie sich im Flug und kippte wie in Zeitlupe rückwärts, begleitet von einem Schrei. Olga schrie. Dann schlug Kikis Kopf auf Stein.

*

Im Halbdunkel des Kellers versuchte Jasse, die gelben Stiche der Nähte zu zählen, die das Oberleder ihrer Schuhe umrahmten, während Holzers Predigt auf sie einprasselte. Rahmengenäht, so hatte Mama das genannt. In ihren Ohren dröhnte die Scham darüber, dass sie sich schon wieder hatte erwischen lassen. Dabei war sie sich keiner Schuld bewusst, im Gegenteil: Sie hatte Schuld tilgen, hatte helfen wollen. Dass Holzer seinen Zorn an ihr ausließ, war ungerecht. Doch Ungerechtigkeit ihr gegenüber war Gerechtigkeit vor Gott, wenn man das Gesamtbild betrachtete.

„Hören Sie auf, das Mädchen fertigzumachen! Sie hat nichts getan!", unterbrach Myko den Chefinspektor. „Nichts, außer diese kranke Party ein bisschen aufzumischen und die Leute von der letzten Dummheit ihres Lebens abzuhalten. Ich finde das grandios!"

Ein Schauer lief Jasse über den Rücken. Sie hob den Kopf. Breitbeinig hatte Myko sich vor Holzer aufgebaut, sah unerschrocken zu ihm auf, obwohl er maximal die halbe Masse seines Gegenübers auf die Waage brachte. Und fand auch noch Zeit, ihr dabei zuzublinzeln.

„Und Sie sind?", fragte Arsch Hemsworth, zwang Myko damit, sich von Holzer abzuwenden.

„Marco Pilz, genannt Myko, Pilzexperte und Journalist von der deutschen *Sporenwelt*."

„Kein Selbstmordkandidat also. Was haben Sie dann hier zu suchen?"

„Ich recherchiere."

„Wieder einer dieser Sensationsgeier. Presseausweis?"

Myko klopfte auf seine Gesäßtasche. „Sie knallen mich doch nicht ab, wenn ich mein Portemonnaie raushole?"

Aus dem Schatten hinter ihm räusperte sich Karol. „Wir“, krächzte er, räusperte sich erneut, „wir waren hier, um diesen Wahnsinn zu verhindern.“ Er griff an seine Jacke. „Darf ich?“

„Was?“, fragte Holzer.

„Meinen Ausweis rausholen?“

Holzer nickte.

„Dr. Karol Novak. Ich bin Forschungsassistent an der Universität für Bodenkultur und untersuche *Botrytis exanima*. Viennese Weed. Der Kollege Pilz und ich wollten hier Aufklärungsarbeit leisten.“

„Österreichischer Staatsbürger?“

„Slowakei. Aber ich wohne seit vielen Jahren in Wien.“

„Hört man“, sagte Arsch Hemsworth.

Holzer verschränkte die Arme, blies die Luft aus und mit ihr wich der Grant aus seinem Gesicht. Er horchte nach oben, wo sich immer mehr Stimmen in einen lautstarken Wortwechsel mischten. Ein besorgter Blick und ein Nicken reichten, um seinen Kollegen die Stufen hinaufzujagen. „Wenn ich die Herrschaften jetzt ebenfalls in den Hof bitten dürfte.“ Er wies auf die Tür.

Myko übernahm die Spitze, immer noch federnd, scheinbar unbeschwert. Auf der dritten Stufe wandte er sich um, streckte Jasse eine Hand entgegen. Sie fühlte ihr Gesicht heiß werden und senkte den Kopf, folgte ihm, ohne nach der Hand zu greifen. Er nahm sie trotzdem. „Keine Angst!“

„Hab ich nicht.“ Jasse konzentrierte sich auf ihren Atem und hoffte, dass ihre Hand nicht feucht war und Myko sie nicht losließ.

Eine uniformierte Polizistin blockierte den Durchgang zur Straße, die Hand am Taser. Drei Gäste der

Veranstaltung sprachen oder schimpften auf sie ein. Jasse wunderte sich nicht, die Businessfrau und die Reiseleiterin unter ihnen zu finden. An mehreren Fenstern standen Leute oder lehnten über den Fensterbänken, sahen auf sie herab und kommentierten das Geschehen. Die beiden alten Männer aus dem Keller hatten sich in das Eck neben den Mülltonnen verdrückt und rauchten, die Köpfe zusammengesteckt. Der Dünne lachte hustend. Arsch Hemsworth widmete sich dem Muskelmann, während Kemal von der Seite auf ihn einquatschte, Kira halb hinter ihm verborgen.

Jasse überlegte, ob sie zu ihnen gehen sollte, doch dazu hätte sie Mykos Hand loslassen müssen. War vielleicht besser, wenn sie es von sich aus tat, damit er nicht dachte, er hätte leichtes Spiel mit ihr.

Die meisten Suicider standen angespannt entlang der Hofwände in der Nähe des Ausgangs, als warteten sie nur auf eine Unaufmerksamkeit der Uniformierten. Es kam Jasse vor, als fehlten schon ein paar, obwohl sie sich nicht an jede einzelne Person erinnerte.

„Alle mal herhören", dröhnte Holzer. „Es läuft folgendermaßen: Sie stellen sich jetzt ohne weiteres Theater in einer Reihe auf und hinterlassen bei meinem Kollegen, Gruppeninspektor Kittinger", er wies auf Arsch Hemsworth, „Ihre Daten. Wer keinen Ausweis bei sich hat, den oder die müssen wir leider gleich mitnehmen. Die anderen finden sich morgen bei uns ein. Adresse gibt Ihnen der Kollege."

Kemal marschierte auf Holzer zu. „Herr Kommissar, ich hab Sie benachrichtigt, hab angerufen wegen diesem Scheiß hier. Brauchen Sie was von mir?" Kira hängte sich bei ihm ein.

„Später. Und Chefinspektor heiße ich, nicht Kommissar." Holzer sah sich um, winkte Karol, der hinter Myko stand, ohne dass es Jasse aufgefallen wäre. „Sie! Wer hat diese Sache organisiert? Der da doch wohl nicht?" Er deutete auf den Muskelmann.

„Die da." Myko ließ Jasses Hand los und zeigte auf die Reiseleiterin, die an zweiter Stelle der sich zögernd formierenden Reihe stand. „Reiseleiterin hat sie sich genannt, die Zynikerin. Rambo hat ihr nur geholfen."

„*Sie* habe ich nicht gefragt", fuhr Holzer ihn an. „Warten Sie, bis Sie an der Reihe sind. Ihre kleine Freundin kann Sie inzwischen darüber informieren, dass ich Leute mit übertriebenem Geltungsdrang nicht ausstehen kann." Auffordernd sah er Karol an. „Also, was ist?"

Karol nickte. „Es ist, wie Herr Pilz sagt."

Während Holzer auf die Reihe zupflügte, legte Myko Jasse den Arm um die Schulter: „Übertriebener Geltungsdrang? Du legst dich in deinem Alter schon mit den Bullen an? Respekt! Wie alt bist du, sechzehn?"

Da Jasse ihr wahres Alter lieber nicht verraten wollte, tat sie, als wäre sie voll konzentriert auf Holzer, der inzwischen vor der Reiseleiterin stand. „Sie kommen mit mir", bellte er.

„Warum ich? Ich habe niemandem etwas getan."

„Aber nein, natürlich nicht! Sie haben das große Los gezogen und werden als Erste zur Sache befragt." Holzer winkte der Uniformierten. „Verstärkung schon unterwegs? Ich brauch Platz im Wagen für mindestens sechs."

Die Polizistin zückte ihr Funkgerät.

Holzer eskortierte die Reiseleiterin auf die Gruppe um Jasse zu. Auf dem Weg ermahnte er die beiden rauchenden Senioren hinter den Mülltonnen, sich auf der Stelle der Zeugenreihe anzuschließen.

„Tja!“, sagte Kemal und grinste der Reiseleiterin selbstzufrieden entgegen. „So ein Pech!“ Kira stieß ihm den Ellbogen in die Seite. Kemal legte den Arm um sie und küsste sie auf den Mund. „Hey, wir sind Helden, Baby!“

„Du!“, fauchte die Reiseleiterin nicht etwa Kemal, sondern Jasse ins Gesicht. „Warum mischt ihr euch in Sachen ein, die euch einen Scheißdreck angehen? Wie ich Kinder hasse!“

Myko lachte schnaubend. „Du hast richtig viele Freunde, ne.“

Er drückte Jasse kurz an sich, und diesmal war sie ganz locker, lehnte sich an ihn und sah zu ihm auf. Zehn Jahre älter war er bestimmt. Ihren Dad würde das nicht freuen. Wenn er sie jetzt küssen würde, wie Kemal vorhin Kira ... Stattdessen ließ er sie los und wandte sich Karol zu. Bisher hatte er sie noch nicht einmal nach ihrem Namen gefragt.

„Herr Inschpektor“, rief eine Frau aus einem Fenster im dritten Stock. „Vermissen Sie niemand?“

Holzer legte den Kopf in den Nacken. „Zum Beispiel?“

„Die zwei Damen, die unsere Stiege hinauf sind und jetzt vor der versperrten Dachbodentür sitzen, zum Beispiel.“

Die Uniformierte, die an der Hoftür lehnte und gerade den ersten erfassten Zeugen entlassen hatte, hielt zwei Finger hoch und blickte Holzer fragend an. Der nickte. Kaum war das Funkgeknister verklungen, trat ein Beamtenpaar in den Hof und verschwand nach einer geflüsterten Anweisung Holzers im Hinterhaus.

„So!“ Holzer klang zufrieden. „Wir machen uns dann auf den Weg aufs Revier. Die Oberchefin hier und die zwei Pilzexperten brauche ich, und die Minderjährigen nehme ich zu ihrem Schutz mit. Eure Eltern werden sich freuen.“

Was für ein Teufel, dachte Jasse. Ihr Dad würde sie umbringen oder bis zu ihrem achtzehnten Geburtstag in ihr Zimmer sperren. Wenigstens war sie nicht die Einzige. Kemal war ganz bleich und Kiras Lippen zitterten.

„Können wir nicht auch morgen kommen? Ohne uns hätten Sie das hier doch gar nicht mitbekommen, Chefinspektor“, sagte Kemal tapfer. „Bitte! Wenn meine Eltern mitkriegen, dass ich mit Polizei zu tun habe, dann schlagen die mich tot. Literally!“

„Mich auch“, flüsterte Kira. „Ich darf nämlich nicht mit ihm.“

„Literally“, wiederholte Holzer mit geschürzten Lippen.

„Im wahrsten Sinn des Wortes“, soufflierte Jasse und biss sich auf die Unterlippe, als Holzers Augen sich verengten.

„Haut ab!“, schnauzte er Kemal und Kira an und winkte der Wache, sie durchzulassen.

„Ich auch?“, fragte Jasse, obwohl sie wusste, dass er es nicht erlauben würde.

„Sicher nicht! Du wirst schließlich nicht zum ersten Mal auffällig. Diesmal führt kein Weg am Jugendamt vorbei. Dein Vater hat dich ganz offensichtlich null unter Kontrolle.“

Warum hasste der sie so? Sie würde ihm jedenfalls nicht den Gefallen tun zu heulen. Das gehörte alles zu ihrer Buße.

Wieder legte Myko seinen Arm um ihre Schultern. „Ich hab Ihnen doch gesagt, dass die Kleine nichts getan hat! Das ist blanke Polizeiwillkür! Geben Sie mir doch mal Ihren Namen und Ihre Dienstnummer!"

Jasse hörte Karol scharf die Luft einsaugen, sah ihn nach Mykos Oberarm greifen.

„Gerne!" Holzer zückte seinen Dienstausweis und hielt ihn Myko unter die Nase. „Sie machen sich übrigens nicht sympathischer, indem Sie eine kaum Vierzehnjährige befingern."

„Was?" Myko riss seinen Arm hoch, als wäre ihr Alter eine tödliche Krankheit, ließ ihn jedoch wieder sinken, tätschelte ihre Schulter. „Nee, ich lass dich nicht im Stich, egal, was dieser A..." Karol ruckte warnend an seinem Arm. „Was? Man muss sich nicht alles gefallen lassen. Film doch mal lieber mit! Fürs Protokoll: Sie haben ein völlig krankes Hirn, Sie Chefinspektor! Ich will die Kleine beschützen, nicht betatschen. Ich habe eine sechzehnjährige Schwester, der ich noch die Windeln gewechselt habe."

Sie hätte es sich denken können. Jetzt flossen die Tränen doch und Myko tupfte mit seinem Ärmel in ihrem Gesicht herum und murmelte beruhigenden Quatsch und hatte keine Ahnung.

*

ABX Abflämmgerät, 60 kW Brennleistung, mit 3 Metern Propangasschlauch. Unkrautvernichter, Unkrautbrenner, Grillanzünder, Gasbrenner, Anwärmebrenner, Gaslötgerät. Für handelsübliche Propangasflaschen geeignet.

In Abständen von zwei, drei Metern marschierten sie über den schmalen Wiesenstreifen, der die Einfriedung der Kleingartenanlage vom Wald trennte. Drei aus dem Leim gegangene Männer mittleren bis fortgeschrittenen Alters, die ihre Unkrautbrenner wie Maschinenpistolen in Bereitschaft vor dem Körper hielten, die Gasflaschen geschultert. Der Blick seiner Frau unter gehobenen Brauen hatte Peter deutlich gemacht, dass der Anblick seiner Truppe die Grenze zur Lächerlichkeit zumindest streifte.

Doch sie hatten keine Wahl. Etwas musste geschehen. Bereits seit gestern bemühten sie sich vergeblich, zur *Bot-Ex*-Hotline durchzudringen, weil das Zeug nun scheinbar wirklich zu schimmeln anfing und demnächst seine Sporen durch die Luft jagen würde. Beim ersten Ostwind hätten sie den Dreck im Garten, im Haus, in der Lunge. Wie gefährlich das sein konnte, das wusste so gut wie jeder Gärtner.

Er hatte seine Frau an den Artikel in der Gartenzeitschrift erinnert, der ihn vor Jahren nachhaltig beeindruckt hatte. Ein Hobby-Gärtner, der selbstangesetzten Kompost verteilt und dabei die unter der Kompostdecke gefangenen Pilzsporen freigesetzt hatte. Letztendlich war er elendiglich daran krepiert. Selbst schuld natürlich. Hätte er den Kompost ausreichend belüftet und nicht massenweise feuchten Rasenschnitt darin versenkt, dann wäre der Pilz ordnungsgemäß seinem Job nachgegangen, die Grünabfälle peu à peu zu zersetzen. So hatte er unter Luftabschluss ums Überleben kämpfen müssen. Konnte man sich vorstellen, welche Energie sich da im Dunklen aufbaute und dann bei der ersten Gelegenheit regelrecht ins Freie explodierte. Der Unvorsichtige musste in einer Sporenwolke gearbeitet haben.

Seither hatte Peter einen Heidenrespekt vor Pilzen im Allgemeinen und Komposthaufen im Speziellen und näherte sich seinem eigenen nur noch mit Atemmaske. Eine solche hing auch jetzt um seinen Hals, sodass er sie jederzeit hochschieben konnte, wenn es ernst wurde.

Sie standen am Waldrand und sahen sich an, die Mundwinkel herabgezogen, die Augen entschlossen verengt. Fast hätte Peter losgelacht. Auch darüber, wie gut sich das alles anfühlte. Dann nickte Hans. Sie powerten ihre Geräte hoch und flämmten, was das Zeug hielt. So richtig ökologisch war das natürlich nicht, wenn man an all das Kleingetier und die anderen Pflanzen dachte. Doch Familie und Freunde gingen definitiv vor. Peter grinste. Ja, es war die richtige Entscheidung gewesen, die Sache in die eigenen Hände zu nehmen, sich nicht auf die Obrigkeit zu verlassen.

Rolo blieb stehen, rief ihm etwas zu, das durch das Fauchen der Flammenwerfer unverständlich blieb. Er drehte sein Gerät ab und zeigte damit nach vorn. „Da liegt jemand!“, schrie er und lief los.

Eine Schneise in das Kraut vor sich brennend, näherte sich auch Peter. Wirklich schienen dort zwei Leute inmitten des Bärlauchs zu liegen, schlafend. Oder tot? Einer lag auf der Seite, einer am Rücken. Rolo war schon bei ihnen angekommen, sprach sie an, fasste den einen am Arm, fiel auf die Knie, lachend.

Ein Windstoß fuhr durch den lichten Wald, verwehte den Brandgeruch und ließ Peter leicht wie ein Blatt aufwirbeln und kreiselnd zu Boden schweben.

Sein Brenner entglitt ihm. Ein Busch loderte auf. Das Bild erinnerte ihn an ein anderes, die Luft flirrend vor Erkenntnis.

*

Ein kunstvoll gewickeltes Kopftuch, pink und gelb gemustert, über, nein, um ein braunes Gesicht mit rotgemalten Lippen, dahinter Blüten in Weiß und Rosa vor einem Hintergrund aus Kobaltblau. Kräftige Farben, flächig aufgelöst, ein wenig Gauguin, ein wenig – der Name fiel ihr nicht ein. Wo gab es solche Ausblicke? Jemand hatte von Kuba gesprochen, von Indien. Und diese Musik, immer dieselben paar Takte, als sollte sie an etwas Vertrautes erinnert werden. Doch dieses süße Gesicht mit dem runden Mund, das hatte sie schon einmal gesehen, damals im Wald. Die junge Frau war hinter einem der Parkwächter gegangen, die sie und Jasse verjagt hatten. Und jetzt schwebte sie hier mit ihr – wo?

Kiki versuchte den Kopf zu drehen, spürte weit entfernten Schmerz am Hinterkopf, der wie ein Ballon ...

„Da bist du ja wieder!“ Eindeutig Olgas Stimme.

„Wo bin ich? Wo war ich?“

„Ich hole Wasser und Verband.“ Das braune Gesicht hob sich, verschwand aus Kikis Blickfeld.

„Ruf lieber einen Krankenwagen, Imani“, sagte Olga. „Das ist mindestens eine Gehirnerschütterung. Du bist gestürzt, Kiki, hast dir den Kopf an der Wegeinfassung aufgeschlagen. Du blutest.“

„Aufgeschlagen. Wie ein Ei. Das tut gut.“ Trotz der Kopfschmerzen fühlte sie sich fröhlich und so leicht wie noch nie. Es musste an dem aufgeschlagenen Kopf liegen. Durch das Loch konnte all das Schwere entweichen, das sie immer zurückgehalten hatte. Sie versuchte sich aufzurichten, um Olga ins Blickfeld zu bekommen, gar nicht so einfach im schwerelosen Schweben. Schwurbeln. Schwingen. Ihre Muskeln gehorchten nicht. Dann war wohl eher die Zeit, den im Wind tanzenden Magnolienblüten zuzusehen. Dahinter zog blaugrau die Dämmerung auf. War das dort eine Fledermaus oder ein Vogel?

„Kannst du dich nicht bewegen?“ Olga klang besorgt.

„Ich will nicht.“

„Du musst.“

„Warum?“

„Um festzustellen, ob es geht.“

Kiki lachte. Sie konzentrierte sich auf ihre rechte Hand, hievte sie der Hüfte entlang nach oben auf den Bauch, zog das linke Knie an. „Zufrieden?“

„Du bist ja voll drauf.“

„Wo drauf?“

„Viennese Weed, die Pilzsporen. Bei mir wirken sie nicht. Du scheinst gut drauf anzusprechen. Viel hast du nämlich nicht erwischt, wird bald vorbei sein.“

„Wenn das Loch einmal da ist, kann ich jederzeit ... brauche ich keine Drogen. Sie sollen das Loch im Kopf lassen. Sagst du ihnen das?“

„Mach ich. Aber nur, wenn du endlich an dein Telefon gehst. Das klingelt schon die ganze Zeit, fängt immer wieder an. Muss wichtig sein.“

Das war sie also, die Erinnerungsmusik. Erinnerung, ans Telefon zu gehen. Erinnerung an Paul womöglich. Papaul. Paul in der Jackentasche, nicht so einfach, aber den Hartnäckigen, den Geduldigen, den Wartenden und Kämpfenden gehörte vielleicht doch das Himmelreich. Oder ein adäquates Alternativangebot. Auch mit einem Sonderangebot wäre sie zufrieden. Sie sah auf das Display. Es war Paul. Sie ließ die Hand sinken, um sich mit Blick in die Magnolie über seinen Anruf zu freuen.

*

„Nee, ne! Sie lassen mich hier fast zwei Stunden lang warten und schicken mich dann nach Hause, um mich für acht Uhr morgens wieder herzubestellen? Können Sie vergessen! Ich will diesen Chefinspektor sprechen, sofort!"

„Der ist schon außer Haus", sagte Arsch Hemsworth-Kittinger, seine Jacke an der Hängeschlaufe schwingend. „Feierabend!"

„Der ist weg und uns lassen Sie hier rumsitzen? Das ist doch Schikane! Ich rufe jetzt die deutsche Botschaft an."

Jasse legte Myko eine Hand auf den Arm und sah, dass Karol auf der anderen Seite dasselbe tat. Wie so Spießereltern. Sie presste die Lippen aufeinander, um nicht grinsen zu müssen.

„Darf ich Sie mal was fragen?" Welpenblick zu Arsch Hemsworth, der den allerdings nicht bemerkte, weil er Myko nicht aus den Augen ließ. „Sie sind doch Cybercrime."

„Und?"

„Warum ermitteln Sie dann mit Chefinspektor Holzer gemeinsam? Der ist doch Morddezernat oder wie das heißt."

„EB 01 Leib/Leben." Widerwillig wandte sich der Polizist ihr zu. „EB steht für Ermittlungsbereich. Sind wir jetzt wieder im Praktikantinnen-Modus, ja?"

„Interessiert mich halt."

„Oder du willst mich von deinem Piefke-Freund ablenken."

„Warum also?"

„Meinetwegen, steht sowieso morgen in der Zeitung. Erstens werden diese Suizid-Parties über das Internet angebahnt. Zweitens gab es in der Folge dieser Veranstaltungen mehrfach Betrug mit Kredit- und anderen Karten, die anscheinend den Opfern abgenommen wurden. Näheres demnächst auf Ihrem bevorzugten News-Portal. Hast du geglaubt, die organisieren das aus reinem Edelmut? Oder bist du auf der Suche nach gerissenen Geschäftsideen?"

„Wie reden Sie denn mit ihr, sie ist vierzehn!", schaltete Myko sich ein.

„Pst!" Jasse hätte ihm am liebsten den Mund zugehalten. „War doch nur ein Witz!"

„Wiener Schmäh, oder was?"

Der Polizist wandte sich wieder Myko zu. „Hören Sie mal, Sie Fast-schon-Doktor. Wissen Sie eigentlich, auf was für dünnem Eis Sie sich bewegen? Es gibt durchaus auch Verdachtsmomente gegen Sie."

„Gegen mich? Sie spinnen doch!"

„Ach, Beamtenbeleidigung? Wenn es Ihnen angenehmer ist, dann bemühe ich mich darum, Sie über Nacht hierzubehalten. Ungern, wie ich hinzufügen möchte, denn auch das erfordert Formalitäten. Ich müsste unsere Verdachtsmomente gegen Sie für die Staatsanwaltschaft zusammenstellen. Meine Frau wird stinksauer sein, wenn ich den Kleinen heute wieder nicht ins Bett bringen kann und sie nicht mit ihren Freundinnen ins Kino kommt. Aber ganz wie Sie möchten." Gemein lächelnd neigte Kittinger den Kopf. „Haben Sie gerade Bananenrepublik gesagt?"

„Nein, habe ich nicht! Welche Verdachtsmomente?“

„Und Bullenschwein? Das ist strafbar in diesem Land, wissen Sie!“

„Er hat doch gar nicht den Mund aufgemacht!“, protestierte Jasse.

Karol zischte.

„Na dann“, sagte Gruppeninspektor Kittinger, „ist ja alles in Ordnung, muss ich mich verhört haben. Schönen Abend noch!“ Und zu Karol: „Sie können auch gehen und sind morgen ebenfalls um acht Uhr zur Stelle.“ Er fädelte die Arme in seine Jacke.

„Was ist mit mir?“, fragte Jasse hoffnungsvoll.

„Deine Eltern müssen jeden Moment hier sein. Der Kollege passt derweil auf dich auf.“ Er wies auf den Uniformierten, der ein paar Meter weiter in einer Mountainbike-Zeitschrift blätterte. Hätte sie doch nicht gefragt! Kittinger ging auf den Ausgang zu.

„Ich warte mit dir“, sagte Myko.

„Ich kann auch allein.“

Myko blieb sitzen. Er hatte schon was von einem edlen Ritter. Jasse verlagerte ihr Gewicht ein wenig, sodass ihr Oberarm den seinen auf der ganzen Länge berührte. Durfte sie den Kopf an seine Schulter legen?

Myko wand sich, Jasse zuckte zurück. Er grub sein Tabakpäckchen aus der Hosentasche. „Ob man hier irgendwo rauchen kann? Ich brauch dringend ...“

Karol stand auf. „Ich geh jetzt. Wir sehen uns morgen um acht.“

„Bin in fünf Minuten wieder da“, sagte Myko zu Jasse.

Sie checkte ihr Telefon. 19:46. Warum war ihr Dad noch nicht hier? Nicht einmal eine Viertelstunde hatte ihre Befragung gedauert, die den Chefinspektor wie durch ein Wunder davon überzeugt zu haben schien, dass sie diesmal wirklich keinen Dreck am Stecken hatte. Vielleicht, weil er vorher mit der Reiseleiterin geredet hatte. Unter wüsten Drohungen, ihm ja nie wieder unter die Augen zu treten, hatte er sie gnädig entlassen, um hier zu warten, bis sie abgeholt würde. Was sie nun schon seit Stunden tat. War ihr Dad so sauer, dass er sie einfach sitzenließ? Spätestens morgen früh würde die Polizei sie doch sicher heimbringen, wenn er nicht kam. Und wenn ihm etwas zugestoßen war?

Bisher hatte sie sich über seine Verspätung keine Sorgen gemacht, zumal sie einen Grund bot, um noch eine Weile auf Tuchfühlung neben Myko zu sitzen. Vorhin hatten sie zu dritt *Stadt-Land-Fluss* gespielt, mit *Berühmtheit* und *Verbrechen* als Zusatzspalten, bis Arsch Hemsworth aufgetreten war. Jasse sah auf das karierte Blatt auf ihrem Schoß, überlegte, ob sie die fehlenden Begriffe noch eintragen sollte: *Kindesmord*, war ihr gerade eingefallen. Jetzt noch der Fluss. Mykos Zettel war auf den Boden gesegelt, während er mit dem Arsch gestritten hatte, verkehrt herum leider, so dass sie nicht sehen konnte, ob er fertig geworden war. Nachschauen wäre geschummelt – und damit gegen das Wahrhaftigkeitsprinzip.

Arsch Hemsworth. War sicherlich auch Majestätsbeleidigung.

Kamp! Das war der Fluss. Oder *Kongo*. Komisch, wie man immer komplett vernagelt war und dann plötzlich ...

Das Telefon, unbekannte Nummer. Jasse hob ab.

„Hallo, Jasmin, Mäuschen!“

Jasses Herz blieb stehen. Schlug dann doch weiter.

„Warum sagst du nichts? Ich bin’s, Mama! Ich hab vor ein paar Tagen schon angerufen, aber die Verbindung war so schlecht, dass ich nicht weiß, ob du überhaupt was gehört hast."

Sie war es also doch gewesen, nicht Jesus.

„Wann kommst du?", fragte Jasse, ihre Stimme die einer Fünfjährigen, höchstens. Gut, dass Myko sie nicht hörte.

„Die Sache ist die", sagte ihre Mutter.

Jasse ließ das Telefon in den Schoß sinken. Dünn drang die Stimme ihrer Mutter zu ihr. „Ich dachte, du könntest uns hier besuchen kommen in den nächsten Ferien. Ich hab vorhin mit Papa telefoniert. Viel hat er nicht gesagt, aber er wäre wohl einverstanden. Muss er ja auch sein, schließlich bin ich deine Mutter." Jasse hoffte, dass ihre Fröhlichkeit gespielt war. „Costa Rica, es ist traumhaft hier! Es gibt Meer, Palmen, kleine Äffchen, alles, was du dir wünschen kannst."

Alles, was sie sich wünschen konnte. Die Worte saugten jede Hoffnung, ihre gesamte Kraft und ihren lächerlichen Glauben, überhaupt alles aus Jasse heraus wie ein Staubsauger die Luft aus einem Vakuumbeutel. Erstarrt saß sie da, sah aus den Augenwinkeln Myko und ihren Dad nebeneinander auf sich zukommen.

„Sogar Tukane", drang es metallisch aus dem Telefon.

Jasse legte auf. Vorhin, als Arsch Hemsworth *deine Eltern* gesagt hatte, hatte sie insgeheim gehofft, ihr Dad verspäte sich, weil er die Mutter vom Bahnhof oder Flughafen abholen musste. Sie hatte sie Arm in Arm und glücklich gesehen, sich vorgestellt, wie ihre Mutter vor ihr auf die Knie gehen und weinend die Arme um sie schlingen würde, Koseworte flüsternd.

Jetzt fühlte sie die Leere und die Angst, die sie die ganze Zeit in sich getragen hatte, wie klebrigen Eiter aus sich herausplatzen und alles überschwemmen. Lange konnte sie den Atem nicht mehr anhalten. Sie sprang auf und rannte los, verfolgt von ihrem Dad und Myko, rannte auf den Ausgang zu, schneller mit jedem Schritt.

Tag 20

(Kurier.at) Einen Toten, drei Leichtverletzte und erheblichen Sachschaden forderte gestern ein Brandereignis am westlichen Stadtrand von Wien. Ausgelöst wurde das Feuer nach ersten Erkenntnissen durch Anrainer, die mithilfe von Flammenwerfern dem sich ausbreitenden Viennese Weed zu Leibe rücken wollten.

Gegen 15 Uhr gingen zeitgleich mehrere Notrufe bei Feuerwehr und Polizei ein. Als die Einsatzkräfte am Unglücksort eintrafen, zogen bereits dichte Rauchschwaden über die Kleingartenanlage. Ein Holzstapel am Waldrand war in Brand geraten und zusammengestürzt.

Bei der Suche nach weiteren Brandherden stießen die Einsatzkräfte auf drei am Boden liegende Männer, die erheblich verwirrt und der Gefahr nicht gewahr waren, bis auf leichte Rauchvergiftungen jedoch unverletzt schienen. Bei ihnen gefunden wurde ein Gasbrenner, üblicherweise eingesetzt zur Bekämpfung von Unkraut. Ihr Leben verdanken die Männer der Feuchtigkeit der wasserführenden Gehölze im Frühjahr, die einen Waldbrand verhinderte. Sie wurden zur Untersuchung in ein nahegelegenes Spital gebracht.

Im Zuge der Beseitigung der glosenden Holzreste fanden die Einsatzkräfte eine bis zur Unkenntlichkeit verkohlte Leiche. Der genaue Hergang des Unglücks ist noch Gegenstand weiterer Untersuchungen. Der Mann hatte offenbar mit seinem Unkrautbrenner versehentlich seine Kleidung in Brand gesetzt, war gegen den Holzstoß getaumelt und unter den in Bewegung geratenden Holzscheiten begraben worden.

Erschwert wurden die Ermittlungen durch die Tatsache, dass sich die Verletzten sowie mehrere Anrainer und die zunächst eingetroffenen Streifenbeamten bei Ankunft der Feuerwehr in einem rätselhaften Wahnzustand befanden.

Wie sich herausstellte, war dieser auf das Einatmen von Sporen des Bärlauch-Pilzes *Bot-Ex (Botrytis exanima)* zurückzuführen. Das Auffrischen des Windes am frühen Nachmittag hatte für die Verteilung der Sporen gesorgt. Aufgrund ihrer Atemmasken waren lediglich die Feuerwehrleute vor der berauschenden Wirkung gefeit.

Erst am frühen Abend tauchte ein bis dahin vermisster Mann auf, bei dem es sich um das letzte Mitglied der Dreiergruppe handelte, die ausgerückt war, Viennese Weed im Wald niederzubrennen. Hilflos hatte er mitansehen müssen, wie die Kleidung seines Nachbarn Feuer gefangen hatte, und war im Schock davongerannt. Wo er sich zwischenzeitlich aufgehalten hatte, wusste er nicht zu sagen. Er muss, ebenso wie einer der Leichtverletzten, mit einer Anzeige rechnen.

Wegen der Sporenbelastung wurde die Kleingartenanlage evakuiert. Derzeit werden umfangreiche Luftkeimmessungen im gesamten Stadtgebiet sowie im angrenzenden Niederösterreich durchgeführt, um andere eventuell gefährdete Areale zu identifizieren. Das Bundesheer wurde zur Unterstützung bei der großflächigen Bekämpfung von Viennese Weed angefordert.

*

Myko bedeckte Mund und Nase mit den Handflächen, tat, als ob er gähnte, während er tief ein- und ausatmete, um die aufsteigende Panik zu dämpfen. Holzers Frage hatte ihn kalt erwischt, weil sie nicht das Geringste mit diesen Suizid-Geschichten zu tun hatte. Wenn er wenigstens eine rauchen dürfte zur Beruhigung oder ein ordentliches Frühstück bekäme. War ja für nichts Zeit gewesen heute Morgen. Genau, einfach an was anderes denken – Hunger zum Beispiel oder

Müdigkeit. Er fakte ein extralautes Gähnen, das nahtlos in ein echtes überging. Sein Blick flackerte zwischen dem Chefinspektor und seiner Kollegin mit dem kastanienbraunen Pagenkopf und dem beachtlichen Busen hin und her. Auch eine Chefinspektorin, Neumeyer hieß sie. Scheinbar waren hier alle Chefs. Auch sie hatte bisher nicht gerade Good-Cop-Qualitäten gezeigt. Nun aber lächelte sie ihn an. *Stay calm*, Myko!

„Herr Pilz, warum denn so nervös? Sprechen Sie nicht gern über Ihre Doktorarbeit?"

„Ja doch, sicher, normalerweise schon. Aber in dem Kontext ... Ich dachte, Sie wollten nur meine Zeugenaussage zu dieser Selbstmord-Action."

„Der sogenannte *Suicide-Lunch*, selbstverständlich. Ihre diesbezüglichen Wahrnehmungen waren sehr hilfreich. Aber es geht uns immer auch um den erweiterten Kontext von Viennese Weed. Wir sind da permanent um Expertise bemüht, und als Experten kann man Sie ja wohl bezeichnen, nicht wahr? Ihr Blog trendet ja megamäßig."

Jetzt bloß nichts Witziges sagen über gutgemeinte Anbiederung durch die Verwendung von Jugendsprache. Immerhin bemühte sie sich. Myko nickte schulterzuckend.

„Der Zeuge nickt zustimmend", sagte die Polizistin. „Glückwunsch, übrigens, zu dem sprechenden Namen! Viennese Weed – klingt wie von einer Werbeagentur ausgedacht, auch wenn die Stadtoberen nicht allzu glücklich darüber sind. Wir haben nirgends eine Erwähnung gefunden, die vor Ihrem entsprechenden Blogartikel datiert." Sie lachte leise und rieb mit den Handflächen über ihre Oberschenkel. „Haben Sie sich das alleine ausgedacht oder gemeinsam mit den anderen Autoren oder Autorinnen des Blogs?"

Myko schabte mit den Zähnen abwechselnd über Ober- und Unterlippe. Was sollte er antworten? Sich auf seine im Impressum angeführten Co-Autorinnen auszureden, konnte leicht nach hinten losgehen. Dann nämlich, wenn die herausfanden, dass er sich die Verstärkung aus den Fingern gesogen hatte, um die Glaubwürdigkeit des Blogs zu erhöhen, dessen Artikel in Wahrheit sämtlich von ihm stammten.

Neumeyer klappte eine Mappe auf, blätterte, las vor: „*Den Inhalt dieser Seiten verantworten stellvertretend für das gesamte Netzwerk die Pilzkolonien Myko, Lucy und Hyperion, verbunden untereinander und mit allem anderen durch die weltweiten Myzelien der Daten und Fungi*. Gefällt mir sehr gut, diese Vorstellung. Alles ist verbunden."

Die hatten eine Akte über ihn.

„Schade nur, dass Sie sich das nicht als internationale Wortmarke haben schützen lassen. Ich stelle mir vor, damit hätte man ordentlich Kohle machen können, was meinen Sie?"

„Ich definiere mich nicht über Geld. Kapitalismus bringt die Gesellschaft nicht weiter. Ich bin Wissenschaftler."

„Aber ein bisschen stolz sind Sie doch auf Viennese Weed, oder?"

Klar war er stolz.

„Bitte antworten Sie vernehmlich für die Aufzeichnung." Neumeyer lächelte entschuldigend. „Die Technik."

„Ja, logisch ist das geil, wenn du dir so nebenbei was ausdenkst, und ein paar Tage später spricht die ganze Welt davon."

Holzer schüttelte grinsend den Kopf. „Nicht übel, Frau Kollegin!" Er sah auf das Aufnahmegerät und notierte sich eine Zahl. Neumeyer warf ihm einen schwer deutbaren Blick zu, und er lehnte sich zurück.

„Ihr Blog ist tatsächlich sehr informativ. Es ist doch okay für Sie, uns noch ein wenig zu helfen? Wie schaut's aus – möchten Sie vielleicht etwas trinken, einen Kaffee?"

„Das wäre grandios. Darf ich eine dazu rauchen?"

Neumeyer wiegte den Kopf, zog eine Schnute. „Na ja, ausnahmsweise, wenn es das Expertenhirn in Schwung bringt. Milch und Zucker?"

Myko nickte und Holzer stand auf, verließ den Raum.

Neumeyer nahm Myko mit so eifrig zugewandtem Gesichtsausdruck ins Visier, dass ihm ganz flau wurde. „Herr Pilz, lassen Sie mich noch einmal auf die Frage von vorhin zurückkommen, denn das ist ja schon sehr spannend! In Ihrer Doktorarbeit beschäftigen Sie sich mit sogenannten *Gain-of-function*-Mutationen bei Schimmelpilzen. Dabei werden ...", sie wedelte hilfesuchend mit den Händen durch die Luft, „... Gene, die für bestimmte Eigenschaften verantwortlich sind, in einen Organismus eingeschleust, um diesen – wie soll ich sagen – zu optimieren?"

Holzer trat ins Zimmer, stellte eine Tasse mit Milchkaffee und einen Aschenbecher vor Myko ab und öffnete das Fenster, bevor er sich wieder setzte.

„Habe ich das in meiner Laienhaftigkeit halbwegs korrekt ausgedrückt?", fragte Neumeyer.

Myko nickte und drehte sich mit gesenktem Kopf eine Zigarette, um sein wachsendes Unbehagen zu verbergen. Das arglos präsentierte Interesse der Ermittlerin an mikrobiologischen Details schien ihm zu aufgesetzt, die plötzliche Freundlichkeit Holzers erst recht. Doch wie schon vorhin schraken seine Gedanken davor zurück, sich mit dem Ziel zu beschäftigen, auf das die beiden zusteuern könnten. Immer vorausgesetzt, dass sein Misstrauen nicht nur der Müdigkeit und der ungewohnten Situation geschuldet war. Wenn er bloß ein wenig Gras in den Tabak mischen könnte, um seine Gedanken zu klären. Er hatte sogar welches dabei. Die Tatsache, dass er nur lange Papers besaß, sprach ohnehin eine deutliche Sprache. Ein Akt der Anarchie mit Potential zur Heldengeschichte wäre das. Theoretisch. Er zündete die Kippe an und inhalierte tief.

„Ja, im Prinzip korrekt. Wobei es in meiner Arbeit nur in zweiter Linie um die zielgerichteten Mutationen geht, von denen Sie sprechen. In erster Linie beschäftige ich mich mit horizontalem Gentransfer zwischen artfremden Organismen in parasitären Beziehungen zwischen Pflanzen und Schimmelpilzen. Da weiß man noch recht wenig."

„Aber das Prinzip ist dasselbe, nicht?"

„Wenn Sie so wollen."

„Auch wenn diese absichtlichen Manipulationen nicht im Fokus Ihrer Arbeit stehen, können Sie mir sicher sagen: Stimmt das Gerücht, dass diese *Gain-of-function*-Forschung zumeist im Dienst der Entwicklung biologischer Waffen steht?"

Wollte die ihn verarschen? „Mag sein, aber damit beschäftige ich mich nicht. Ich bin Pazifist."

„Natürlich! Erlauben Sie mir noch eine Frage, weil mich das Thema wirklich brennend interessiert: Hatten Sie im Lauf Ihrer Ausbildung Gelegenheit, gezielte Veränderungen mithilfe von Genscheren selbst hervorzurufen?"

„CRISPR/Cas9, sicher, aber das ist ja nun wirklich nichts Besonderes mehr, das kann heutzutage praktisch jede Abiturientin."

„Na, na, das ist doch hoffentlich übertrieben, sonst wäre Deutschland Österreich da sehr weit voraus." Sie schenkte ihm ein schiefes Lächeln, nicht unkokett.

Er nahm einen Schluck Kaffee, einen letzten tiefen Zug von der Zigarette, bevor er sie in den Aschenbecher rammte. „Langsam werden mir Ihre Fragen unheimlich. Wollen Sie mir etwas unterstellen?"

„Wie kommen Sie darauf?", schaltete Holzer sich ein. „Sollten wir Sie als Beschuldigten befragen wollen, müssten wir Sie zuvor über Ihre Rechte aufklären. Diesbezüglich sind die Vorschriften eindeutig. Außerdem können Sie selbstverständlich jederzeit einen Anwalt zu Rate ziehen, sollten Sie Bedenken haben, sich unbefangen mit uns auszutauschen."

„Keine Sorge!", fügte Neumeyer sanft hinzu. „Wir vergessen nie, dass Österreich ein Rechtsstaat ist."

„*Rechts*-Staat." Myko grinste anzüglich und bereute es auf der Stelle, als er sah, wie Holzers Kiefermuskeln sich verkrampften.

„Wir befragen Sie als Experten", versicherte Neumeyer. „Immerhin sind Sie über tausend Kilometer angereist, um Viennese Weed aus der Nähe zu beforschen, nicht wahr?"

„Ist ja auch ein einmaliges Phänomen und fällt – wie Sie ja schon bemerkt haben – genau in das Fachgebiet meiner Dissertation."

„Halten Sie es für möglich ...", fragte Holzer und hielt inne. Myko spürte, wie sich die Haut in seinem Nacken zusammenzog. War vermutlich normal, dieses dauernde Gefühl der Bedrohung, wenn man Kriminalbeamten gegenübersaß. „Könnte es Ihrer Einschätzung nach sein, dass es sich bei Viennese Weed, beziehungsweise bei dem parasitären Pilz“, Holzer sah in sein Notizbuch, „*Botrytis exanima,* um so einen genetisch modifizierten Organismus handelt?“

„Immerhin weist er einige ungewöhnliche Eigenschaften auf“, ergänzte Neumeyer.

„Kann ich mir schwer vorstellen“, log Myko, weil er seine Augen nun nicht mehr davor verschließen konnte, worauf sie hinauswollten.

„Bemerkenswert!“, fand Neumeyer.

Schweigend fixierten ihn die Ermittler, keine Spur von Leutseligkeit mehr in ihren Gesichtern. Er war am Arsch, das sagten ihre Blicke.

Mykos Hände zitterten. Auch seine Stimme, als er fragte: „Dauert das noch lange hier?“

„Eine klitzekleine Frage hätte ich noch.“ Neumeyers Lächeln blieb in den Mundwinkeln hängen. Sie zog ein Foto aus der Akte und legte es auf den Tisch. Es zeigte Myko. Mit lebhaftem Gesichtsausdruck, eine Hand erhoben, in der anderen ein Mikrofon, saß er in der ersten Reihe der Pressekonferenz. „Warum haben Sie Ihre Meinung in den letzten fünf Tagen geändert? Schließlich haben Sie bei der Pressekonferenz genau diese Möglichkeit in den Raum gestellt.“ Sie konsultierte ihre Notizen. „*Haben Sie Hinweise darauf, ob es sich um eine zufällige oder gezielte Mutation beziehungsweise um einen horizontalen Gentransfer von anderen Organismen handeln könnte? Mit anderen Worten: Kann das noch natürlich sein oder ist es menschengemacht?* Das waren doch Ihre Worte, Herr Pilz, nicht wahr?“

„Das war ...“ Mykos Stimme versagte.

„... der Versuch eines geltungsbedürftigen jungen Wissenschaftlers, auf eine vermeintliche Großtat aufmerksam zu machen?“ Holzer gab sich keine Mühe mehr, sein Ressentiment zurückzuhalten.

„Nein!“, rief Myko, seine Stimme eine Oktave zu hoch. „Was haben Sie vor? Bloß, weil ich Ihren Spießervorstellungen von einem Wissenschaftler nicht entspreche, können Sie mich nicht zum Verbrecher abstempeln!“

„Wir können die Daumenschrauben gern noch ein wenig fester anziehen.“ Holzer hatte sich zurückgelehnt und die Hände über dem Bauch gefaltet. „Natürlich nur metaphorisch gesprochen.“ Er sah zufrieden aus. „Von diesem Moment an werden Sie als Beschuldigter vernommen. Sie sind vorläufig festgenommen. Gegen Sie besteht der konkrete Verdacht, den tödlichen Schimmelpilz *Botrytis exanima* beziehungsweise mit diesem Pilz infizierte Bärlauchpflanzen gezüchtet und unter dem nachweislich von Ihnen erdachten Namen Viennese Weed vorsätzlich im Wiener Stadtgebiet verbreitet und somit den Tod von Hunderten von Menschen billigend in Kauf genommen zu haben.“

„Sind Sie bescheuert? Ey, ich bring doch keine tödlichen Pflanzen in Umlauf!“

Neumeyer wedelte mit der Hand. „Um die genaue Formulierung wird sich der Haftrichter kümmern, sollten wir im Lauf der Vernehmung zu dem Schluss kommen, dass die U-Haft angezeigt ist. Vorerst ist das alles eine Formalität. Das Blatt kann sich ganz schnell zu Ihren Gunsten wenden, sofern Sie offen mit uns sind. Bedenken Sie bitte, dass Ihre Kooperationsbereitschaft einen großen Unterschied macht. Fahrlässige Körperverletzung oder Massenmord – dazwischen liegen Welten, was den Strafrahmen betrifft.“

Holzer räusperte sich und leierte: „Es steht Ihnen frei, sich zu den Beschuldigungen zu äußern oder nicht zur Sache auszusagen beziehungsweise die Aussage zu verweigern. Eine Selbstbelastung kann laut österreichischem Strafrecht nicht erzwungen werden. Sie haben das Recht, jederzeit, auch bereits vor der Vernehmung, einen Rechtsbeistand beizuziehen. Sie können zu Ihrer Entlastung einzelne Beweiserhebungen beantragen. Haben Sie die Belehrung verstanden?“

Was er verstanden hatte, verwandelte sich in sinnloses Geblubber, weil ihm vorkam, sie hätten seinen Kopf unter Wasser gedrückt. Er schnappte nach Luft, panisch hechelnd, Hände vors Gesicht, nicht hyperventilieren. *Stay calm*, Myko, *stay the fuck calm!*

„Botschaft! Ich verlange, dass Sie sofort die deutsche Botschaft kontaktieren! Es ist mein Recht ...“

„Sch, ganz ruhig!“ Neumeyer hob die Hände und drückte sie langsam flach nach unten, atmete dabei hörbar aus. „Jetzt beruhigen Sie sich erstmal!“

Holzer schnaubte. „Warum regen Sie sich überhaupt so auf? Ist es nicht in Ihrem Sinne, wenn die Öffentlichkeit von Ihrem Triumph erfährt? Immerhin haben Sie bereits gestanden.“

„Das ist eine Lüge! Ich gestehe doch nichts, was ich nicht getan habe!“

Holzer spulte die Aufnahme zurück.

„Ja, sicher ist das geil, wenn du dir so nebenbei was ausdenkst, und ein paar Tage später spricht die ganze Welt davon“, hörte Myko sich sagen. Für eine Sekunde war er verwirrt. Dann lachte er auf vor Erleichterung. „Das ist ein Missverständnis! Ich habe doch nur von der Bezeichnung Viennese Weed gesprochen, nicht von dem Ding an sich!“

„Ach so, *nech von dem Deng an sech*“, äffte ihn Holzer mit affektierter Stimme nach. „Kant, oder?“

Myko schloss die Augen, holte tief Luft und öffnete sie wieder, in der Erwartung, zumindest in Neumeyers Miene Zweifel zu finden. Doch keine Spur davon. Was war er für ein Vollidiot. Warum war er nicht daheim bei seiner Katze geblieben? „Ich schwöre, Sie irren sich."

„Das werden wir sehen", knurrte Holzer. „Wir machen es folgendermaßen. Sie können die Botschaft selbst verständigen und, wie gesagt, auch eine Anwältin oder einen Anwalt Ihrer Wahl. Wir legen jetzt eine kleine Pause ein. Sie bekommen etwas zu essen und zu trinken und wir unterhalten uns in einer Stunde noch einmal."

Er war am Arsch.

*

Kiki drehte ihr Handgelenk, um den Winkel des Displays vor ihren Augen zu verändern, als handelte es sich bei der Nachricht um ein Kippbild mit wandelbarem Inhalt. Doch alles, was sie sah, war das Spiegelbild der Jalousie vor dem Fenster, die Streifen grauen Himmels dazwischen. Oder eben diesen Text, den sie lieber nicht gelesen hätte. *Es tut mir leid.* Ihr tat es auch leid. Sie ließ die Hand mit dem Telefon auf die Bettdecke sinken, die womöglich nur in diesem traurigen Blassgelb überzogen war, um die Würde inkontinenter Patientinnen zu bewahren. Ein formal zweifelhafter Akt der Barmherzigkeit.

Sie hätte es sich denken können, hatte es insgeheim befürchtet, eigentlich sogar erwartet: ihr Pech.

Ob es einen Unterschied gemacht hätte, wenn sie gestern ans Telefon gegangen wäre, anstatt berauscht mit blutendem Kopf zu Olgas Füßen in der Wiese zu liegen? Sie schloss die Augen, versuchte, das Pochen in ihrem Schädel in einen Klingelton zu verwandeln.

„Schlechte Nachrichten?“, fragte der Beckenbruch aus dem Nachbarbett.

„Sie sind also der Beckenbruch! Alle Achtung, das haben Sie ja spektakulär hingekriegt!“, hatte der Chefarzt bei der Visite gedröhnt, dass Kiki fast der Schädel geplatzt wäre.

„Passt schon, Frau Lichal“, antwortete Kiki, ohne hinüberzuschauen. „Das Übliche.“

Selbstverständlich hatte sie versucht, Paul zurückzurufen, sobald sie wieder halbwegs bei Verstand gewesen war. Vergeblich. Also hatte sie ihm geschrieben, dass sie mit Gehirnerschütterung und Platzwunde im Spital lag und dass sie sich über Besuch freuen würde. Gnädig hatte sie, mit medikamentöser Hilfe, das Ausbleiben seiner Antwort verschlafen. Erst nach dem Frühstück war sie eingetrudelt.

Die Polizei hat Jasmin wieder aufgegriffen. Lisa hat sich gemeldet. Mir ist im Moment alles zu viel. Es tut mir leid.

Sie fuhr das Kopfteil des Bettes in die Liegeposition und schloss die Augen. Wozu sich länger damit aufhalten. Ein paar Tage noch hier liegen und möglichst nichts denken und dann: Indien, so schnell wie möglich. Wie lang sie schon kein Meer gesehen hatte! Sand zwischen den Zehen, Sonnenuntergang. Den letzten Urlaub vor über fünfzehn Jahren hatte sie mit Adrian verbracht, noch vor ihrem ersten Gefängnisaufenthalt, dem ersten Totschlag. Nein, nicht Mord, es war kein Mord in dem Sinn gewesen, auch wenn das Wort griffiger klang. Sie war nicht bei sich gewesen damals, hatte nicht einmal gewusst, wie sie dorthin kommen sollte. Hatte einfach zugestochen. *Fangstich* war aber nicht das richtige Wort, warum ihr das jetzt in den Sinn kam? Halb träumende Gedankendrift von Urlaub über Totschlag zu dieser Jagdgesellschaft auf Sardinien. All das Blut und das Hundegebell.

Sie hatte gehofft, Lisa wäre tot. Es hätte ein Unfall gewesen sein können, schnell und schmerzlos, oder eine Entführung, ein Überfall, eine Tropenkrankheit. So viele Möglichkeiten, so viele Erklärungen dafür, dass ihre Familie seit Monaten kein Wort von ihr gehört hatte. War das möglich, wegzugehen ohne Rücksicht auf die Gefühle derjenigen, die man lieben sollte, um dann wieder aufzutauchen, und alles war gut? *Hello again, ich sag einfach hello again.* Oder durften das nur Männer? Klar, erst, wenn Frauen sich wie Arschlöcher verhalten konnten und Männer ihnen verziehen, war die Gleichberechtigung erreicht.

Trotzdem wäre ihr Lisa tot lieber gewesen. So ehrlich durfte sie sein, solange sie die Orientierung nicht verlor und Fantasie mit Realität vermischte, mit Aktion womöglich.

*

Vermutlich seit Stunden – schwer zu sagen ohne Uhr – saß Myko in diesem tristen Raum fest, bewacht von einem Uniformierten, der draußen vor der Tür stand und ihn sogar auf die Toilette begleitete, zweimal bisher. Er hatte es aufgegeben, das hektische Wippen seines übergeschlagenen Beines unter Kontrolle bringen zu wollen. Geschätzt alle zehn, fünfzehn Minuten hielt er es im Sitzen nicht mehr aus. Dann sprang er auf und wanderte durch das Zimmer, mal an den Wänden entlang, dann wieder diagonal oder völlig erratisch. Letzteres, so hatte er festgestellt, tat ihm nicht gut, verstärkte die ohnehin fast unerträgliche Nervosität ins Unermessliche.

Diesmal beendete er seinen Marsch am Fenster, starrte eine Weile in den Hof, in dem sich rein gar nichts tat, bevor er sich wieder auf den Stuhl fallen ließ. Die Cola, die man ihm kommentarlos hingestellt hatte, obwohl er um eine Bionade gebeten hatte, war noch zu einem Drittel voll. Wenn er das klebrige Zeug endlich runterbrachte, gab ihm das einen Vorwand, um den Polizisten vor der Tür anzureden.

Noch ein paar Stunden und sie hätten ihn so weit, dass er alles gestand, was sie sich ausdachten, ganz ohne Folter. Sofern man es nicht als Folter bezeichnen konnte, eine Person ohne jede Unterhaltung in einen Raum zu sperren. Nicht mal eine Zeitung hatten sie ihm auf seine Bitte hin gegeben. Und das Handy wer weiß wo, in den schmierigen Fingern irgendeines Forensikers vermutlich, der ohne Genehmigung seine Daten absaugte.

Wenn es dunkel ist um dich, ohne Hoffnung, ohne Licht, fiel ihm Jasses Rap ein. Wie war es weitergegangen? Hätte er doch meditieren gelernt, wie seine Ex ihm geraten hatte – vielleicht wäre alles anders gekommen. Aber er musste es ja vorziehen, sich auf sein Rauchkraut zu verlassen. Nur einer der Gründe, warum Anita ihn sitzengelassen hatte.

Hier war Rauchen verboten. Streng verboten im gesamten Gebäude, hatte der Uniformierte gemeckert und auf den Rauchmelder gezeigt, als Myko gleich als Erstes sein Tabakpäckchen aus der Tasche geholt und das Fenster gekippt hatte. Ganz öffnen ließ es sich nicht, obwohl kaum jemand aus dem dritten Stock springen würde. Oder doch?

Meditation. Konnte nicht so schwer sein. Er stellte die Flasche – Glas, nicht Plastik, sehr lobenswert – auf den Boden, setzte sich im Schneidersitz in die Mitte des Tisches, die Hände auf den Knien, und versuchte ruhig zu atmen und den Rücken aufzurichten. Wenn sie ihn so vorfänden, spräche die buddhistische Gelassenheit auch für seine Unschuld oder mindestens für seine Coolness. Einatmen durch die Nase, aus durch den Mund, Blick aus dem Fenster. Gar nicht so schlecht.

Die Tür in seinem Rücken öffnete sich. Er atmete tief in den Bauch und spürte ein Kribbeln genau dort.

„Stören wir?“, fragte Holzer.

Myko legte die Hände vor der Brust zusammen, wollte sich zu einem weiteren tiefen Atemzug zwingen, wirbelte dann doch herum, eine Drehung auf dem Hosenboden, immer noch im Schneidersitz.

„Der Chefinspektor hat mir erlaubt, mich bei dir zu bedanken“, sagte Karol. Wieso hielt Holzer ihn am Oberarm gepackt?

„Bedanken? Wofür?“

„Dass du mich nicht verraten hast.“

Irgendwo verkeilte sich etwas in Mykos Hirn. Doch wie auf der Uni war es wohl auch hier angezeigt, die Begriffsstutzigkeit nicht raushängen zu lassen. „Du meinst ...“ Er brach ab, als erforderte es seine volle Konzentration, die Beine zu entfalten.

„Hakt's?“, fragte Holzer. „Sie sind doch sonst so oberschlau.“

„Mach dir keine Sorgen, ich habe gestanden“, stieß Karol hastig hervor. Seine Augen glänzten, er ballte die Fäuste, „dass ich allein *Botrytis exanima* geschaffen und freigesetzt habe. Ich wollte, dass du das weißt, mein Freund, dass du es nicht aus den Medien erfährst."

„Quatsch, das gibt's doch nicht!"

„Weil Sie es besser wissen?", fragte Holzer süffisant.

Karols eben noch strahlende Miene verfinsterte sich. „Traust du mir das nicht zu?"

Holzer lehnte mit verschränkten Armen an der Tür, ohne sie aus den Augen zu lassen.

„Ehrlich gesagt ..." Irgendetwas stimmte nicht. Myko versuchte, sich trotz des Schocks zu konzentrieren. Er sollte froh sein, dass er auf diese Weise aus dem Schneider war. Und doch ... „Dass du so ein Risiko eingehst, hätte ich nie vermutet."

„Weil ich so farblos bin?" Karol richtete sich in den Schultern auf. „Klischees müssen nicht immer stimmen. Kannst du dich erinnern, wie ich das zu dir gesagt habe? Natürlich konnte ich nicht wissen, dass der Pilz sich ausgerechnet auf den Bärlauch setzt und damit Menschen gefährdet. Ich hatte keine Ahnung, dass er so tödlich ist. Die berauschende Wirkung und die Biolumineszenz waren geplant. Ich wollte etwas Besonderes erschaffen."

Myko schnaubte. Das könnte stimmen, wenn er selbst diesen Pilz entwickelt hätte. Aber Karol? Er beherrschte sich, um nicht ungläubig den Kopf zu schütteln. Kein Wort glaubte er ihm. Vor ein paar Tagen hatte Karol ihm erzählt, wie er versehentlich die Sporen eingeatmet und seinen ersten Drogenrausch erfahren hatte. Das sollte eine Lüge gewesen sein? Niemals! Und doch konnte er ihm jetzt nicht widersprechen, ohne ihn herabzusetzen und sich selbst zu belasten.

„Warum?"

Karol hatte den Hals zwischen die Schultern gezogen, wirkte angespannt. „Hab ich doch gesagt: einmal im Leben etwas Großes schaffen."

Der flehende Ausdruck in seinen Augen überzeugte Myko endgültig davon, dass Karol log. Er hatte die Chance ergriffen, endlich wahrgenommen zu werden. Schwer zu sagen, ob es dabei auch um öffentlichen Ruhm oder ausschließlich um wissenschaftliche Anerkennung ging. Würde er aufblühen im Scheinwerferlicht oder zusammenschrumpfen wie Viennese Weed unter Blaulicht?

Myko schloss die Augen, wunderte sich, dass ihm selbst nicht eine Sekunde lang in den Sinn gekommen war, sich diesen Ruhm anzueignen. Er sah sein Bild auf allen Kanälen, auf jedem Titelblatt. Wie geil das gewesen wäre, ein endloses *natural high*. Doch nie hätte er dafür den Tod so vieler Menschen auf seine Kappe genommen. Er öffnete die Augen. „Ich verstehe dich nur teilweise, mein Freund. Hoffentlich bereust du es nie."

Schüchtern lächelte Karol ihn an, dankte ihm mit einem Senken der Lider und wandte sich Holzer zu. „Ich bin so weit!"

„Bühne frei!", murmelte Myko.

*

Ein Klappern schreckte Kiki auf und für einen Augenblick hatte sie nicht die geringste Ahnung, wo sie sich befand.

„Abendessen, Frau Bach!"

Die Krankenschwester knallte ein Tablett auf den Nachttischwagen und drückte kommentarlos die Taste für die elektrische Hebung des Kopfteils. Kikis Oberkörper richtete sich auf, ohne dass sie einen Muskel bewegen musste, ein unwirkliches Gefühl. Entmündigung würde Olga es nennen.

„Wie spät? Hab ich den halben Tag verschlafen?“

„Schaut so aus. Das Mittagessen haben Sie jedenfalls nicht angerührt, das nehm ich jetzt wieder mit.“ Die Schwester wies auf den Tisch neben dem Fenster. Kartoffelpüree und eine beige Sauce, aus der ein paar Fleischbrocken und Karottenstücke ragten. Auf der Suppe schwammen gestockte Fettaugen.

Kiki sah auf ihr Handy. Keine Nachricht, kein Anruf. „Es ist erst halb fünf.“

„Wir sind ein bisserl früher dran, wegen dem Chaos.“

„Könnten Sie mir die Suppe vielleicht in der Mikrowelle warm machen?“

„Keine Chance, bin voll im Stress.“ Die Schwester klappte das Tischchen aus und schob es über das Bett. „Die reinste Hölle heute, alles voll von solchen wie Ihnen.“

„Solchen wie mir?“

„Opfer von diesem Viennese Weed, total zugedröhnt. Verursachen jede Menge Unfälle und brechen sich die Haxen, weil sie glauben, sie könnten fliegen. Seien Sie froh, dass es hier eine Klimaanlage gibt. Ich hab schon richtiggehend Angst vor der Heimfahrt. Die Sporen fliegen mit dem Westwind vom Wienerwald in Schwaden über die ganze Stadt. Schaun S’ selber, Sondersendungen in einem fort.“ Sie zeigte auf den Bildschirm, der an der Wand gegenüber den Betten montiert war und den ganzen Tag lief, lautlos dank der Kopfhörer. „Ein Alptraum!“

„Eigentlich war es ganz angenehm“, murmelte Kiki.

„Da haben Sie Glück gehabt. Verschlafen Sie die Katastrophe, das ist das Beste, was Sie tun können.“ Wie auf Rollen glitt die Schwester davon, das Mittagstablett auf der Linken balancierend. An der Tür hielt sie inne. „Übrigens haben Sie auch Ihren Besuch verschlafen."

„Was?" Kiki stieß an den Tisch, als ihre Hände in die Höhe fuhren. „Wann war er da?" Mit den Fingern lockerte sie ihre Frisur auf, bevor sie den übergeschwappten Tee mit einer Serviette aufsaugte.

„Er?", fragte die Schwester.

„Ich dachte ..." Kiki starrte die Löcher im Käse an, der in doppelter Lage das Brot bedeckte. Sie mochte keinen Emmentaler.

„Ein junges Mädel war da." Die Schwester schlüpfte durch den Türspalt, stieß ihn jedoch gleich wieder auf. „Und da ist sie schon wieder!"

Jasse. Was konnte sie wollen, ausgerechnet jetzt, da sie endlich von ihrer vermissten Mutter gehört hatte? Scheinbar unschlüssig blieb sie neben der offenen Tür zum Bad stehen, das Gesicht so blass und muffig wie immer. Etwas entschlossener als sonst vielleicht. So oder so, es war höchste Zeit, dass dieses Unglücksmädchen aus Kikis Leben verschwand.

Jasse hob die Hände. „Logisch, dass du sauer auf mich bist. Darf ich mich entschuldigen oder soll ich gleich wieder gehen und mich in Säure auflösen? Oder möchtest du das selbst übernehmen? Ich bring dir alles, was du brauchst."

Kiki biss sich auf die Lippen. Lächeln war in dieser Situation kontraindiziert.

„Ihre Tochter?", fragte die Lichal aus dem Nachbarbett und nahm ihre Kopfhörer ab.

Kiki biss in ihr Käsebrot.

„Platonisch", sagte Jasse.

Die Lichal grunzte. „Was platonisch? Eine platonische Tochter – was soll das sein?"

„Nicht körperlich halt, nicht aus ihrer Gebärmutter, mehr so ..."

Frau Lichal schüttelte den Kopf, sah Kiki fragend an und machte den Scheibenwischer.

„Seelenverwandt", sagte Kiki. „Jetzt komm halt her."

An der Wand entlang schob Jasse sich auf Kikis Bett neben dem Fenster zu.

„Keine Sorge, Gehirnerschütterung, strenge Bettruhe ist angesagt. Ich gefährde sicher nicht meine Heilung, nur um dir an die Gurgel zu gehen." Kiki nahm einen zweiten Bissen, sie war hungriger, als sie gedacht hatte.

Jasse holte tief Luft, stürzte auf das Bett zu, ließ sich daneben auf die Knie sinken, faltete die Hände und sprudelte: „In aller Wahrhaftigkeit bitte ich um Verzeihung für meinen Verrat! *Wenn ihr den Menschen ihre Verfehlungen vergebt, so wird euch euer himmlischer Vater auch vergeben,* heißt es in der Bibel, hab ich extra gegoogelt. Du wirst ja wohl auch wollen, dass er dir vergibt, also ..."

„Stopp!", rief Kiki und drückte Jasse eine Hand auf den Mund, während sie Halbgekautes hinunterschluckte. „Bist du übergeschnappt? Sind jetzt plötzlich alle katholisch? Erst der Caritas-Typ, dann du. Demnächst erstehen noch die Dinosaurier wieder auf."

Mit finsterem Blick stützte Jasse ihre Ellbogen auf den Rand des Bettes. „Du kannst mich nicht aufgrund meiner religiösen Überzeugung runtermachen. Schadet garantiert nicht, dem Herrn eine Chance zu geben. Könntest du ruhig auch probieren!"

„Er ist nicht mein Herr, also lass mich zufrieden mit dem sexistischen Scheiß! Ich nehme zur Kenntnis, dass du dich entschuldigt hast. Sonst noch was?"

Wie verschränkte Degen drückten ihre Blicke gegeneinander, dachte Kiki und musste sich schon wieder das Lachen verbeißen.

„Duell der Zauberer", flüsterte Jasse. „Du gewinnst." Sie zog sich einen Sessel heran. „Stört dich doch nicht? Jesus war übrigens gar nicht katholisch, hab ich gelesen. Ich sehe meinen Glauben auch mehr so in der frühchristlichen Tradition veran..."

„Wo auch immer, ich will davon nichts hören! Geh woanders missionieren."

„Warte, nur eins noch, dann höre ich eh auf. Das ist echt gut." In jesushafter Manier hob Jasse den Zeigefinger, die übrigen Finger locker aufgefächert. „Man kann nie bereuen, an ein Leben im Jenseits geglaubt zu haben." Bedeutungsschwer lastete ihr Blick auf Kiki. „Kapierst du?"

Kiki setzte sich den Kopfhörer auf, der über der Rückseite ihres Bettes hing, und wandte ihren Blick dem Bildschirm zu. In Gasmasken und Schutzanzüge vermummte Gestalten leiteten verzückt dreinblickende Menschen aller Altersgruppen in provisorisch zur Ausnüchterungsstation umfunktionierte Busse, halfen Delirierenden, Kollabierten und Verletzten in Krankenwagen, bewachten sie auf der Wiese vor dem Wilhelminenspital und scheuchten sie in ein Sanitätszelt im Stadtpark. Ein Hubschrauber landete am Schottenring, wo sich inmitten einer Massenkarambolage zwei Sanitäter darum bemühten, einen aus vollem Hals lachenden Mann auf eine Bahre zu verfrachten, aus dessen Unterarm gesplitterte Knochen ragten. Am steingefassten Ufer des Wienflusses saß hysterisch lachend ein Junge, stieß unter Tränen atemlos irgendwelche Worte aus, während mehrere Kanalratten auf ihm herumkletterten, die jegliche Scheu verloren zu haben schienen.

Vielleicht doch Apokalypse, dachte Kiki.

„Schließen Sie die Fenster und verlassen Sie geschlossene Räume nur im äußersten Notfall und keinesfalls ohne hochwertigen Atemschutz!“, kommentierte eine Frauenstimme die Bilder. „Für die nächsten Stunden versprechen die Meteorologen einen Wechsel der Windrichtung von West auf Südost und damit Erleichterung für die Einwohner der Bundeshauptstadt. Nicht nur in den angrenzenden Bundesländern, auch in unseren Nachbarländern Ungarn, Tschechien, Slowakei und Deutschland rüsten sich die Gesundheitsbehörden für den drohenden Massenrausch, während die ...“

Jasse rüttelte an Kikis Oberarm und zog ihr den Kopfhörer von den Ohren. „Jetzt sei doch nicht so! Kann man doch mal ausprobieren mit dem Glauben, oder?“

„Wie hast du es eigentlich geschafft, nüchtern hierherzukommen bei dem ganzen Chaos?“

Mit triumphierender Miene zog Jasse eine Folienverpackung mit mehreren Atemschutzmasken aus der Tasche. „Wir haben noch jede Menge davon aus der Corona Zeit. Mein Dad hat die damals aus der Arbeit mitgebracht. FFP3, die helfen nicht nur gegen Aerosole, sondern auch gegen Viren und Sporen und so Zeug. Er ist da vorsichtig, weil er Asthma hat.“

„Ach, Asthma hat er auch noch.“

„Ich glaub, er mag dich.“

„Ist nicht deine Mutter zurück?“

Jasse schüttelte finster den Kopf. „Sie hat nur angerufen. Aus Costa Rica. Ich soll sie dort besuchen kommen in den Ferien. Aber ich weiß nicht, ob ich will." Jasse knetete ihre gefalteten Hände. „Ich brauch aber jemanden, eine weibliche Bezugsperson, sonst krieg ich irgendwann noch mehr Ärger, hat Papa gesagt." Sie zerrte an ihrem kleinen Finger, als wollte sie ihn abreißen. „Und da haben wir gedacht, wenn du mit meinem Dad ... also meinen Segen hättet ihr."

„Habt ihr gedacht. Hat er dich geschickt?"

Jasse sah zu Frau Lichal hinüber, als hätte sie nicht zugehört. Die alte Frau flüsterte auf die offensichtlich genervte Krankenschwester ein, deren Eintreten Kiki gar nicht aufgefallen war, und schoss empörte Blicke in ihre Richtung.

„Na gut, ich rede mit ihr", zischte die Schwester. „Verlegen kann ich Sie nicht. Sie kriegen nachher sogar noch ein Bett herein, wir müssen umschichten. Eine Flut von Patienten, die mit dem Rausch nicht zurechtkommen. Kreislaufversagen, Herzinfarkte, endlose Speibereien und dazu die ganzen Unfälle. Nicht jeder ist für Ekstase gemacht."

„Was ist?" Kiki zupfte jetzt ihrerseits an Jasses Ärmel. „Weiß dein Vater, dass du hier bist?"

Jasse ließ ihren Finger los. „Noch nicht. Er war in der Arbeit. Ich kann ihn seit Stunden nicht erreichen." Sie sah zur Decke, sog die Oberlippe ein und atmete, als koste es sie gehörige Anstrengung. Kiki sah, wie sich an ihren Lidrändern das Wasser staute, wie sie den Kopf in den Nacken legte. „Er würde mich doch anrufen, wenn es ihm gut ginge, würde wissen wollen, ob ich okay bin. Das würde er doch, oder nicht?" Flehend sah sie Kiki an. Eine Träne quoll über, floss ihre Wange hinunter.

„Das würde er ganz sicher." Kiki nickte angespannt. „Bestimmt versucht er es die ganze Zeit. Die Netze werden zusammengebrochen sein bei dem Chaos."

„Ich hab solche Angst", flüsterte Jasse.

„Tut mir leid, aber so geht das nicht, Frau Bach!", sagte die Schwester, die an ihr Bett getreten war, müde. „Die Besuchszeit ist zu Ende."

„Was habe ich getan?"

„Geflucht und die religiösen Gefühle Ihrer Bettnachbarin verletzt, und das auch noch in Anwesenheit eines Kindes. Bitte werfen Sie einen Blick in unsere Policy, die Sie in Ihrer Nachttischlade finden. Gegenseitige Rücksichtnahme ist das A und O für den Heilungsfortschritt unserer Patientinnen und Patienten." Sie legte Jasse eine Hand in den Rücken. „Du kannst morgen wiederkommen!"

„Sie können mich nicht allein hinausschicken!" Jasses Stimme überschlug sich. „Die Sporen!"

Ratlos schwenkte der Blick der Schwester von Jasse über Kiki zu Frau Lichal. „Herrgott, macht's euch das untereinander aus. Ich hab für so was echt keine Zeit!" Sie spurtete aus dem Zimmer.

„Warte vor der Tür!", sagte Kiki und schwang die Beine aus dem Bett.

*

Chefinspektor Johann Holzer trat aus dem Gebäude des Landeskriminalamts Ecke Berggasse und begutachtete die Lage auf der Rossauer Lände. Einige Wagen waren kreuz und quer auf der fünfspurigen Straße abgestellt. Noch existierte so etwas wie fließender Verkehr, wenn auch gebremst durch die Hindernisse und einige in glücklicher Verwirrung herumstolpernde Viennese-Weed-Opfer. Wer in einem Auto mit Klimaanlage und Luftfilter saß, hatte keine andere Wahl, als weiterzufahren, in der Hoffnung, dass die Sporenbelastung nachließ, bevor der Tank leer war.

Holzer überprüfte den Sitz seiner Atemmaske und schlug sich auf die andere Straßenseite durch. Ein Kleinflugzeug schnurrte von West nach Ost über ihn hinweg. Wahrscheinlich eines dieser Kamera-bewehrten Dinger, die jeden Quadratzentimeter der Erde vermaßen und doch nichts an der grundlegenden Orientierungslosigkeit ändern konnten. Er sah sich auf *Streetview* die Brücke überqueren: breite Schultern, lange Schritte, der Einzige, der in der Lage war, die Richtung zu halten. Anstatt sich vor lauter Erschöpfung über das Brückengeländer in den Donaukanal zu stürzen, drückte er die Schulterblätter zusammen, spannte die Bauchmuskeln an und schritt noch entschlossener aus. Nicht nur wegen des Fliegers. Gerade weil ihm innere Leere nach der Lösung eines Falles vertraut war, musste er Gegendruck erzeugen, bevor sie ihn schlucken konnte. Sie würde vergehen, war bisher noch immer vergangen. Alles verging.

Wenn man von jenen absah, die sich, an Häusermauern oder parkenden Autos Halt suchend, die Seele aus dem Leib kotzten, wirkten die Leute, denen er begegnete, wie von überirdischem Glück beseelt. Eine Frau tanzte auf der Straße, verfolgt von einem kreischenden Kleinkind, während der Kinderwagen mit dem Säugling, den sie einfach losgelassen hatte, Holzer vor die Füße rollte. Das Kind schlief. Er parkte es an der Häuserwand, ließ sich sicherheitshalber den Ausweis der Frau zeigen, fotografierte diesen sowie das Kind und den Kinderwagen und setzte seinen Weg fort.

Erst, als er beim Augarten angekommen war und durch den schmalen Durchgang in der Mauer die Schankwirtschaft im Park betrat, begriff er, dass er heute auf sein übliches einsames Abschlussbier verzichten musste. Seit Jahren erfuhr die unvergleichliche Anspannung von Tagen oder Wochen hier ihre Auflösung. Einen Moment lang spielte er mit dem Gedanken, sich selbst am verlassenen Zapfhahn zu bedienen. Wer sollte ihn zur Rechenschaft ziehen? Wer hätte es gewagt, wenn dies ein Tag wie alle anderen gewesen wäre? Aber es ging ums Prinzip. Es zu seinen eigenen Gunsten zu verletzen, wäre jämmerlich. Trinken konnte er mit Maske sowieso nicht.

Kies knirschte unter seinen Sohlen, als er den Gastgarten durchschritt und die Allee überquerte. Er trat in die Wiese, spazierte an dem in Form eines barocken Ornaments gefassten Blumenbeet entlang. Seinem Schwung zu folgen, einmal den Weg und nicht das Ziel im Auge, kam ihm fast wie ein Abenteuer vor.

Er zog seine Jacke aus, breitete sie in die Wiese und setzte sich darauf, entledigte sich seiner Schuhe und Socken. Dann, nach kurzem Zögern, schob er die Maske abwärts. Ein, zwei freie Atemzüge nur, umgeben von den verträumten Irren, an deren Anblick er sich zu gewöhnen begann.

Die Spätnachmittagssonne ließ die Adern auf der weißen Haut seiner Füße hervortreten wie ferne Gebirgszüge aus einer mit Bodennebel bedeckten Landschaft. Was hatten Füße mit Nebel zu tun? Er schüttelte den Kopf, lehnte sich zurück, den Kopf in die verschränkten Hände gebettet, und sah in den Himmel. Blau, unendlich weit und frisch, gesäumt vom ersten neongrünen Laub der Bäume. Johann füllte seine Lungen mit Frühlingsluft und folgte den Bewegungen der Tänzerinnen, die hinter fedrigen Schleierwolken kaum zu erahnen waren. Schwalbenflügel glühten golden, von flach einfallenden Sonnenstrahlen berührt. Alt hatte er werden müssen, um das sehen zu dürfen.

*

Olga saß auf dem Balkon, vertieft in den Anblick des grauvioletten Himmels, über den eine Schleierwolke in Richtung Nordwesten segelte, von letzten Sonnenstrahlen mit orangefarbenen Reflexen versehen, sich auflöste, verwehte, verging.

Jeder einzelne Muskel schmerzte sie von diesem letzten Krampfanfall, der wie ein apokalyptisches Gewitter durch ihren Körper gezogen war. Allein hatte sie diesen Schub durchstehen müssen und allein würde sie mit den Folgen zurechtkommen müssen – zumindest, bis alle anderen wieder nüchtern wurden.

Sie hatte Imani unten im Garten werken sehen, als es losgegangen war, dann erst tanzen und gleich darauf mit ausgestreckten Gliedern auf dem Rücken liegen und lachen. Unempfänglich für Olgas Schreie, als die Krämpfe eingesetzt hatten, für ihr stimmloses Krächzen danach sowieso.

Aber sie hatte es überlebt. Die Gefahr schien vorbei, so wie jene durch die Sporen vorübergezogen war. Das konnte sie riechen. Die Sporen hatten einen eigenartig feuchtsüßen Geruch mitgebracht, der im auffrischenden Wind nun verflog.

Olga bewegte den rechten Zeigefinger. Ein wenig würde es noch dauern, bis sie die Schwäche hinlänglich bezwungen hatte, um sich einen lindernden Joint aus dem von Kiki bereitgestellten Vorrat zu genehmigen. Falls es ihr gelang, das Feuerzeug zu entzünden.

Ob sie die Einzige war, der die Sporen nichts anhaben konnten? Lag es an der MS oder am lebenslangen Konsum stimulierender Substanzen? Oder an einer genetischen Anomalie? War es möglich, dass sie auch nicht sterben konnte, wenn sie Viennese Weed aß? Vielleicht ließ sich aus ihrem Blut ein Stoff gewinnen oder chemisch nachbilden, der andere vor unerwünschtem Rausch bewahrte. Gift gegen Gift. Ihr leises Lachen verfing sich in der Lunge, wurde zu röchelndem Husten.

Durst quälte sie. Doch weder waren Glas und Wasserhahn für ihre steifen Arme erreichbar, noch konnte sie eine Flasche aufschrauben. Die Dusche. Dort funktionierte die Armatur mittels Lichtschranke. Wurde sie eben nass. Ungeschickt tippte sie gegen den Joystick der Steuerung und knallte mit den Fußrasten in die Balkonbrüstung. Beim zweiten Versuch gelang eine Wendung in mehreren ruckenden Zügen. Gerade rechtzeitig, um durch den finsteren Raum die Zimmertür aufspringen zu sehen und einen Heidenschreck zu kriegen. Eine Silhouette hob sich vor dem Licht im Gang ab. War also doch jemand vom Personal verschont geblieben.

„Höchste Zeit", brachte sie heraus, jedes Wort von einem Pfeifen aus der Lunge begleitet.

„Aber rechtzeitig!" Kikis Stimme klang dumpf. Sie lief auf Olga zu und umarmte sie. Ihre untere Gesichtshälfte war von einer Maske mit Atemventil verdeckt. „Wir mussten den ganzen Weg zu Fuß gehen, deshalb hat es gedauert."

„Du hättest. Wegen mir. Nicht aus dem Spital. Ausreißen müssen. Ich komm schon. Zurecht.“ Es ging jetzt besser mit dem Reden.

„Haha!“ Das war die Stimme des Mädchens, das Kiki hinter Gitter gebracht hatte. „Du schaust ziemlich bedient aus, wenn du mich fragst.“

„Tu ich nicht“, fauchte Olga, legte alle Kraft in ihre Stimme. „Verschwinde!“

„Wohin soll ich die Sachen stellen?“, fragte ein Mann mit deutschem Akzent und zur Palme gebundenen Dreadlocks.

„Auf den Tisch“, sagte Kiki. „Und mach bitte das Licht an und die Tür zu.“

„Das ist Myko von der *Sporenwelt*“, sagte Jasse, als handelte es sich um das letzte Fabeltier seiner Art.

„Hochadel, oder was?“

„Witzig“, zischte Jasse. „Er ist berühmt! Wir sind zusammen verhaftet worden und er hat mich angerufen, als wir unterwegs hierher waren. Wir haben ihn bei der Polizei abgeholt, weil ich Feinstaub-Masken mithabe. Er hat Sandwiches und Getränke organisiert.“

„Zu viel Information“, sagte Kiki.

„Zu wenig“, widersprach Olga.

In eine Decke gewickelt saß sie auf dem Balkon, links neben ihr Kiki auf dem einzigen Klappstuhl, rechts Jasse und Myko, die an den Tisch gelehnt standen und miteinander flüsterten. Wie den letzten Ritter schmachtete das Mädel den dürren Kerl an, der Olga ein wenig an ihren Exmann erinnerte.

Sie hatte einen Joint geraucht, mit Kikis Hilfe ein schlaffes Schinken-Käse-Sandwich gegessen, Wasser und Wein getrunken. Ihre Stimme war immer noch schwach und auch mit ihren Augen stimmte etwas nicht. Keine allgemeine Unschärfe, wie sie schon bei vergangenen Krankheitsschüben gelegentlich aufgetreten und wieder verschwunden war, sondern eine Verschiebung der Farben, die gleichzeitig dunkler und glänzender schienen, ein Ineinanderfließen, ohne dass sich die Konturen auflösten. Wenn sie es sich selbst schon nicht schlüssig beschreiben konnte, hatte es kaum Sinn, die anderen damit zu belästigen.

„Und jetzt?“, flüsterte sie.

„Werden wir sie in unser Leben integrieren müssen“, antwortete Myko. „Wir sind ihnen so oder so ausgeliefert und sind schließlich selbst Kolonien zahlloser Pilze, ob wir wollen oder nicht. Alles ist vernetzt. Sie zu verstehen, heißt also vielleicht: uns selbst zu verstehen.“

„Wundervoll, ein Mystiker unter uns“, sagte oder dachte Olga.

„Die werden doch irgendwann sterben, oder nicht?“, fragte Kiki.

„Pflanzen sterben. Die Wintersporen von Pilzen überleben im Boden. Die sind nicht totzukriegen.“

„Also geht im nächsten Frühling alles von vorn los?“ Kiki drückte Olgas Hand, als ließe sich aus dieser Wiederkehr noch Hoffnung ziehen.

„Anzunehmen“, sagte Myko. „Ist doch nichts einzuwenden gegen ein kollektives High. Vielleicht kommt da was bei raus, erkenntnistechnisch. Und wer sterben will, stirbt. Ashes to ashes.“

„Wer weiß, was im nächsten Jahr sein wird“, sagte Kiki und drückte wieder Olgas Hand.

Getragen von dem Geplauder, das sich jetzt um die Frage drehte, was sich aus der Krise lernen ließe, driftete Olga davon. Ob Imani wirklich kam, um nach dem Rechten zu sehen und nicht allein zu sein? Ob ein Telefon klingelte und Jasses Vater zu ihnen stieß? Ob er erst seine Tochter und dann Kiki in die Arme schloss? Oder ob Olga all das mit geschlossenen Augen sah, weil sie es sich wünschte, während sie gleichzeitig zurückfloss in ihr Leben, unversehrt und ohne Angst, zu Kommunen in besetzten Häusern, Bergtouren in den Anden und revolutionären Abenteuern, sich fallen ließ in die Netze, die Welten und Menschen verbanden, die alle durchs Leben zogen und immer wieder auffingen, bis man sich in ihnen auflöste. Sie ließ sich verwehen wie die Wolke am grauvioletten Himmel vorhin, die einem chinesischen Drachen nicht unähnlich gewesen war.

Nachwort

Wie kommen Sie auf Ihre Geschichten? Diese bei Lesungen häufig gestellte Frage wird gern mit der Annahme verbunden, dass den Charakteren und Ereignissen in der Literatur direkte Entsprechungen im Leben zugrunde liegen müssten. Natürlich schöpfen wir bewusst oder unbewusst alle aus unseren Erfahrungen. Doch so, wie ich selbstverständlich noch nie in der Realität getötet habe, entspringen auch die Figuren meiner Romane immer meiner Fantasie. Sobald ich die grundlegende Problemstellung eines neuen Buches ersonnen habe, kommen die Charaktere zu mir, wollen meine Aufmerksamkeit, ohne gleich damit herauszurücken, welche Geschichte sie mitbringen. Wie in einer realen Bekanntschaft erfordert es Zeit, die nötige Nähe aufzubauen, damit sich aus der Dynamik der Charaktere und der Grundidee ein Roman entwickeln kann.

Eines Abends im Sommer 2018 verabschiedete ich mich nach einem Grillfest an unserer Haustür von einem Freund. Keine fünf Minuten später geriet er mit seinem Rad in die Straßenbahnschienen, stürzte und starb wenig später im Spital. Ich war die Letzte, mit der er in seinem Leben gesprochen hat, und werde es bleiben.

Er hatte keine Angst vor dem Tod, darüber sprach er freimütig, nachdem er das erste Mal gestorben war. Ja, richtig: Etwa ein halbes Jahr zuvor hatte er einen Herzstillstand erlitten. Trotz günstiger Umstände – er war in der Praxis einer Kardiologin vom Ergometer gekippt – gelang es erst nach über zwanzig Minuten, ihn zu reanimieren. Schon damals wusste ich, dass ich das, was er mir über seine Wahrnehmungen in dieser Zeit zwischen Leben und Tod berichtet hatte, irgendwann in einem Text verarbeiten würde. Ich hatte sogar das Gefühl, dass er mir in dieser Erwartung davon erzählte. Schließlich war er einer der ersten Fans meiner Romane, und er hat jedes Manuskript vorab gelesen. Bis auf dieses.

Der in einem der ersten Kapitel geschilderte Trip zum Tod ist im Kern von seiner Schilderung der Nahtoderfahrung inspiriert, wenn auch der Story entsprechend garniert mit drogeninduzierten Übersteigerungen. Ich vermute, dass es ihm – als hingebungsvollem Verbinder von Menschen und Kräften – gefallen hätte, auf diese Weise ein paar Sporen seines Wesens in die Welt hinauswehen zu lassen, ohne selbst Vorlage für eine Romanfigur zu werden.

Die Figur des Mädchens Jasse hat sich schon vor vielen Jahren in meinem Kopf eingenistet. Endlich konnte ich ihr Gelegenheit geben, richtig aufzudrehen. Wer mehr über Kikis Vergangenheit und die seltsamen Geschehnisse wissen will, die sie und Olga zusammengeschmiedet haben, kann darüber in meinem Krimi *Wo Rauch ist* nachlesen, erschienen 2018 bei Argument_Ariadne. Dass die beiden damals in einen weiteren Todesfall maßgeblich verwickelt waren, kann man ihnen angesichts der bedrohlichen Umstände kaum vorwerfen.

Hinter der eigentlichen Handlungsebene der Geschichte liegt eine weitere, auf der dieses Projekt für mich den Ausgang nahm. Sie erzählt davon, wie der Tod, den zu verdrängen wir so gewohnt sind, überraschend die Bühne betritt und die Handlung an sich reißt. Doch zur Abwechslung erscheint er uns in diesem Buch nicht als schwarzes Schreckgespenst, nicht als Grauen, das zu besiegen unser lebenslanges Bestreben ist. Er kommt in befremdlich heiterer Gestalt, als psychedelisch buntes Lichtspiel hinter der angelehnten Tür des Notausgangs. Auch das hat seine Tücken.

Wir alle haben wohl schon die Erfahrung gemacht, wie allgegenwärtig ein Phänomen wird, sobald die Sinne einmal dafür geöffnet sind. Obwohl mir diese Erfahrung bereits vertraut war, hat mich die Welt der Pilze, über die ich vor diesem Buch kaum etwas wusste, diesbezüglich in Erstaunen versetzt. Kein Organismus verdient wohl die Attribute *allgegenwärtig, vernetzt* und *grenzenlos* mehr als sie, und auch heute noch erscheint mir das ebenso faszinierend wie unheimlich. Nur ein Bruchteil meines immer noch spärlichen Wissens konnte naturgemäß Eingang in diesen Roman finden. Ich würde mich freuen, wenn die eine oder der andere durch die Lektüre angeregt würde, sich noch weiter in das Mykoversum zu vertiefen.

Obwohl die Geschichte in den Grundzügen vor Beginn der Corona-Pandemie fertig war, sind nachträglich manche Aspekte des weltweiten Kampfes gegen das Virus eingeflossen.

Alle, die es so genau gar nicht wissen wollten, haben das Buch hoffentlich genossen und es vor dem Nachwort beiseitegelegt.

Wien, im Juni 2021

Mein Dank geht an

Rainer, obwohl er es nicht mehr lesen kann, für seine heitere Gelassenheit, seine Hilfsbereitschaft, das Stück Tod, das er geteilt hat, und seine hartnäckige Konzentration auf die nichtmateriellen Aspekte des Lebens.

Die Pilzexpertin Univ. Prof. Katja Sterflinger, die mir wertvollen Input zu mykologischen Fragen und solchen des Wissenschaftsbetriebes geliefert und den fertigen Text kritisch gegengelesen hat. Den Namen meines heimlichen Protagonisten, des Schimmelpilzes *Botrytis exanima,* hat sie ersonnen. Die Figur der Nadja Sikora-Fleck in diesem Buch ist von ihr inspiriert. Darüber hinaus konnten wir einen der magischen Momente teilen, in denen offenbar wird, dass ein Werk immer mehr Wahrheit enthält, als man mit Absicht hineinwebt.

Gabi und Margot, die mir großzügig Einblick in ihr Leben mit MS gewährt haben.

Kilian und Konrad, die Ideen zum Pilzbefall und möglichen Wirkungen beitrugen.

Zoran, der mir bei Übersetzung und Interpretation gängiger deftiger Redewendungen aus dem Serbischen beigestanden hat, die er selbst nie verwenden würde.

Die Kolleginnen Anne Goldmann und Jennifer B. Wind für Detailinformationen über Untersuchungshaft und Polizeibetrieb.

Veronika, Anita und Julia, die mich praktisch und theoretisch bezüglich der Eigenheiten und Interessen 14-jähriger Mädchen auf dem Laufenden hielten.

Meine Schwiegermutter, die einige Worte beigesteuert hat.

Meine liebe Kollegin und Mörderische Schwester Ella Theiss, die sich nicht zum ersten Mal als präzise und konstruktive Testleserin bewährt hat.

Meinen Mann Stephan und meine Tochter Veronika, die mir wertvolle Hinweise für die Überarbeitung geliefert haben.

An das federnde Netzwerk meiner Familie, meiner Freundinnen und Freunde, Kollegen und Kolleginnen.

All jene, die ich in öffentlichen Verkehrsmitteln belausche, mit denen ich in Bars und auf Bahnsteigen plaudere oder mich in sozialen Medien austausche.

Den Schätzen aus den Tiefen des World Wide Webs.

Und Büchern, Büchern, Büchern.

Eva für das Verkuppeln mit dem Verlag.

Und ohne die wunderbare Zusammenarbeit mit meiner Lektorin Linda Müller und dem Team des Haymon Verlags läge dieses Buch jetzt nicht in Ihrer Hand.

Sollten sich sachliche Fehler oder Unschärfen eingeschlichen oder gehalten haben, liegt das nicht am Input der Expertinnen, sondern an meiner Umsetzung.

Serbische Redewendungen

Jebo te! – Ich fick dich! **(Bedeutung in etwa: Na sowas! Gibt's ja nicht!)**

Nemoj da sereš, bre! – Scheiß nicht! **(Bedeutung: Erzähl keinen Scheiß!)**

Jebo ti pas mater. – Der Hund soll deine Mutter ficken. **(Man muss schon richtig grantig sein, um das zu sagen.)**

Pička! – Fotze! **(Bedeutung: Fuck bzw. Bitch, je nach Zusammenhang)**

Ma, idi u pičku materinu! – Geh in die Fotze deiner Mutter! **(Bedeutung: Geh scheißen!)**

Gudrun Lerchbaum
Zwischen euch verschwinden
Kriminalroman
252 Seiten
ISBN 978-3-7099-8210-5

Jetzt ist die Mutter wirklich tot. Endlich wird Maria nicht mehr gebraucht. Als jedoch Zweifel an der Todesursache aufkommen und Maria Angst bekommt, dass ihr das Ableben der Mutter angelastet werden könnte, verschwindet sie. Sie lässt alles zurück: ihr Leben, ihr Zuhause – und die eigene Identität.
Sie beginnt eine Reise zu verschiedenen Orten, durch verschiedene Milieus, doch Maria muss feststellen: Sich selbst zu entkommen, ist unmöglich. Sie bleibt abhängig von den Entscheidungen anderer, die ihr sanftes Temperament oft gnadenlos ausnutzen. Lange geht sie den Weg des geringsten Widerstandes, passt sich an … so lange, bis es ihr reicht und sie erkennt: Sie muss sich ihre eigenen Regeln machen.

Gudrun Lerchbaum nimmt uns mit auf eine Tour de Force entlang der Schicksale jener Frauen, die ungesehen bleiben. Marias Wechselspiel aus Passivität und radikalen Befreiungsschlägen lässt sie dich spüren: die Hilflosigkeit und den lodernden Zorn, die aus Ungerechtigkeit entstehen.

„‚Zwischen euch verschwinden' ist ein starkes Buch über jene Frauen, die kaum gesehen werden, die immerzu für andere da sind, pflegen, putzen, sorgen. Dazu kommt die sprachliche Finesse, Witz und Unerschrockenheit. Empfehlung!"
Österreich

Wolfgang Ainetter
Geheimnisse, Lügen und andere Währungen
Ein Ministeriums-Krimi
320 Seiten
ISBN 978-3-7099-7960-0

Was zieht einen Wiener Charmeur und Polizeioberkommissar nach Berlin? Natürlich die Liebe! André Heidergott, seines Zeichens leiwander Wiener, wohnt wegen seiner jetzigen Exfrau in Berlin-Moabit. Mit den großen Gefühlen hat sich aber leider auch die gute Laune verflüchtigt. Was auch nicht hilft: Ein hoher Beamter wird entführt – und Heidergott muss ins Ermittlungsteam „BAO Finsterweg". Entführungsopfer Hans-Joachim Lörr steht kurz vor der Pensionierung und hat sich im Laufe seiner Beamtenkarriere viele Feinde gemacht, denn in Wahrheit hielt er als „Schattenminister" stets die Fäden in der Hand. Zusammen mit seiner Vorgesetzten Emily Schippmann ermittelt Heidergott im Berliner Regierungsviertel, wo gute Beziehungen alles sind. André schaut in verstaubte Schreibtische und giftige Aktenschränke: dorthin, wo die dunkelsten Geheimnisse der Beamt*innen lagern.

Wolfgang Ainetter kennt die Politik von allen Seiten – als Journalist ebenso wie als Ministersprecher. Dabei hat er eines gelernt: sich niemals und unter keinen Umständen den Mund verbieten zu lassen. In seinem ersten Ministeriums-Krimi widmet er sich ungeschminkt und mit viel Komik der Beamten- und Politikrealität: Der Polit-Insider nimmt uns mit in die Hochburg der deutschen Bürokratie und bringt uns damit – man glaubt es kaum – tatsächlich zum Lachen.

„Skandale, Machtspiele, Lügen – was hat Wolfgang Ainetter nicht schon alles gesehen! Daraus strickt er einen Krimi voll Wortwitz, Ironie – und Überraschungen. Selbst für mich – dabei dachte ich immer, als Chefredakteur von BILD schon alles gesehen zu haben ..."
Kai Diekmann

Tatjana Kruse
Tagebuch einer Wasserleiche aus dem Canale Grande
Eine Venedig-Krimödie
204 Seiten
ISBN 978-3-7099-8196-2

Astrid muss weg von daheim! Sie findet heraus, dass ihr Partner sie betrügt, und will ihren Herzschmerz in Venedig kurieren, einem Sehnsuchtsort ihrer Bucketlist. Nichts lenkt besser von einer traumatischen Trennung ab als die wunderschöne Serenissima. Denkt Astrid.
Aber: Statt romantischem Dolce Vita und köstlichem Vino findet sie in der Stadt der Gondeln und Kanäle vor allem Hitze. Und Leichen. Jede Menge Leichen. Denn die „Familie" ihres Gastgebers Cesare handelt mit weit mehr als nur mit Dogenköpfen aus Gips. Astrid gerät unversehens in mafiöse Verstrickungen. Entführungsversuche, Verfolgungsjagden in Motorbooten, Schläger und Schmuggler – immerhin wird Astrid dadurch von ihren privaten Kümmernissen abgelenkt. Aber wird sie diese ungeplanten Abenteuer auch überleben? Tatjana Kruses neuer Streich ist wie ein köstliches italienisches Gelato: ein fröhliches Wechselspiel zwischen eiskalt und zuckersüß – und schon nach dem ersten Löffel absolut suchtgefährlich.

„Ein Blick genügt und man weiß, dass jemand so Apartes und Elegantes wie Tatjana Kruse niemals eine langweilige Geschichte erzählen könnte."
Martin Walker

Triggerwarnung: Triggerwarnungen nehmen auf Menschen mit traumatischen Erfahrungen Rücksicht. Aus subjektiver Sicht können diese Trigger von Bedeutung sein oder nicht, unabhängig davon, in welchem Kontext oder Medium sie sich finden. Auch fiktive Texte, wie zum Beispiel Romane, können triggern. Wir weisen deshalb an dieser Stelle auf Trigger im vorliegenden Buch hin: Gudrun Lerchbaums Roman konfrontiert dich mit Suizid und sexueller Gewalt.

FSC www.fsc.org
MIX
Papier | Fördert gute Waldnutzung
FSC® C083411

Auflage:
4 3 2 1
2027 2026 2025 2024

HAYMON tb 328

Ungekürzte Taschenbuchausgabe 2024

www.haymonverlag.at

ISBN 978-3-7099-7975-4

Inhaltliche Betreuung, Lektorat: Haymon Krimi / Linda Müller
Projektleitung: Haymon Krimi / Hanna Rusch
Buchinnengestaltung nach Entwürfen von: himmel. Studio für Design und Kommunikation, Innsbruck / Scheffau – www.himmel.co.at
Satz: Dörlemann Satz, Lemförde
Umschlaggestaltung: Bürosüd – www.buerosued.de
Umschlagabbildung: Bürosüd – www.buerosued.de
Autorinnenfoto: Martin Jordan

Gedruckt auf umweltfreundlichem,
chlor- und säurefrei gebleichtem Papier.

Verspätung!

Geschichten für wenn's mal wieder länger dauert

Herausgegeben von Stephan Koranyi
und Gabriele Seifert

Reclam

potius sero quam nunquam
(lieber spät als nie, Titus Livius)

RECLAMS UNIVERSAL-BIBLIOTHEK Nr. 14768
2015, 2025 Philipp Reclam jun. Verlag GmbH,
Siemensstraße 32, 71254 Ditzingen
info@reclam.de
Umschlaggestaltung: Philipp Reclam jun. Verlag GmbH
Umschlagabbildung: © plainpicture / mia takahara
Druck und Bindung: Elanders Waiblingen GmbH,
Anton-Schmidt-Straße 15, 71332 Waiblingen
Printed in Germany 2025
RECLAM, UNIVERSAL-BIBLIOTHEK und
RECLAMS UNIVERSAL-BIBLIOTHEK sind eingetragene Marken
der Philipp Reclam jun. GmbH & Co. KG, Stuttgart
ISBN 978-3-15-014768-9
reclam.de